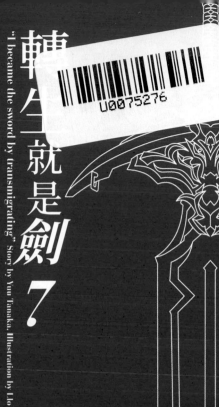

轉生就是劍 7

“I became the sword by transmigrating” Story by Yu Tanaka, Illustration by Llo

棚架ユウ

插畫／るろお

Kadokawa Fantastic Novels

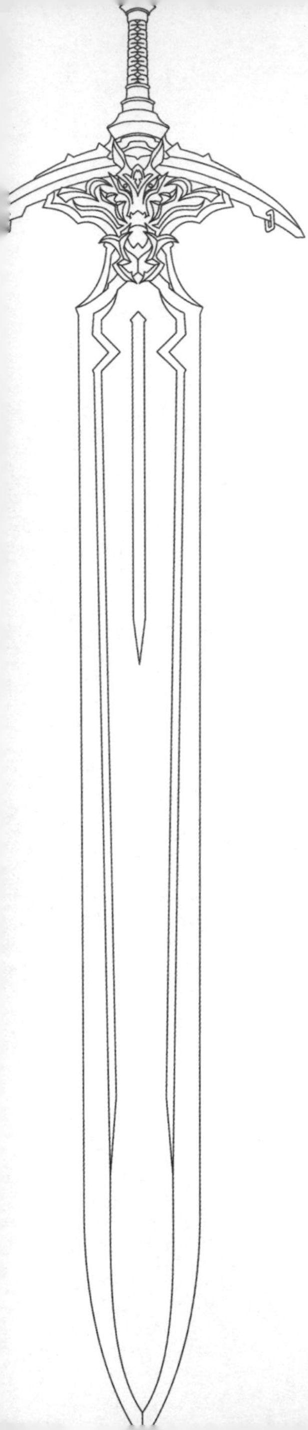

CONTENTS

"I became the sword by transmigrating"
Volume 7
Story by Yuu Tanaka, Illustration by Llo

第一章　格爾斯的下落

鏗——！鏗——！鏗——！鏗——！

尖銳的警鐘聲響徹黑夜。

而且感覺得到有許多人正在忙亂奔跑。

這是當然的了。因為一些被認為逃不過死刑的重罪犯，竟然越獄逃亡了。

「米麗安大人！收到人犯的目擊消息了！」

「什麼！他在哪裡！」

「在、在軍港裡！」

「怎麼可能！」

那裡可是布署了比平時多出一倍的士兵啊！他這樣還有辦法入侵軍港嗎！

「卡拉！我們立刻前往港口！」

「是！」

再加上那人竟能從戒備森嚴的重罪犯監獄逃獄，可見必定有內應。

「他單獨行動嗎？」

「事實上，似乎還有另外幾人同行。據說那對殺人狂兄弟也在他們當中……」

「什麼！不過這倒是有可能，那兩個傢伙也是被收押在同一所重罪犯監獄……」

「他們似乎一起脫逃了，士兵已有多人受傷。」

「那些傢伙的目的再清楚不過了。」

「就是水龍艦吧。」

「沒錯。水龍瓦祿沙與那傢伙的契約還沒解除。八成是想搶奪水龍艦逃走吧。」

目前錫德蘭海國最強大的戰力水龍艦，只有兩艘能正常運用。這是因為最重要的水龍數量不足。

能正常出動的只有王姊的沃爾奈特，以及我的阿裘斯。

昔日由叔父指揮的軍艦威西卡，目前正在執行海上測試。

而蠢王兄乘坐的軍艦瓦祿沙，則是被芙蘭打傷了正在進行療養。

本來想立刻剝奪那傢伙對瓦祿沙的所有權，無奈後繼人選遲遲沒著落，到現在還沒能解除那傢伙與瓦祿沙的契約。

只不過，蠢王兄已被收押在戒備最森嚴的監獄，不可能會出亂子。本來應該是這樣的……

「說什麼都得攔下那傢伙，不能讓他到達瓦祿沙身邊。」

理由是瓦祿沙目前正繫在艦上。因為最近幾天就要將契約從蠢王兄手上，轉交給水龍艦的新艦長了。

偏偏選在最糟的時間點被他逃獄。

不，不對。應該是故意選在這時候的吧。他一定是早就算準了時機要搶回瓦祿沙。

沒錯，只要讓那傢伙到達瓦祿沙身邊，就代表水龍艦將落入他的手中。
「無論如何都得阻止蠢王兄——蘇亞雷斯搶走水龍艦……！」

＊

從烏魯木特出發後，我們一路奔向巴博拉。
好吧，實際上奔跑的是小漆，我與芙蘭就只是騎在牠背上而已。
這條路之前就走過一次了。上次花了四天，這次應該會快一點吧。
我本來還這麼以為的說。
不是，實際上第二天就已經跑完七成左右的路程了。
無奈在我們眼前，上演了一個有點無法忽視的場面。
「救、救命啊——！」
「咿咿咿！」
「吼嘎啊啊啊啊啊啊！」
幾名看起來像是商人的男子，被一群低階飛龍追著跑。牠們對現在的我們而言不是啥了不起的對手，但對商人們來說可就是恐怖怪物了。
這讓我回想起剛轉生到這世界時，也曾經在魔狼平原和低階飛龍展開過死鬥。現在那也成了美好回憶——才怪，但還滿懷念的就是。

當時我把牠視為可怕對手，而對現在這些商人而言想必更恐怖吧。

而且數量很多，最少有十隻以上。

「小漆。」

「嗷。」

小漆回應芙蘭的低喃全速向前衝，一口氣追上商人們。

「咿、咿咿咿！」

「不只是飛蜥蜴，連魔狼都來了！」

「我們死定啦！」

看到一頭巨狼突然現身，他們變得更加驚慌恐懼。乍看之下一定不會想到是救星吧。

緊接著，商人們逃跑的速度明顯變慢。

看來是失去希望，就快維持不住氣力了。

芙蘭對這些商人出聲說：

「我們不是敵人。」

「咦？奇怪？有小孩？」

看來是總算注意到騎在小漆背上的芙蘭了。

「這、這頭狼是妳養的嗎？」

「等等，妳不是黑雷姬嗎！」

「嗯。」

看來他們知道芙蘭是誰。

商人們看見一線希望，逃跑的速度頓時加快。真是些現實的傢伙，但我不討厭這種個性。比哭叫著縮成一團好處理多了。

「需要幫助嗎？」

「務必拜託！」

「拜託妳了！」

「有、有救了！」

好吧，雖然報酬可能不太值得期待，總比見死不救害自己良心不安來得好。

「素材全部給我。」

「當然！」

「還有報酬，我們會付錢的！」

「雖然給不了太大的金額……」

「啊，笨蛋！」

「講這種話她要是走人怎麼辦啊！」

「沒辦法啊，對方可是高階冒險者耶！要是之後再跟我們說報酬不夠豈不是很慘！」

「對、對啦，我們的手頭是不夠付錢給高階冒險者……」

大概是看見得救的希望了，竟然在這種時候開始吵起架來。還是說這是在演戲，想引起我們的同情幫報酬殺價？好吧，都沒差啦。

其實免費也不是不行，但那樣也許會導致芙蘭日後被人看扁。要是傳出黑雷姬拯救弱者不收錢的傳聞，搞不好會有一些人找上門來存心占便宜。只是有個問題，就是我們不知道行情。

（師父，怎麼辦？）

『亂開價碼會惹來很多問題……』

總之就先隨口應付吧。

「報酬之後再給沒關係。就你們覺得該支付給救命恩人的價碼就好。」

「咦？那樣——」

「可能會波及到你們，盡量躲遠一點。」

我使用輔助魔術，幫忙提升他們奔跑的速度。商人好像有話講到一半，但芙蘭與小漆不予理會，跳上半空。

「等一下——」

「喂，怎麼辦——」

「報酬請再開得具體一點——」

商人們顯得很慌張。看來是報酬方面有疑慮。

我們只是不知道行情，想由他們來開個公道價而已啊……

不，等等喔。剛才那樣講是不是有點太嚴苛了？

扼要地說，等於是要求他們向C級冒險者支付救命之恩的合理價格。

萬一給得太少，也許會留下不老實或是吝嗇之類的傳聞，影響到身為商人的風評。也許剛才應該叫他們照行情支付才對。

算、算了，這個之後再說。現在先解決那群低階飛龍要緊。

雖說只是下級，畢竟是野生魔獸，似乎一瞬間就感覺出了芙蘭與小漆的危險性。牠們不再追趕商人，開始一邊滯空飛行一邊遠遠瞪視我們。

大概是知道無論是衝過來還是轉身逃走，都是死路一條吧。

「師父。」

『怎麼了？』

「我想試一下。」

『試什麼？』

「阿澄雷神。」

『唔嗯，原來如此……』

我們在地下城內等地點做過實測，但還沒在這種普通環境用過。武鬥大賽的時候則是有結界，或許是應該找塊平地試一試。

那就試射個一發看看，應該也不會怎樣吧。

『也好。那我來準備，妳看著別讓牠們跑了。』

「嗯。」

其實能夠在雷鳴魔術10級學會的阿澄雷神，駕馭起來極端困難。之前只是在詠唱過程中稍微分心，就沒發動了。

可能是因為這樣，我與芙蘭使用起來，兩者的威力有很大差距。

我來用比她厲害多了，威力多出將近一倍。

而且使用所需時間只要一半。應該是託高速思考、並列思考與魔法師技能的福吧。

除此之外還有其他問題。

芙蘭似乎只要試著使用阿澄雷神，就會感到頭痛欲裂。第一次施展這招的時候，還搞到流鼻血。看樣子似乎會對腦部造成極大的負擔。

坦白講，我不想讓芙蘭使用這招。因為過度用腦用到流鼻血，感覺就是很傷身。搞不好還會折壽？

既然如此，不如讓擅長魔術的我來用。趁著芙蘭與小漆威懾低階飛龍讓牠們逃不掉，我集中魔力進行精煉。

『……好！準備完成。』

「嗯。商人都躲遠了。」

好，從這麼遠的位置就不怕波及他們了。

我心無負擔地解放了魔術。

『——阿澄雷神！』

回應我的呼喊，來自天上的極粗白雷直劈在低階飛龍群身上。在這種開闊的場所使用，可以明確感受到法術的震撼性。

彷彿烙印在空間中的白色閃光覆蓋四周。遲了片刻後，激烈雷鳴響徹四下。

現場只有無法直視的雷光，與激動鳴響的爆炸聲。

伴隨著震撼腹腔深處的振動，那道雷電簡直有如狂暴雷神降臨人世的前兆。

芙蘭與小漆事前知道所以摀住了耳朵，但直接聽見巨響的商人們都按住耳朵發出慘叫。

糟糕，雖然有提醒他們躲遠點，看來還是太近了。

晚、晚點我用恢復術幫你們治療就是了，別跟我們計較喔。

然後，白色雷光一平息下來，芙蘭與小漆立刻不約而同地歪著頭。我如果有頭，大概也會做出一樣的動作。

「奇怪？」

「嗷？」

『哎喲？』

因為低階飛龍消失得無影無蹤。

『……好像下手太重了。』

豈止是燒成焦炭，似乎燒到連一點灰都沒剩。

同時，現場出現直徑約十五公尺的撞擊坑，中心部分的土地都玻璃化了。

不只如此，還對廣範圍的森林造成了損害。

撞擊坑附近的樹林消失不見，遠處的樹木則是被燒焦掃倒。想必是四處散播的爆炸熱風、電擊與衝擊波所導致的。要是在城鎮裡使用，災情會擴及幾百棟房屋都不知道。

『……我看還是別亂用為妙。』

一個弄不好也許會傷及自己人。應該說幸好我們有叫商人躲遠點，否則鐵定已經波及到他們了。

不，其實有波及到他們一點。

他們不但被爆炸熱風猛颳到摔倒，鼓膜也被轟然巨響震傷。到現在還在哀嚎著滿地打滾。

芙蘭趕緊跑到他們身邊，用回復魔術治好他們。

『而且素材與魔石也都燒光了。』

「好可惜。」

「嗷。」

肉也沒了，小漆也是一副遺憾的表情。

「還好嗎？」

「……」

「……」

我們用恢復術做過治療後扶他們起來，但他們目睹眼前的慘狀，都當場呆住。

「啊，那個……」

「謝謝……妳的幫助……」

「那個，關於報酬……」

等了片刻之後他們才終於鎮定下來，但臉色鐵青。

看來對一般人來說太具衝擊性了。

況且看到這副慘狀之後，大概也不敢討價還價吧。再加上剛才芙蘭要他們自己開價，也許把他們嚇壞了。

「那個，我們三個目前手頭加起來只有大約五萬戈德……」

意外地還挺有錢的。不過，他們畢竟是商人，有這點錢也許是正常？再說照他們這種語氣聽起來，似乎五萬都算太便宜了。

的確如果僱用高階冒險者，是有可能開價更高。

芙蘭可是有著戰勝過A級冒險者的實績，即使報酬高於其他C級冒險者大概也不奇怪。

然而，芙蘭很乾脆就答應了。

「那就這樣。」

「咦，可以嗎？」

「嗯，因為差點就害到你們。」

雖然有用恢復術治好他們，但我們畢竟害人家受傷了，視情況而定搞不好還差點送命。我們拿這個當理由給他們折扣。

「謝、謝謝妳。」

「得、得救了！」

「真的！」

我們把他們洗劫一空，他們卻跟我們道謝。大概是行情真的比這貴很多吧。

後來，我們跟商人告別後，刻意沿著道路前進。倒也不是什麼售後服務，只是想邊走邊清掃街道，免得那些商人再被襲擊。

然而走了一段路之後，就看到一大群人堵住了道路。

那些人似乎來自巴博拉方向，正往烏魯木特前進。以騎士團來說裝備輕便，但以冒險者集團來說裝備又很有統一感。以盜賊來說則是看起來太有紀律。

是個真面目不明的武裝集團。

而且一整個殺氣騰騰，遠遠看去都能感覺出一種凶險的氛圍。

好啦，這下該怎麼辦呢？

如果能隨便讓我們從旁邊通過就好了……只希望別沒事被他們纏上。

「或者繞路？」

『不，那樣也有可能引來誤會。』

他們應該已經看見我們了。如果特地繞路，也許會以為我們想開溜。雖不知道那個集團有何目的，但他們也有可能誤以為我們作賊心虛。

『要做好隨時可以應戰的準備喔。』

「嗯。」

「嗷。」

小漆稍微放慢速度，開始走向神祕集團。那群人見狀，立刻有所戒備地一齊拔出武器。其中還有人舉起弓箭。

但我們仍然沒有先下手為強，是因為從對方身上感覺不到殺氣。

另一個讓我們從容不迫的理由，是他們每個人都沒多大本事。實力強弱平均大約落在E級冒險者上下吧。只有帶頭的那名男子，可能勉強搆得到D級。

他們注視的不是芙蘭，而是小漆。好吧，其實也很合理。看到這麼強大的魔獸一直線往自己這邊走來，不可能不提高戒心。

我們只把牠當成可愛寵物所以沒想那麼多，但對一些局外人來說恐怕怎麼看都是凶惡的巨狼魔獸。

再繼續靠近下去，搞不好真的會被攻擊。

『芙蘭，妳先從小漆身上下來，用走的過去比較好。』

「嗯，知道了。」

『小漆你躲進影子裡。』

「嗷。」

小漆縮小鑽進影子裡之後，那群人發出了驚呼。

芙蘭繼續往前走，接近那些男人。

我則是正在準備隨時發動傳送。有任何狀況就用傳送逃到高空，再用魔術殲滅他們。

芙蘭大步往前走，雙方之間的距離漸漸接近。走得不慢，但也不快。就是普通的速度。

五十，四十，三十，二十公尺——就在彼此之間的距離更加靠近時，站在最前面的男子對芙蘭高聲說道：

「……喂！妳是什麼人！」

「嗯？」

「剛才那頭狼是什麼東西！真、真要說的話，妳看到我們竟然敢不打招呼！」

「你們好。那就這樣。」

「等等，等等！妳這丫頭！」

嗯——傷腦筋，果然被纏上了。

這些傢伙都很弱，我是覺得直接忽視甩開也行……但又不知道這些傢伙是什麼來歷。

「態度這麼囂張，沒聽說過我們『迪姆魯傭兵團』嗎？」

最好是有聽說過。難道傭兵團都是這種貨色？

可能是想起了在烏魯木特槓上的藍貓族傭兵團「藍色驕傲」，芙蘭微微皺起臉孔。每次都是這樣，我到現在還沒看過哪個自稱傭兵的人是個東西的。

好吧，畢竟在各地方無處容身的叛逆小子最後就會跑去幹這行，或許也無可奈何。

雖然冒險者也一樣，但我們比較常接觸這個族群。大概是因為這樣，才有機會結識一些像樣的人物吧。

男子連珠炮般地逼問芙蘭的來歷、小漆跑到哪裡去，以及這條道路的前方目前是什麼狀況。

最後，完全貫徹無視態度的芙蘭似乎漸漸把他惹毛了。那人的嗓門慢慢地大了起來。

（師父，怎麼辦？）

『嗯——乾脆別理他走人算了？』

正在盤算時，集團後方起了某種騷動。看來是殿後的部隊來了。這下男子們的人數更多了，可能有點棘手。

我一面暗中精煉魔力，一面靜觀事態的變化。

最糟的情況下，可能得把這些傢伙擊潰才行。

「喂，威斯克，你在做什麼？」

「啊，老爸——不，分隊長。我在盤問可疑人物啦。」

「盤問？我們的任務，應該是驅逐出現在道路上的低階飛龍才對吧？還是說，有盜賊團派出斥候了？」

看來率領殿軍的壯年男子地位比較高。

而且好像還是父子。遭到父親斥責，無禮男威斯克急忙找藉口。

「不，不是，可是……」

「到底是怎樣？我們可不是來玩的！」

「我、我馬上逼她開口！等我一下！」

逼她開口？芙蘭嗎？好啊，看我怎麼對付你。

先把眼前這個男的打趴在地，然後拿周圍其他傢伙當雷鳴魔術的白老鼠好了？

芙蘭看來也有意動手。她眼睛迅速瞇細，看得出來她身體重心微微前傾以便隨時展開行動。

戰鬥一開始的瞬間，眼前這個叫威斯克的人必定會物理性地掉腦袋。畢竟第一步就擊潰指揮官，是團體戰的鐵則嘛。

那名男性分隊長，似乎感覺出了我與芙蘭身上散發的鬥氣。

他推開兒子與部下等人來到芙蘭面前。

是想看看與自己為敵的人長什麼樣子嗎？

然後他一看到芙蘭臉色頓時發青，冷不防一拳往兒子臉上揮去。

「呃啊！老、老爸你幹嘛這樣！」

「愚蠢的東西！愚蠢的東西！」

分隊長繼續毫不留情地毆打跪地的兒子。

「咕嘔！咯呼！」

最後威斯克臉上挨了狠狠一腳，摔倒在地昏過去了。

突如其來的事態讓其他傭兵們都愣在當場。

不，其實我們也愣住了。是不是錯把芙蘭當成了哪個高級貴族？

「實、實在非常抱歉！這次只是我的蠢部下行為失控，並非出於我們的本意！請您大人不計小人過！」

看到分隊長突然下跪講起近乎哀求我們饒命的藉口，傭兵們呆站原地。我看他一定是認錯人了。

「你們還呆站在那裡幹什麼！快下跪磕頭！立刻！誰敢不聽命令我現在就殺了他！」

這命令簡直亂七八糟，但大概是被他的氣焰嚇到了吧。其他男子也不情不願地跪下向芙蘭低頭。

但是被他們一臉不滿地低頭賠罪也一點都不高興就是了。

「黑雷姬閣下，我的部下多有冒犯，我向您賠罪。」

結果不是認錯人。原來如此，他知道芙蘭的來歷啊。而且也明白與芙蘭為敵會賠上性命，才會這樣請求寬恕。

至少看樣子，這人沒無能到以為只要他們一起上，就能贏過芙蘭。

「那、那個就是傳聞中的……？」

「聽說她對敵人毫不留情……」

「說是與她作對的人都會變成焦屍……」

低頭賠罪的部下們，聽到黑雷姬的名號也嚇了一跳開始交頭接耳，但被分隊長一瞪就立刻閉嘴。

只是，芙蘭似乎已經對這些傢伙完全失去了興趣。

「我可以走了嗎？」

「可以！」

「那，我走了。」

「路上小心！」

傭兵們以最敬禮為我們送行。好吧，反正實質上沒蒙受什麼損失，就原諒他們好了。

話又說回來，他們怎麼會怕成那樣？只是遇到一個強者需要那樣嗎？有點好奇傳聞都說了些什麼。

被傭兵們下跪磕頭的隔天……

『好久沒來巴博拉了。』

「嗯。」

「嗷！」

我們隔了一個月，又回到了巴博拉來。

再次走進當時被大家送行出發的大城門，我們走在城鎮裡。

一般來說才過了一個月左右不會有多大變化，但巴博拉可不一樣。

踏上旅程時，遭到邪人們破壞的住宅等等還很顯眼，但現在幾乎都看不到了。

想必是趕工重建的吧。

乍看之下，看不出來曾經有大量邪人作亂，造成嚴重災害。

『先去熟人那裡露個臉吧。』

我們的目的地，是飄洋過海才能抵達的獸人國。

但是，並不是分秒必爭的旅程。有的是時間讓我們見見巴博拉的朋友們。

「嗯！」

芙蘭點點頭，看起來也滿開心的。

首先，我們前往距離最近的料理公會。

『不知道麥卡老先生在不在？』

「唔。」

『喂喂，妳到現在還是討厭那位老先生啊？』

由於一開始咖哩遭到批判的關係，芙蘭一直對麥卡老先生懷有敵意。但我還滿喜歡他的，覺得很像漫畫裡的美食家角色。

最後他說咖哩麵包好吃，還以為雙方已經盡棄前嫌了，難道芙蘭還在生氣嗎？

「……總有一天要讓他知道，師父咖哩的美味是世界第一。」

看來是把他定位成強敵了，或者也可以說是總有一天必須戰勝的對手。

但很遺憾地，麥卡老先生不在。

好吧，反正就算在也會被芙蘭找碴，或許不在比較好，省得麻煩。

『這也是沒辦法的。』

「嗯……」

聽到宿敵不在，芙蘭顯得有些遺憾。本來覺得沒辦法了只能打道回府，沒想到被櫃檯小姐叫住。

「那個，芙蘭大人，可以占用您一點時間嗎？」

「嗯？」

「其實是這樣的，芙蘭大人與師父大人已經滿足了升級條件，想為兩位更新公會卡。」

不說我都忘了，我們有登錄加入料理公會。當時登錄只是為了參加料理比賽，所以忘得一乾二淨。

可是，升級？我不懂為什麼。如果是依比賽名次獲得升級資格的話，之前還在巴博拉的時候就該提到升級的事了。可是，又想不到其他還有做什麼。

芙蘭似乎也感到不解，偏著頭。

「為什麼？」

「兩位推廣的咖哩食譜，目前已經引爆流行風潮。繼續普及下去，想必很快就會擴散到國內各地了。」

「哦哦——」

那真是太棒了。如果以後到哪都能吃到芙蘭一定會很高興，也會出現各色衍生食譜。這麼一來，輾轉流傳到最後就能讓我學會更多食譜。換言之，我可以為芙蘭煮出種類更豐富的咖哩。

幸好有把咖哩食譜賣給露西爾商會。

「鑒於兩位在經濟與文化上的成就，公會決定將兩位的階級升至白銀。」

聽起來似乎是研發並推廣咖哩這種新料理的功勞獲得讚賞。但我只是把地球的食譜拿來用而已，不禁覺得有點心虛。聽小姐的說明，升級似乎沒有什麼壞處，那就心懷感激地請她幫忙升級吧。

「那，這給妳。」

「啊，兩人的卡片您都帶在身上啊。」

「師父把他的交給我保管。」

「那麼，新卡交給芙蘭大人就可以了嗎？」

「嗯。」

芙蘭拿出兩人的料理公會卡，就換到了早已準備好的銀邊卡片。料理公會的卡片該說很傳統嗎？好像不含有任何魔術構造。不，或許只是冒險者公會的證照例外吧。

「在這個鎮上做買賣等等的時候，可以接受料理公會的支援。」

「知道了。」

「不過提醒您，如果長期沒有明顯活動，或是一定期間未更新資格的話，階級可能會降低，請特別注意。」

哦哦，這可不能當作沒聽見。

雖說料理公會的階級降低也沒什麼影響，但難得上升了卻又降低也滿讓人懊惱的。

（師父，怎麼辦？）

『嗯——這個嘛，那就拿份食譜給她好了。』

如果是像咖哩一樣珍奇的食譜，也許會被算做是成就之一。

好，那麼哪個食譜才好呢？

『芙蘭，妳覺得哪個比較好？』

把芙蘭愛吃的食譜交出去準沒錯，因為那就表示合乎這世界民眾的口味。而且，假如這份食譜也像咖哩一樣大為普及的話，還能期待研發出新食譜。

（嗯——……？豬排丼？）

『原來如此，豬排丼啊。』

這是芙蘭愛吃的東西之一。

雖然沒咖哩那麼愛，但每週至少會要求我煮一次。

就是把在這世界較罕見的炸肉排，額外淋上蛋液而成的料理。而且調味料會用到這附近地區較罕見的醬油，應該找不到其他類似的料理吧。

至少我沒在巴博拉看到過類似的料理。

我採用芙蘭的意見，決定將豬排丼食譜交給料理公會。這樣可以把豬排換成其他肉排或是變化出各種調味，說不定可以衍生出比咖哩更多的食譜。

芙蘭依序填寫櫃檯小姐給我們的食譜提交表格。

不愧是料理公會的服務人員，櫃檯小姐似乎也很懂餐飲，睜大眼睛看著食譜內容。

「這……真是太驚人了。這的確是一道嶄新的料理，而且感覺得到變化的幅度。不只如此，還是以這附近地區目前尚未普及的白米與醬油作為料理主體……果然厲害。這道料理也是由芙蘭大人與師父大人聯名提交嗎？」

聽起來不只是因為新奇，以這附近地區不常用到的白米與醬油為主似乎也獲得了高度評價。

假如目前還很冷門的食材，變成了民眾爭相求購的食材呢？如此一來將會帶來新的商機，有望從中發掘龐大利潤。

「嗯，麻煩妳。」

「那麼，已接受您的申請。我會立刻將這份食譜公開。我想這份食譜，一定也會炙手可熱的。」

「會嗎？」

「會的。因為兩位已經有了咖哩這項輝煌成就，如果是兩位設計出的新食譜，一定會有很多廚師想要。說不定一轉眼就變成巴博拉全城眾所皆知的料理嘍。」

希望如此。我還沒告訴她有一道料理叫豬排咖哩飯，不過想像力豐富的廚師或許自己就能研發出來。

我們在笑容滿面的櫃檯小姐目送下，離開了料理公會。

『好了，在這裡耗掉了不少時間，接下來要去哪裡？』

「孤兒院。」

『也好，就去關心一下近況吧。』

雖說阿曼達已經伸出援手，但我們還沒親眼確認過孤兒院後來怎麼樣了。不知道孩子們的生活有沒有獲得改善？

於是我們來到了孤兒院，卻整個驚呆了。孤兒院光看外觀就完全變了個樣。

原本破破爛爛的外觀變得煥然一新、美輪美奐。不只是建築物，圍繞孤兒院的外牆也重新仔細粉刷過，庭院裡打造了大型花圃。而且還種植了果樹等等，看起來跟以往截然不同。

「啊——是小漆！」

「冒險者姊姊！」

太好了，孩子們沒變。他們面露開朗的笑容，跑來找芙蘭與小漆。

不對，身上的衣服似乎有改善一點？看起來乾淨整潔，完全沒有半點寒酸樣。不愧是最喜歡小孩的阿曼達，當然不可能讓孩子們過苦日子。

「你們又來看我們了嗎？」

「芙蘭姊姊！陪我玩！」

「小漆——！讓我摸——！」

看來他們都還認得芙蘭與小漆。

原本在院子裡玩耍的孩子們，紛紛簇擁到芙蘭他們身邊。

「哎呀，芙蘭小姐！」

「伊俄。」

大概是在屋內聽到這場騷動了，一位女性從孤兒院裡走出來。

是負責照顧孩子的伊俄女士。既是手藝精湛的廚師，也是孩子們的溫柔大姊姊。

「那次真的很謝謝妳。多虧妳的幫助，孤兒院現在的經營狀況有改善了，孩子們也變得更愛笑了。」

伊俄女士向芙蘭深深低頭致謝，但我們其實沒做什麼。阿曼達才是孤兒院的救星。

「不，我聽阿曼達大人說了。她說是芙蘭小姐通知她孤兒院的困境，向她求助的。」

「可是，也就這樣而已。」

「再說，妳送我的咖哩食譜也大受孩子們歡迎，現在大家都很期待每週一次的咖哩日喔。」

「最喜歡伊俄老師的咖哩了！」

「超好吃的喔！」

畢竟伊俄女士光是用菜渣都能煮出極品好湯了。現在她有了阿曼達的幫助可以使用好品質的食材，真好奇她平常都煮些什麼樣的料理。

一問之下得知，明天似乎就是咖哩日。

在我們的拜託下，她答應替芙蘭與小漆也準備一份。真令人期待。

芙蘭不可能錯過享受美食的機會。

「那，我們明天再來。」

「好的，期待妳的光臨。」

「明天見——！」

「小漆掰掰！」

「嗯。」

芙蘭出了孤兒院，一邊走路一邊小跳步。大概是真的很期待吧。

（真希望明天早點到來。）

『現在才上午耶。』

好了，接下來呢？露西爾商會等到要找船的時候再去就好，其他熟人則都是冒險者。上次在武鬥大賽才跟他們見過面，更何況他們應該還在烏魯木特吧。

「格爾斯。」

『也好，那就去找格爾斯老先生吧。』

之前跟格爾斯老先生說好在烏魯木特碰面，結果沒能再見到他。

那時聽說他來巴博拉加入救難行列了，很有可能人還在這鎮上。

假如格爾斯老先生已經再次離開巴博拉前往烏魯木特的話，應該會在路上遇到他才對。因為從烏魯木特只有一條路通往巴博拉。

『問題是怎樣才能找到他？』

「……冒險者公會？」

『這或許是個辦法。』

技術高超的鍛造師最忠實的客戶就是冒險者。冒險者公會很有可能知道一些相關情報。再來就是鍛造公會吧。假如要在巴博拉做事，最起碼應該會到鍛造公會露個臉。

『先去冒險者公會吧。』

「好。」

那裡對芙蘭來說就像老家。想打聽情報的話，也是到冒險者公會比較好打聽。而且我們跟公會會長加姆多認識，又在武鬥大賽中聲名大噪，想必不至於吃閉門羹才對。

一路走向冒險者公會時，芙蘭與小漆不知為何一直東張西望。

怎麼搞的？是感覺到什麼了嗎？只見他們心神不定，總是靜不下心來。

『怎麼了？』

「有咖哩的香味！」

「嗷！」

喔，原來是這麼回事啊。聽說巴博拉現在咖哩正在蔚為流行，在這附近擺攤的小販應該也有哪個在賣咖哩吧。

芙蘭他們似乎發現了那個攤販。

如同受到花香引誘的蜜蜂，他們搖搖晃晃地被吸引到攤販前面。已經是出於本能在追求咖哩了。

如果有一種陷阱是用咖哩香味吸引獵物的話，我看他們八成會上鉤吧？

「參考看看喔！」

芙蘭找到的攤販，賣的東西確實像是咖哩。

只是很神奇的是沒有提供湯匙，而是擺著筷子。但我覺得鍋裡的褐色湯汁就是咖哩……

「這是什麼？」

「喔，這是本人以咖哩為基礎，自己研發出來的咖哩湯麵！」

竟然不是咖哩飯。看來已經連咖哩風味的麵食都問世了。

仔細一瞧，湯麵正如其名，就是把咖哩與麵條一起熬煮而成。雖然看起來很好吃，可是這樣熬煮，麵條不會一下子就糊掉嗎？

可是還真有點感興趣。芙蘭似乎也跟我一樣，毫不猶豫地替自己與小漆各買了一碗。

「來，小漆。」

「嗷！」

兩人就這樣同時開始把咖哩湯麵往嘴裡扒。

「嘶嘶。」

「嚼嚼。」

看來沒有很辣，芙蘭用吸的吃麵都沒有嗆到。然後她從頭到尾沒停下筷子，眨眼間就吃完了。

唉，真是！不要舔沾到嘴巴周圍的咖哩！人家明明就有準備紙巾！小漆也是，嘴巴都被咖哩弄得黏黏的了！喔，你可以舔掉沒關係。

其實不用問也知道，但還是來聽聽吃過的感想吧。

『怎麼樣？』

「好吃。」

「嗷嗷！」

『麵條沒有糊掉嗎？』

「嗯。」

也就是說，那種麵條或許做了某種特別設計。我向芙蘭東問西問，得知似乎是蒟蒻麵或粉絲那種不容易糊掉的Q彈麵條。

哇——太厲害了。竟然發明出這麼有趣的料理！

看來其他咖哩料理也值得期待了。

我們就這樣一邊買路邊攤吃，一邊前往冒險者公會。

不愧是廚師雲集的城鎮，就連普通攤販的料理都很有水準。芙蘭與小漆似乎也都大快朵頤了一番。

正常來說走路不到半小時的距離，花了我們一個多小時。由此可知他們有多為這些攤販小吃著迷。

『總算到公會啦。趕快來打聽情報吧。』

「嗯。」

走進冒險者公會，裡面冒險者眾多，充滿驚人的活力。

雖然有很多人用狐疑的目光打量年紀還小的芙蘭，但芙蘭隨便他們看，逕自前往櫃檯。

「我想打聽一件事情。」

「是，請問是什麼事情呢？」

哦，看起來並不認識芙蘭卻這麼有禮貌。不愧是大城市公會的櫃檯小姐。

「我在找人。」

「找人嗎……」

櫃檯小姐露出了些微煩惱的表情。應該是因為聽起來不像是冒險者公會的工作吧。

不過，她並未因此而冷淡對應，仍然給我們建議：

「那麼，我介紹一位精於尋人情報的冒險者給您如何？您可以跟對方討論如何提出委託，這樣如何呢？」

是萬事通性質的冒險者嗎？能介紹給我們當然很有幫助。

雖然可信度有點存疑，不過既然是公會介紹，應該不會是來路不明的人物。

「那就這樣。立刻就能見到他嗎？」

「可以，他就在那邊。」

在櫃檯小姐的視線前方，站著一名冒險者。

那人似乎已經聽到了芙蘭與櫃檯小姐的對話，料到兩人會找上自己。他咧嘴一笑，用敬禮般的動作跟芙蘭隨意打個招呼。

鑑定之下，得知是斥候系職業的中年冒險者。戰鬥力不強，但探知系、隱密系與交涉系技能一應俱全。

原來如此，稱這男人為萬事通確實不為過。

「嗨，妳在找人啊？」

「嗯。」

「我雖然是個以都市內工作為主的小角色，但也因此還算了解巴博拉的大小消息。包在我身上吧。」

都市內為主？原來還有這樣的冒險者啊。如果是巴博拉這樣的大城市，也許光是這樣就足夠謀生了。

「總之，我們到那邊談吧。我叫雷格斯。」

「我是芙蘭。」

「請多指教。」

我們跟自稱雷格斯的冒險者，一起占據公會牆角的一張桌子。雷格斯態度輕佻，但似乎沒有看輕芙蘭的意思。

「那麼，妳想找的人是誰？」

「鍛造師格爾斯。」

「喔，妳說榮譽鍛造師啊。」

「你知道他是誰嗎？我想知道他現在人在哪裡。」

看來光聽名字，他就知道是誰了。

這下搞不好很快就能與格爾斯老先生重聚了。

再來就看報酬收多少吧。

「我會支付情報費。」

「不，這倒不必。」

「嗯？為什麼？」

「首先第一點，我沒有與格爾斯閣下相關的重大情報。憑我知道的這點情報不能跟妳收錢。再者，比起這點蠅頭小利，有幸認識黑雷姬來得有價值多了。」

原來如此，難怪一副知道芙蘭是誰的態度。不愧是萬事通，消息真靈通。

雷格斯把自己所知的格爾斯相關情報告訴我們。

「他十天前還在巴博拉，這點是確定的。」

「不會錯？」

「不會錯。當時他應該在替公會長維修武器。」

「原來如此。」

既然是接下了冒險者公會的相關工作，這項情報應該很有可信度。但是，後來的行蹤似乎就不得而知。雷格斯好像也以為他已經離開巴博拉了。

「可是，他沒回烏魯木特。」

「也沒跟妳聯絡？」

「嗯。」

「這樣啊——我可以想到幾種可能性。」

雷格斯彎著手指，一一列舉可能發生的狀況。

首先，他有可能在巴博拉與烏魯木特兩地之間，被捲進了某種事件。例如遭到魔獸襲擊，或是被盜賊抓走。

「只是，受到武鬥大賽的影響，兩地之間往返的行人很多，也加派了人手巡邏。以這種情況來說，不太可能完全沒有目擊情報。」

再說，格爾斯身懷高等級的鎚術與火魔術。我不認為他會那麼容易在戰鬥中敗給對手。

除此之外，也很有可能是在巴博拉內部被捲進了某種事件。例如被覬覦格爾斯技術的奴隸商人或是地下組織盯上，也不是全無可能。

另外還有一種情形，就是接受了某種祕密委託。格爾斯雖然基本上只接自己覺得合理的工作，但也有可能推不掉王室或是大貴族的強硬委託。在這種情況下，似乎有可能為了保密而不得與他人聯絡。

再不然就是工作做得太專心，徹底忘記要跟人聯絡等等。照格爾斯那種工匠性情，是有這個可能性。

每種情形都好像說得通。

「給我一天時間，我調查看看。」

「拜託你了。我該怎麼做？」

「嗯——如果妳動作太大，反而會不利於我的行動……妳跟我們公會長認識嗎？」

「嗯。」

「那可以請妳去跟公會長，還有鍛造公會打聽看看嗎？不用刺探虛實沒關係，正常打聽消息就好。」

意思大概是芙蘭運用人脈打聽公開的消息，雷格斯則負責調查內幕吧。

「知道了。」

「好，那我們明天再碰面。」

「嗯。」

與雷格斯做完最終討論後，雙方先各自行動。

結論是支付給他的委託費，無論獲得何種情報都收三萬戈德。這似乎比行情稍貴一點，但我們決定出手大方點好請他多賣點力。

我們目送雷格斯的背影輕快地揮手離去。

『先去問問看加姆多吧。』

既然都來到冒險者公會了，好歹該跟公會會長加姆多見個面。

「嗯。」

我們在公會櫃檯出示公會卡，表示我們想見公會會長，剛才那位櫃檯小姐立刻為我們處理。

看來似乎是聽見剛才我們跟雷格斯的對話，知道芙蘭是黑雷姬了。

看樣子這個綽號已經在公會相關人士之間傳開了。櫃檯小姐剛才態度已經夠好，現在更是畢恭畢敬。後來出現一位像是祕書的人員為我們帶路，前往公會二樓。

「嗨，一陣子沒見了。聽說妳在烏魯木特大顯身手了啊。」

「嗯。」

人員帶我們到一個房間，在那裡等著我們的，正是巴博拉冒險者公會的公會會長兼前A級冒險者，墜龍的加姆多。

在巴博拉發生邪人事件時，我們曾與此人以及弗倫德等人並肩作戰。

他用跟個頭一樣高的巨鎚揍飛了燐佛德的龐然巨軀，令我印象深刻。當時真的幸好有他在。

「要不是得替那件事善後，我本來也能去看比賽的。」

「不得已。」

「哎——真可惜沒看到小妹妹與費爾姆斯的對決！那傢伙的絲線可是真的很難對付哩！」

兩人都是以A級冒險者的身分活躍於同一座都市。也許不單只是見過面，說不定還一起承接過委託。綽號也是一個叫獵龍者一個叫墜龍，會不會是有組隊過？

「你知道費爾姆斯？」

「那還用說嗎？我們以前可是同一隊的哩。」

竟然還真的是隊友。據他所說，「屠龍團」似乎是傳說級的A級隊伍。其他冒險者說自己是傳奇只會變成冷笑話，但讓A級冒險者來說反而聽起來很帥，真不可思議。

芙蘭也聽到兩眼閃閃發亮。

「那麼，妳今天是怎麼了？總不會是特地來看我的吧？」

很高興這人這麼容易進入狀況。

芙蘭告訴他自己正在找格爾斯老先生，問他知不知道老先生的下落。

「原來如此，想打聽格爾斯閣下的下落啊……」

「他現在人在哪裡？」

「抱歉，我也不知道。」

加姆多歉疚地搖了搖頭。

「十天前我請他幫我維修過武器，可以確定那天他還在巴博拉。」

但是加姆多說，他也不知道格爾斯後來去了哪裡。

「我很確定他說過要去烏魯木特……但何時啟程的就不知道了。」

「這樣啊。」

連公會長也不知道啊。

沒辦法了。看來他應該就知道這些，那就去鍛造公會吧。我們做如此打算，準備離席，但加姆多先開口了：

「對了，姑娘妳對傭兵有什麼仇恨嗎？」

「嗯？」

「沒什麼，只是聽說過一些奇怪的傳聞。」

「什麼樣的傳聞？」

「像是黑雷姬對傭兵厭惡透頂，任何傭兵敢與妳為敵都會被趕盡殺絕，又說妳看哪個傭兵團不順眼立刻擊潰，還有一有傭兵進入視野立刻用魔術不容分說炸過去，諸如此類的傳聞。」

什麼？哪裡來的這些傳聞啊？

「我們這鎮上也有幾個傭兵團，他們聽到全都嚇壞了。還為了這件事跑來詢問公會。」

詢問公會？難道他們就這麼跑來問「黑雷姬是不是討厭傭兵？」這樣嗎？

「跟是不是傭兵無關。」

「哦，是嗎？」

「只是遇到敵人一律擊潰而已。」

「……這、這樣啊。」

「嗯。」

不過，追溯一些往事，我們過去的確是擊潰過幾次跑來找碴的傭兵。對了，值得紀念的第一次被找碴記得也是傭兵。

而且我們還在烏魯木特跟藍貓族傭兵團「藍色驕傲」起過一場糾紛。雖說直接下手擊潰他們的是獸王，但不知情的人看了也許會以為是芙蘭做了什麼。

來到巴博拉的途中遇見的迪姆魯傭兵團之所以怕成那樣，想必也是被傳聞嚇的吧。

對他們來說，芙蘭不但是能秒殺他們的強者，還傳出討厭傭兵的傳聞，等於是看誰不順眼下手就不客氣的暴君一個。那當然會害怕了。

「那我就這樣跟傭兵團說嘍？」

「就這樣說。」

「還有，我這裡有個委託。」

「委託？」

「對，是因為看妳本領高強到曾經和A級冒險者互別苗頭，才想拜託妳。」

也就是說，是要討伐某種棘手的魔獸嗎？但我們不能被困在此地太久耶。

本來是這麼以為的，結果好像錯了。

「我們公會裡有幾個我特別照顧的小子，我想讓他們看看什麼叫做人外有人。所以想請妳跟他們來場模擬戰。」

「你怎麼不自己來？」

說得明白點，就連我們都沒把握能打贏加姆多。雖然險勝過與他水準相當的費爾姆斯，但加姆多是冒險者公會的會長。從他與燐佛德的戰鬥看來，想必還維持著當年第一線冒險者的水準。

如果想讓那些人見識真正的高手，加姆多親自上場應該就夠了。

但加姆多搖了搖頭。

「那幾個傢伙是我從小帶大的，覺得輸給我或弗倫德是理所當然。就算現在被我打得多慘，也一點都不會不甘心。」

或許面對水準遠遠高於自己、有如師傅般的人物，就算輸了也只會覺得理當如此而無動於衷吧。

「不會花妳太多時間啦。明天早上可以嗎？」

（師父？我可以答應嗎？）

哦？芙蘭好像很有意願？大概是對加姆多特別照顧的那些冒險者產生興趣了吧。

『我覺得可以，還可以賣加姆多一個人情。』

「嗯，我沒差。」

「好！那我會去把小鬼頭們叫來，就麻煩妳啦！好好挫挫他們的銳氣！不過他們年紀都比小妹妹大就是啦！哇哈哈哈哈。」

「嗯。」

芙蘭跟加姆多仔細講好明天的集合時間等等，這才終於離開了冒險者公會。

『再來去鍛造公會吧。』

「嗯。」

地點已經在冒險者公會問清楚了。

聽說就在比這裡更鄰近港口的區域。大概是蓋在那裡比較方便運送船舶送來的礦石或煤炭吧。

不過在前往鍛造公會之前，得先繞去另一個地方。

『找個有賣酒的地方吧。』

「要去哪裡？」

『酒坊吧。如果能直接跟酒館買的話更輕鬆。』

聽芙蘭說要去鍛造公會，加姆多告訴我們最好帶上伴手禮。他說鍛造公會的會長與幹部多為矮人，帶瓶美酒過去絕對會受到歡迎。

看來矮人就跟奇幻作品給人的印象一樣，是貪杯的種族。

希望可以帶瓶讓對方大吃一驚的好酒過去。

『如果前往鍛造公會的路上正好哪家店有賣酒就好了。』

「費爾姆斯的店可以嗎？」

『對耶，龍膳屋好像就在那附近？』

芙蘭這麼一說提醒了我。斜槓前A級冒險者與專業大廚的費爾姆斯，經營的店鋪應該就在那附近。

畢竟是餐廳，說不定有賣酒。

『我們手上最起碼有一張店主直接贈送的優惠券，說不定有得商量喔。』

「嗯！」

於是我們決定去龍膳屋看看，順便吃頓飯。

「好期待。」

「嗷嗷！」

芙蘭他們知道費爾姆斯的料理有多美味，腳步輕盈得像是小跳步。

但是，小漆恐怕有問題吧。好歹也是餐飲店，我不覺得能帶狼入內。主要是基於衛生考量。搞不好連芙蘭都會被拒絕入店。雖說彼此認識，但我不認為費爾姆斯在這方面會妥協。

聽我這麼說，芙蘭做出了無情的決定。

「小漆進去影子裡。」

「嗷嗷嗚？」

『不可以。店裡空間有限，況且也不知道能不能帶寵物。』

「咕嗚……」

小漆兩眼噙淚耍小心機在芙蘭身上磨蹭，但別以為這樣裝可愛對芙蘭管用！

「不行。」

「嗷嗚……」

小漆一副大受打擊的模樣，拖拖拉拉地慢慢沉入影子裡。最後還是芙蘭硬把牠塞進去的。晚點可能得餵牠一些好吃的討好牠了。

把小漆的弱弱抵抗放一邊，芙蘭完全沒迷路，很快就來到了龍膳屋。

芙蘭是不可能忘掉美味餐廳的地點的。

『哦哦。店面還是沒變，不會太奢華也不會太老舊，感覺讓人很放鬆。』

氣氛就像是隱藏店家，裝潢得滿別緻的。

坦白講，如果我還活在地球上的話大概會不太好意思進去吧。感覺有點像開在住宅區一隅的法式餐廳。雖然只是我個人觀感啦。

門上掛著小塊招牌寫著「龍膳屋」。從旁邊的小窗往店內一看，店裡生意還是一樣好。
芙蘭直接推開門，踏進店內。
「歡迎光臨——一位嗎？」
「嗯。」
「那麼這邊請。」
「謝謝。」
「其實目前店長不在，能提供的餐點有限，可以接受嗎？」
拿來的菜單上，只寫了大約五道料理。記得以前的菜單上應該列出了差不多三十道。
『對耶，費爾姆斯不在啊。』
畢竟他才剛在烏魯木特與芙蘭展開過一場激鬥。除非他腳程快過我們，否則當然還沒回到巴博拉才對。
那麼怎麼還能開門做生意？才知道費爾姆斯不在時似乎會把店交給他的徒弟掌理。但徒弟目前還是學徒，因此獲准提供給顧客的料理只有這些。
龍膳屋的招牌菜龍骨湯則是事前先做好擺著，照常提供。
「那就全部。」
「咦？全部嗎？」
「嗯，全部。」
「我們的料理分量還滿多的，全點真的可以嗎？」

「沒問題，之前有吃過。」

「好、好的。」

「還有這個。」

芙蘭把費爾姆斯給她的優惠券拿給這位大姊。大姊一看霎時驚愕地睜大眼睛，握住優惠券的手在發抖。

不過就是一枚優待券，有必要這麼吃驚嗎？

「這、這是……」

「費爾姆斯給我的。」

「我就知道！這是傳說中只贈送給最重要顧客的優惠券！通稱超級ＶＩＰ券！」

什麼？這麼厲害喔？還以為就只是一張折價券咧。

「怎、怎怎、怎麼辦！店長不在，掌廚的又是那個笨蛋！啊啊，那傢伙的廚藝跟店長根本就不能比！這下要是觸怒了貴客，以後店長會處罰我的！」

忽然就開始驚慌失措了。而且還開始講出一些挺過分的話來。

那個笨蛋，指的八成是費爾姆斯的徒弟吧？我開始有點同情那人了。

「不用特別做什麼沒關係。」

「不，客人帶著這張優惠券來到店裡，怎麼可以只提供餐點就算了……！」

啊！這豈不是好機會嗎？雖然趁人之危有點良心不安，但反正也不是要做什麼過分的事。就來試著拜託那件事看看吧。

『芙蘭，這是跟店裡要酒的好機會。』

「那麼，我想跟你們拿瓶酒。請把你們店裡最好的酒讓給我。」

「好的！酒就行了吧！請稍候！」

店員小姐沒替我們點餐，就這樣跑掉了。我看這才會挨罵吧？待我看看拿來的酒品質好壞，再來決定要不要向費爾姆斯告狀。

五分鐘後，小姐氣喘吁吁地回來了。

她替我們挑選的，是一瓶放在木紋優美的木盒裡，看起來有點價碼的酒。鋪在瓶子底下的紅色天鵝絨，更是提升了它的高級感。

「這是克蘭澤爾王國知名葡萄酒產地生產的頂級品！以魔術保存其中被譽為最佳年份的一百二十年前酒款！」

拿出超乎想像的強大酒款來了！

「本店本來是沒有提供這麼好的酒的……」

「妳是怎麼弄到的？」

「這瓶葡萄酒是我從店長的個人祕藏精品中借來的！」

不不不，不能這樣吧。日後鐵定要挨費爾姆斯的罵吧？如果只有這個店員挨罵還好，要是開始針對我們就糟透了。

總之我們先說服店員，把這瓶葡萄酒收走。然後請她拿店裡提供的最好葡萄酒過來。

一瓶一千戈德。還算有點水準吧？這個價格可以算是高級品了，而且是嗜飲葡萄酒的費爾姆斯所精選，味道應該不錯，作為初次見面的伴手禮恰到好處。我們請店員準備了五瓶同樣的酒。

「真的這個就可以了嗎？店長的酒窖裡，還有其他各種酒款喔。」

「不用。這件事到此為止，我肚子餓了。」

「啊啊啊啊！非非、非常抱歉！立刻為您準備！」

看來她總算想到還沒替芙蘭點菜了。店員不住地低頭賠罪只差沒下跪磕頭，然後急忙跑去廚房幫她點餐。

『那個店員行不行啊？』

「嗯。」

弄到連芙蘭都擔心她，太嚴重了吧？不過也多虧了她，讓我們拿到了價格漂亮的酒。

後來，芙蘭吃光上桌的餐點，喝茶休息。

『怎麼樣？』

（很好吃。）

看她那副吃相就知道。只是，總覺得她看起來不是很滿足。

這時廚師過來了。是一名外表看起來處事認真的禿頭男性。

不但頂上無毛而且本身長相比較粗獷，因此看起來年紀很大，但其實是個二十來歲的青年。就是被女性店員叫成那個笨蛋的那位仁兄。

大概是來跟帶著ＶＩＰ券的顧客致意吧。

「用、用餐還滿意嗎？」

與嚴肅粗獷的外貌恰恰相反，態度相當謙卑。

「費爾姆斯做的比較好吃。」

「這、這樣啊……」

還是說出來了。不過沒辦法，芙蘭是絕對不講客套話的。只希望這位仁兄不要太沮喪，影響之後的工作表現就好。

「請問您覺得哪裡需要改進呢？」

然而，男子比我想像的更堅強。只見他一臉嚴肅地詢問芙蘭。豈止如此，還當場拿出記事本，開始作一些筆記。與其說是笨蛋，應該說是料理痴吧。

本來有考慮講話委婉一點，不過為了他好，還是明白說出需要改進的地方吧。

不過我沒吃，所以是芙蘭在給予批評指教。

芙蘭出於曾為奴隸的境遇，大多數的食物都能吃得津津有味。但這並不表示她吃不出味道好壞。

如果一般人是分成好吃、還算好吃、普通、有點難吃、難吃這五級的話，芙蘭就是超好吃、好吃、還算好吃、普通、吃不下去這五級。

芙蘭冷靜地告訴青年廚師哪裡不好。我們的料理技能已經到頂，她的批評精闢入微。

而當芙蘭走出店鋪時，只留下一個了無生趣的青年。剛開始還能冷靜接受批評，但看來實在是太多地方被打槍了。

別因此而氣餒，要堅強地活下去啊。

「師父，怎麼了？」

『不，沒什麼。接下來去鍛造公會吧。』

「嗯！」

擊垮了青年內心的芙蘭，下一步直接前往鍛造公會。

地點已經跟加姆多問過了。

一來到他告訴我們的地區，我們立刻就認出了鍛造公會的設施。

格外巨大的建築物與用地，加上冒煙工房般的設施。進出的人物盡是粗獷漢子。看來錯不了。

『就是那棟建築物。』

走近一看，繪有鐵鎚交叉徽章的招牌映入眼裡。果然是鍛造公會。

推開厚重鐵門走進去，發現裡面又醞釀出一種具壓迫感的氛圍。

不但燈光昏暗，而且天花板很低，簡直像是置身於洞窟之中。而且室內深處還不停傳出打鐵的高亢聲響，時不時還會聽見男人們的怒吼聲。

標準的男人職場一個。

「喲，有事嗎？」

櫃檯也跟冒險者公會笑臉迎人的服務人員完全不同。一名眼光銳利的矮人肌肉男，用一種幾乎像是威脅的低沉聲音這樣問我們。

「我在找人。」

「那不是我們這裡的業務。去冒險者公會問問看吧。」

喔喔，態度好冷淡。害我想起走進酒館的主角說來杯牛奶，被面無表情的熟男老闆回答「沒賣」之面的場面。

換成一般年輕女生——不，可能男生也一樣吧？換成膽子小的人，應該已經被嚇跑了。

但芙蘭顯得毫不介意，再度對站櫃檯的矮人說：

「我在找的是鍛造師格爾斯。」

「不認識。滿意了嗎？」

「不滿意。」

沒想到能體驗到這種老套的冷硬派劇情……害我有點感動。

可是，這樣爭下去沒完沒了。我建議芙蘭拿出那份禮物。

「找知道更多的人來跟我談。這是禮物。」

「哦哦？」

不愧是矮人，才一看到酒表情就變了。

「這玩意兒是……啊啊！」

矮人原本想伸手去拿放在櫃檯上的葡萄酒瓶，但芙蘭當著他眼前把酒瓶拿走。矮人用怨恨的眼神瞪著酒瓶，然而芙蘭不予理會，把酒瓶收進了次元收納空間。

「找跟格爾斯熟識的人，或是可能知道他下落的人來跟我談。」

「……妳等一下。」

站櫃檯的矮人走到後面，就這樣把我們晾在外面十分鐘。

「跟我來。」

「嗯。」

矮人總算回來為我們帶路，芙蘭被帶到一間地下室。

從大門走進去，發現房間意外地窄小。門的大小與房間尺寸不合。而且房間燈光只有安裝在四個牆角的間接照明，搞得室內非常陰暗。簡直就像誤闖小酒吧似的，排列在架上的各種酒瓶進一步加強了這種氣氛。

「公會長，我帶她來了。」

「好，辛苦啦。」

真沒想到這裡竟是公會長的房間。芙蘭並沒有報上名號，送個酒就這麼有效？還是因為她講出了格爾斯的名字？

站櫃檯的矮人正要離去，我讓芙蘭給他一瓶那種酒。

「唔？可以嗎？」

「反正我還有。」

「是嗎？那就謝了。」

矮人收起剛才那張臭臉，換上愉快滿意的笑容。矮人到底是有多愛酒啊。

「哦？帶酒來了？」

「嗯，禮物。請收下。」

已。

「那老子可得認真回答妳了。況且聽說激怒傳聞中的黑雷姬，下場會很淒慘嘛。」

看來他果然知道芙蘭是誰。但似乎也只是聽過黑雷姬這個綽號，並且知道是黑貓族女性而已。

但他還是判斷芙蘭就是黑雷姬，有幾個原因。他說目前在冒險者以及其親朋好友之間，黑雷姬來到巴博拉的傳聞甚囂塵上。

而公會長親眼見到芙蘭估量實力之後，似乎判斷沒幾個黑貓族能有此等能耐。看來這人不只是鍛造師，也是能準確判斷芙蘭實力強弱的高等級戰士。

芙蘭告訴公會長我們正在找格爾斯，他一聽立刻表情嚴肅地陷入沉思。從這反應看來，公會長應該是認識格爾斯了。

「黑雷姬閣下，妳的名字該不會叫做芙蘭吧？」

「你本來不知道？」

「是啊，老子這邊只聽說過綽號。」

「嗯，我叫芙蘭。」

「以前是不是被稱為魔劍少女？」

「嗯。」

確認這個幹什麼？

「這樣啊……關於格爾斯閣下的下落，老子也不是很清楚。」

（師父？）

『他說的是實話。』

他沒撒謊。看來就連鍛造公會的會長也不知情。

但是，事情並未就此結束。

「不過，關於內情倒是略知一二。老子現在要告訴妳的，全都是機密。妳可千萬別說出去喔。」

「嗯，我口風很緊。」

「那就好。格爾斯閣下目前正在處理貴族的最高機密委託。」

「最高機密委託？」

「對，委託內容老子也不知情……總之大貴族的直接委託似乎是怎麼樣都推不掉。他直到最後都顯得不情不願的就是。」

原來連格爾斯也無法忽略大貴族的委託啊。一旦拒絕不只是格爾斯，連鍛造公會都可能遇到麻煩，或許是情非得已。

「也就是說他被誘拐了？」

「不，對方態度是很強硬沒錯，但沒那麼過分。況且這的確是正式委託。」

「是喔。」

這都不是謊話。看來格爾斯是因為接下了實在推不掉的最高機密委託，才會聯絡不上他。

「其實格爾斯閣下有封信放在老子這裡，說是要給姑娘妳的。他告訴老子如果魔劍少女芙蘭來了就交給妳。老子是有吩咐外面一看到魔劍少女出現，就立刻來通報啦……」

結果來者不叫魔劍少女。格爾斯大概也沒想到她會這麼快就換綽號吧。不但綽號換了，黑雷姬的名號還一口氣變得遠近馳名。結果似乎讓他們沒能把魔劍少女與黑雷姬聯想在一起。

「就是這個了。內容老子也不知道。」

「嗯。」

他說不知道內容是真的。

「噢，請妳別在這裡看。真要說的話，要是被人知道老子把國家的最高機密委託說出去，會危害到這裡的立場。老子不想再涉入更多了。」

聽起來光是保管格爾斯的信件，就已經冒不小的風險了。

但他還是小心保管信件，並交給了芙蘭，一定是為人耿直吧。

「見到格爾斯閣下的話，替老子跟他打聲招呼。」

「好。」

芙蘭收下信件，把帶來當禮物的酒送出去就離開鍛造公會了。

雖然很好奇內容寫什麼，但還是在沒人的地方看比較好。

『反正要在這裡過夜，住進旅店再到房間打開來看吧。』

「嗯。」

我們決定住進鄰近公會的一間旅店。因為明天還要去公會，而且這裡准許帶從魔。

「嗯，好房間。」

「嗷嗷！」

『畢竟房價不低嘛。』

住一晚一萬五千戈德。我們試著訂了附浴室的最好房間。

芙蘭說便宜的房間就好，但總不能讓黑雷姬在便宜房間住宿吧？好啦，算我愛慕虛榮。都已經這麼出名了，總不能讓她被人瞧不起。

『好，那就馬上來開信看看吧？』

「嗯。」

『啊啊，別這麼粗暴地撕開啦。要弄得整齊一點才行。』

芙蘭粗魯地撕開信封，裡面是一張對折的紙。

打開一看，是格爾斯親筆簽名的信。大概是急著下筆吧，字跡不是很漂亮。

開頭寫到他被命令接下大貴族的委託，實在無法推拒。由於是最高機密委託，想跟他人取得聯絡有所顧忌。

目前他不能與芙蘭取得聯絡，也不能說出自己人在何處。只是當芙蘭看到這封信時，自己應該正待在王都。如果可以，希望芙蘭能配合拍賣會的日程造訪王都。武器防具拍賣會上會出售各種武器防具，芙蘭一定會喜歡。

還有，自己打算打造一個新的劍鞘，希望芙蘭可以收下。期待芙蘭來到王都。

信裡就寫了這些。

王都啊。好吧，反正本來就打算去拍賣會，這倒無所謂。

『看來他已經不在巴博拉了。』

「嗯，多了一個去王都的理由。」

『是啊。』

看樣子來到巴博拉的一大目的——與格爾斯老先生的重聚，還得再等很長一陣子了。

第二章　挫人銳氣

返回巴博拉的隔天，我們前往冒險者公會與雷格斯交換情報。

雖然對格爾斯老先生的行蹤已經知道了大概，但說不定還能得到其他情報。

例如強行帶走格爾斯老先生的貴族姓啥名誰等等。我不是有意要報復，只是覺得有個提防總是比較好。

「等很久了？」

「不會，我也才剛到。」

光看對話還真像是情侶約碰面，但對方是嘻皮笑臉的大叔，放在一起一點也不搭調。

「我弄到幾項情報嘍。」

但願跟信件內容沒有重複。

「我在樓上借了房間，換地點吧。」

「好。」

是怕被人聽見嗎？那或許挺值得期待的。

芙蘭在冒險者公會的個人用房間，與雷格斯面對面談話。

「寂靜術。」

「哦哦，不愧是黑雷姬，風魔術也在行啊。」

為了讓他放心開口，我們用寂靜術做隔音。這樣就不用擔心談話被聽見了。

「好了，關於格爾斯閣下的行蹤……我並不是十分清楚。」

「嗯，這沒辦法。」

就連我們都不知道了。後來雷格斯告訴我們的情報我們也知道，就是格爾斯接下國家委託，已經悄悄離開了城鎮。

「看來這些妳已經知道了，但這項情報如何呢？首先，格爾斯閣下說是接下了國家委託，對吧？」

「嗯。」

「去跟格爾斯閣下談這項委託的，是亞修特納侯爵家的人。雖不知道是侯爵家受到了國家命令，還是侯爵家自己主導這次的委託……但我認為亞修特納侯爵家很有可能是委託人。」

當然因為是機密委託，侯爵家的人應該也是暗地裡行動，但看來還是瞞不過萬事通的情報網。他說他是從那人身上攜帶附有侯爵家徽章的物品，並且進出巴博拉的亞修特納侯爵家別邸等情報，判斷對方是關係人。

其實自從燐佛德引起那場邪人出現事件以來，都市便對外來的可疑人物提高警戒，侯爵家的家僕行事鬼祟似乎反而引人側目。

「亞修特納？好像在哪裡聽過。」

『賽爾迪歐的父親就是亞修特納侯爵。』

（在找神劍的大貴族？）

『對。』

賽爾迪歐就是在烏魯木特的迷宮內，襲擊芙蘭想搶我的那個貴族冒險者。

對於他的父親亞修特納侯爵，我與芙蘭都無法抱持好印象。最主要的原因，是我們知道他竟對兒子賽爾迪歐下魔藥，當成傀儡一樣操縱。而且這個貴族還在尋找堪稱超級兵器的神劍，擺明了想在背地裡搞鬼。

格爾斯被這種人帶走，真的不會出事嗎……

「還有一項不太確實的情報……格爾斯閣下行蹤不明的當天，有馬車離開亞修特納侯爵家的別邸。」

「他就在那輛馬車上？」

「只能說不無可能。」

「格爾斯平安嗎？」

「這點我想不用擔心。對方是看上他的技術，反而應該會受到盛情款待吧。」

說得也是。他要是心情不好或是受傷，都很可能會影響工作效率。就算可以洗腦好了，也難保不會因此失去鍛造相關知識，或是鍛造本領變差。

為了讓格爾斯做出最好的成品，最起碼必須讓他四肢健全。即使拿某些事情威脅他，也不能保證他會聽話。

「最重要的是，格爾斯閣下獲得了克蘭澤爾王國榮譽鍛造師的稱號。那是只有受到國王讚譽的偉人才能得到的稱號。對這樣一位人物動粗，可能會落個叛國罪名。」

「有沒有可能被封口？」

「不可能。就算成功封口，像格爾斯閣下這樣的人物長期失去音訊，國家必定會展開正式搜查。無論證據湮滅得多麼徹底，也還是不見得瞞得過。萬一事跡敗露可是會失去一切耶？再怎麼笨也不會冒這個險啦。」

但貴族給我的印象，就是好像幹起這種蠢事都沒在怕的。

「更何況格爾斯閣下被稱為最接近神級鍛造師的存在，他的技術可是萬金難換。沒人會蠢到去幹這種傻事吧。」

好吧，或許雷格斯說得沒錯。

況且，雖然我們擅自想像成他被強行帶走，但信件內容看起來似乎只是被迫接受委託，並沒有遭到暴力威脅。

而且還特地提醒我們在拍賣會的時期去找他，表示到時候去了王都應該就聯絡得上。反過來說，現在我們連他在哪裡都不知道，想行動也沒辦法。

「然後嘛，我有一點關於亞修特納侯爵家的情報。」

「什麼樣的情報？」

「他們家的下屬似乎鬧出了一點問題。詳細情形不清楚，只聽說亞修特納侯爵在這鎮上的別邸，近期內可能會有國家官員來視察。」

大概是賽爾迪歐那件事不免引起了國家的懷疑吧。若是冒險者公會提出嚴正抗議，國家恐怕也無法坐視不理。對格爾斯提出的委託，會不會就跟此事有關？

情報太少了，搞不太清楚。

「再來就是……他們底下的騎士似乎想對魔狼平原重新進行調查。只是還沒抵達就在枯竭森林全軍覆沒，好像只有幾人逃了回來。」

「魔狼平原？枯竭森林？為什麼？」

「這我就沒查到了。而且他們後來似乎還僱用了冒險者，試圖重新調查魔狼平原喔。」也就是說還挺堅持的了。可是，那裡可是曾經發現過B級魔獸的魔境耶？我不認為能找到哪個冒險者願意接下委託。

「結果，由於只有低階冒險者接下委託，好像沒什麼收穫就是了。」

我就知道。

亞修特納侯爵也似乎不想把這個委託內容張揚出去，因此並未公開使用侯爵家的名字，也沒有做什麼指名委託。這樣一來，想召集到像樣的冒險者就更無可能了。

「情報就這些了。抱歉沒收集到什麼重大內容。」

「不會，都是很重要的情報。」

這下就能確信格爾斯平安無事了。而且也得知亞修特納侯爵家與此事相關，這項情報非常有意義。

我們依約支付了三萬戈德，與雷格斯告別。

『結果還是不知道格爾斯老先生的下落啊。』

「嗯……」

『算啦，只要配合拍賣會的時期前去王都應該就會跟我們聯絡了，就等到那時候吧。』

「好。」

芙蘭應該也明白繼續追下去沒用吧。有一段時間她臉上顯現出對格爾斯的擔心，但很快就變回了平常的表情。看來是整理好心情了。

『放心吧，格爾斯比我們還要可靠多了。』

「嗯。」

『再來是加姆多的委託吧。時間也剛好，我們過去吧。』

「嗯。」

『與年輕冒險者的模擬戰啊……』

「躍躍欲試。」

『不不！不用試什麼沒關係啦！』

「嗯？」

重點應該是下手能多輕才對吧！芙蘭顯得幹勁十足，但萬一做得太過火，可能會對那些人的身心同時留下嚴重創傷。

加姆多說他特別照顧那些人，但等級不至於高到能跟動真格的芙蘭打成平手吧。

可是，加姆多應該也明白這個道理吧？也就是說那些冒險者的等級比我想像得更高嗎？高到能跟芙蘭認真打模擬戰？

也有可能他的教育方針就是將孩子推下山谷的那一型。只是受到的傷害恐怕沒有跌落懸崖那麼輕微。

算了，見到面就知道了。

我們離開跟雷格斯談話的會議室，前往冒險者公會的一樓。雖然感覺直接跑去公會長的房間也不會被怪罪，但畢竟是委託嘛。我想還是照規矩來請櫃檯辦理比較好。

「加姆多已經來了嗎？」

雖然問話問得很隨便就是。

「芙蘭大人，會長已經交代過我了。這邊請。」

櫃檯小姐帶我們前往的不是辦公室，而是位於公會後方的一個小房間。進去一看，牆上與地板擺滿了武器防具。就像一間武具庫。

在這間武具庫裡，整裝待發的加姆多正等著芙蘭到來。加姆多穿在身上的，盡是蘊藏魔力的頂級武具。

我在對付燐佛德那次也看過加姆多的這身配備。一定是他認真上陣時的裝備吧。

奇怪？他明明說是跟年輕人打模擬戰，難不成要去獵龍嗎？

「歡迎妳來！」

「嗯。你為什麼穿鎧甲？你會參加模擬戰嗎？」

芙蘭用充滿期待的聲音詢問，語尾還帶點躍動感。一副就是滿心期盼與加姆多交手的態度。

這個戰鬥狂妹妹真是的！然而，加姆多搖搖頭。

「不，我要當裁判。穿防具只是為了預防被波及，我不會上場。」

「這樣啊。」

芙蘭語氣遺憾地低聲說，但似乎立刻就想到可以好好跟冒險者打一場，用頗有幹勁的表情點點頭。

「好。」

『芙蘭，隨便應付就可以了喔。』

「嗯，我會加油。」

哇……手都握成拳頭了，一整個鬥志昂揚……

嗯，只好祈求各位冒險者在九泉之下安息了。

「準備好了嗎？」

「隨時可以下手。」

不要下手啊！

「那就走吧。那些小鬼應該已經在後面的訓練場集合了。」

加姆多帶我們前往的訓練場相當寬敞，兩端最遠的距離起碼有三十公尺吧。牆壁也很厚，設計得即使在裡面多少頑皮一下也不會對屋外造成影響。

在這訓練場裡集合的冒險者，人數比我想像得更多。

「喔，小鬼們！你們都到啦！」

「安安～」

「早安！」

「早啊～」

「耶～！」

本來以為最多不過兩三人，想不到多達九人。從怎麼看都跟地球的小混混沒兩樣、態度差到極點的幾個傢伙，到這麼守規矩看了也挺累的、抬頭挺胸排隊站好的傢伙，什麼樣的人都有。

試著鑑定看看，發現大家意外地都挺強的。

其中有兩個傢伙更是出色。一個是27級的幻劍士，一個是26級的火焰術師。能力應該有D級冒險者的水準。

就算把這兩人當成例外，平均也有至少22級，實力相當於E級前段班。就連戰鬥力最差的一個，也是20級的斥候職業。年紀輕輕就有這等實力，不愧是公會會長特別照顧的晚輩。

「今天的訓練是模擬戰。」

加姆多這樣對他們說，冒險者們立刻吵著抗議。

「又是模擬戰嗎？」

「我比較想跟弗倫德先生打耶。」

「加姆多先生下手都太重。」

與其說是加姆多被看扁，應該只是關係親密到可以口無遮攔吧。

「吵死啦！閉嘴！」

加姆多的怒吼，讓七嘴八舌的冒險者們頓時安靜下來。

「喂，跟他們做個自我介紹吧。」

「嗯。我是芙蘭。」

芙蘭一走上前，冒險者們的視線一齊朝向她。隨即又轉向其中一名冒險者。

什麼意思？大家怎麼都盯著那男的看？不過一經鑑定，就知道原因了。

那個名叫雷德的盾士，擁有7級的鑑定技能。大概是大家看不太出來芙蘭的實力，想依靠雷德的鑑定結果吧。

不過，沒用的啦。芙蘭已經用鑑定偽裝技能顯示成亂掰的數值了。

看起來應該只像是以菜鳥來說還過得去的實力。

鑑定的結果不代表一切，這點我們也是過來人。有些對手會像我們這樣施加偽裝，也有一些部分無法用鑑定分辨。也就是經驗或思考等部分。

如果不懂這個道理，一味依賴鑑定結果，遲早會嘗到苦頭。不，與其說遲早，可能今天就要倒大楣了。

話雖如此，要這點程度的幾名冒險者看到非戰鬥時的芙蘭就能判斷她的真正實力，是要求得過分了點。

雷德當場露出瞧不起芙蘭的表情，然後對大家聳聳肩。看來是在告訴他們對方沒多大本事。冒險者們一看，氣氛也變得鬆弛了一些。似乎以為這名少女是他們的晚輩，今天是來跟大家認識的。

「今天我要芙蘭跟大家打一場模擬戰。」

「……可以嗎？」

其中一名冒險者，用完全輕視芙蘭的表情追問。

「可以。芙蘭，不用手下留情。儘管操爆就對了。」

「嗯。」

看到芙蘭點頭回應加姆多所言，冒險者們開始不懷好意地笑了起來。

只有那個看起來個性認真的冒險者沒笑。

這幾人似乎以為加姆多那句「儘管操爆就對了」是講給他們聽的。大概是解讀成希望他們給有點得意忘形的芙蘭一個教訓吧。

「瞭了。」

「好。」

加姆多這人也真壞，講話故意讓那些冒險者誤會。這下要是見識到芙蘭的實力……自尊心肯定碎一地吧。

不過就連我來看都覺得這些冒險者年輕有才華，多少變得比較自大也不難理解。趁現在被芙蘭痛扁一頓，徹底挫挫銳氣或許對這些傢伙有好處。

「首先從狄佛開始。」

加姆多指向站在最中間的男子。

「劈頭就指定要我？」

「有意見嗎？」

「沒有……」

芙蘭偷看加姆多一眼，他有所示意地笑著對芙蘭眨眨眼。大叔眨眼超噁的！好吧，反正就是要她開場下手重一點吧。

『別做得太過火喔。』

（嗯。只會打到大恢復術治得好的程度。）

『不，那樣已經太過火了！』

至少好心點控制在中量恢復術左右啦！但芙蘭一把我拔出來，就帶著雀躍的表情走到訓練場中央去。

慘了，看這樣子鐵定會下手過重！

名叫狄佛的幻劍士青年絲毫沒察覺到危機將近，腳步悠閒地走過來。臉上浮現著不大滿意的表情。

自己在加姆多叫來的冒險者當中是最強的一個，哪有那閒工夫對付這種小妹妹啊。一看就知道他心裡是這麼想的。

加姆多像裁判一樣站到兩人之間。

「先說清楚，我要你們至少跟芙蘭交手兩次。」

「哦？那也要她能撐那麼久才行吧。」

「這就要看你們了。」

不知是怎麼理解加姆多的這句話，狄佛隨便聳聳肩。

「還有，回復人員也已經找好了。喂，進來吧。」

「是是是。就只有這種時候會找我。」

在加姆多的呼喚下，一位平凡無奇的大嬸走了進來。就是個身穿隨處可見的土氣衣服，感覺像是市民A的福態大嬸。跑錯棚的感覺好強烈。

但是經過鑑定就知道，實力相當高強。至少應該比在場的年輕冒險者們更強。尤其是治癒魔術3這個部分最是吸引我的目光。也就是說，她是等級高到能夠使用大恢復術的高級術師。

「這位是前B級冒險者貝絲。現在已經結婚去當家庭主婦了。」

「都說我已經不做這行了，有時卻還是委託我來幫忙。」

「所以我不是有多給報酬了嗎？」

「但你也使喚我使喚得很凶啊！好吧，對我們家的家計大有幫助就是了。誰教我家老公賺那麼少！啊哈哈哈。」

雖然不管怎麼看都只是個普通大嬸，但是就深藏不露這點而論，也許可說是最厲害的好手。

本來以為那些冒險者一定又會狗眼看人低，沒想到所有人都不苟言笑地排隊站好。看來還不至於不認識在同一個鎮上活動的前高階冒險者。

然而看到這位大嬸，冒險者們的表情顯然像是鬆了口氣。接著，對芙蘭的侮辱之色也更深了。大概是心想這樣多少讓芙蘭受點傷也沒事吧。

殊不知芙蘭也在想著同一件事……我應該沒看錯，聽到大嬸會用治癒魔術，芙蘭的眼神透出了一絲笑意。

「雙方敬禮。」

在加姆多的吆喝下，雙方站出來面對面。

「我是狄佛。」

「芙蘭。」

「那麼，模擬戰開始！」

互相報上名字之後，加姆多即刻宣布模擬戰開始。

但是兩人都按兵不動，互相注視。雙方都有意禮讓對方先出手。

做出的行動是一樣的。然而，芙蘭與狄佛按兵不動的理由大相逕庭。

芙蘭一開始，先是估量對手有多少本事。結果判斷對手不怎麼厲害，知道自己一出手就會解決掉還在看輕她的狄佛。所以才會覺得先讓狄佛出手比較好而靜止不動。

相較之下狄佛對夥伴的鑑定結果深信不疑，從一開始就沒把芙蘭放在眼裡。雖然憑這傢伙的等級，對峙之下應該會看出芙蘭有點實力才對……

看來是作夢也想不到眼前的少女會比自己厲害，導致那種感覺也跟著失準。刻板觀念實在可怕啊。於是為了禮讓他以為很弱的芙蘭先出手，才會遲遲不動手。

「怎麼了？妳不打過來嗎？」

「可以嗎？」

芙蘭是在問加姆多，但狄佛大概以為是在問他吧。

「知不知道在這種時候，弱的那一個先出招才叫禮貌？」

他用暗藏嘲諷的語氣如此放話。

是喔，挺敢講的嘛。害我差點沒笑出來。

「嗯？」

『不，沒什麼。』

「喔。」

「喂，妳在那裡自言自語個什麼勁啊。快點放馬過來，我也不是閒著沒事做耶。快點打完讓我回去幹活啦。」

「可是，你不是說弱的那一個先出招才叫禮貌嗎？」

「啊？」

「既然這樣，你先出招才叫禮貌。因為你比我弱。」

哦哦，開始挑釁了。好吧，其實芙蘭不是存心要挑釁，只是實話實說而已。但芙蘭的這句話似乎刺傷了狄佛的自尊心。

「喂，妳這小鬼最好別給我太囂張喔。」

「什麼叫囂張？」

「就是叫妳別得寸進尺！竟然敢說妳比我強，哪裡來的根據啊！」

「看就知道了，這是事實。」

「妳這傢伙……！」

這傢伙燃點會不會太低了？而且那麼輕易就相信夥伴的鑑定結果，實在有夠不成熟。

不，仔細想想，再有實力畢竟也才二十二歲。即使年紀比芙蘭大，在社會上來看還只是個毛頭小子。

即使在加姆多或弗倫德的指導下增強了戰鬥力，或許還是缺乏社會磨練，或是如何脫離危機等人生歷練。

加姆多之所以想到讓他們與芙蘭進行模擬戰，想必也是為了讓他們累積這類經驗。

「好了啦，你就先出手嘛。」

「就是啊，跟小孩子吵架很難看耶。」

「快點給她點顏色瞧瞧，結束這場鬧劇啦。」

其他冒險者夥伴開始跟狄佛起鬨。這些傢伙也都是一副絲毫不覺得狄佛會輸的表情。

「煩不煩啊！對付比我弱的傢伙，我哪能先出手啊！」

然而被同伴這樣開玩笑似乎讓他更固執了，竟然說他絕對不主動攻擊。

『沒辦法了，那就我們主動攻擊吧。』

（嗯，知道了。）

於是芙蘭舉起我，對狄佛宣告：

「我要攻擊了，你擋好。」

「嗄？妳鬼扯什麼？」

「我來了。」

「啊——？」

狄佛太過輕敵，完全沒反應過來。
一回神芙蘭已經出現在眼前，自己則莫名其妙地不支倒地，接著才注意到右腳的劇痛。情況就是這樣。
「啊啊呃啊啊！」
他護住被砍斷的右腳，淒厲地慘叫。
『第一招就這麼狠啊？』
本來以為她會故意來幾招可以擋下的輕微攻擊，等狄佛拿出真本事。
（希望其他人看了會跟我認真打。）
『原來如此。』
也就是說狄佛是殺雞儆猴，意思是你們不認真打就會輸得這麼慘。
（再說，反正至少還有一次機會。）
因為加姆多說過至少要對打兩次嘛。
『好吧，這樣大家接下來應該都會認真了啦。』
「下一個，拉希德。」
加姆多的聲音，在狄佛繼續哀叫的訓練場中響起。
「咦？什麼？」
「還不快上場！」
「好、好的！」

像是被加姆多的怒吼硬逼上場，下一個犧牲者走到了訓練場中央。就是剛才還在開狄佛玩笑的那個長槍手。

「我是芙蘭。」

「我、我是拉希德。咦？拜託先等一下！」

拉希德還沒完全跟上狀況，但加姆多不予理會直接喊開打。

「開始！」

「嗯。」

「呃啊啊！」

真悲哀，超高速退場。才一舉起長槍的瞬間，就被芙蘭連同槍尖把右臂砍飛了。

冒險者們似乎也終於明白芙蘭不是普通女孩了。在拉希德的慘叫四處迴盪的訓練場中，緊張感一口氣高升。

然而加姆多毫不留情，繼續進行模擬戰。

「下一個，納莉亞。」

「嗚咦咦？」

拉希德遭到秒殺後，下一個被指名的女性弓手剛才同樣也開過狄佛玩笑。她用眼角餘光看了一眼正在接受治療的拉希德。

「哎喲，斷面切得真整齊～」

「痛死我啦～」

「好了啦，不要亂動。你是男生耶！」
「啊——！不要就這樣拍下去啊……！」
「叫得這麼誇張～」
大嬸感覺好像隨時會說出「塗個口水就會好啦」之類的話，但還是有在用大恢復術幫他們治療。
拉希德的手臂血如泉湧，畫面看起來十分悽慘，但大嬸卻面帶笑容進行治療。不愧是前B級冒險者，看似普通大嬸卻這麼有膽量。
納莉亞求助般的視線，朝向了擁有鑑定技能的盾士雷德。
雷德被她這樣盯著，一臉驚愕地不住搖頭。因為芙蘭的能力值還是一樣弱，他大概覺得很難置信吧。
「我是芙蘭。」
「呃……」
「這丫頭是納莉亞。那就開始吧。」
「等……！該死！」
納莉亞在模擬戰開始的瞬間向後跳開。雖然還沒擺脫混亂，畢竟已經看到兩人壯烈犧牲，應該會覺得必須做點什麼吧。她隨即搭箭上弦準備瞄準芙蘭，無奈——
芙蘭已經在她的眼前了。
「該死，好快——呀啊！」

納莉亞也跟拉希德一樣被砍斷右臂，迅速吃下敗仗。

接著被叫到的彪形大漢米格爾，表情嚴肅地走上前來。像這樣從一開始表情就還算像話的冒險者，今天他是第一個。

他也望向雷德，但雷德早就嚇得無法動彈了。

「我是米格爾。」

「嗯。芙蘭。」

「那麼，開始！」

「喝啊啊！」

哦，米格爾可就是拿出真本事揮劍砍來了。話雖如此，攻擊尚嫌粗糙。他應該已經感覺出有什麼東西顛覆了鑑定結果，但或許是從外表猜測芙蘭力氣不大吧。大劍沒下任何功夫就從芙蘭頭上砍來，企圖以蠻力較勁。

那就來嚇嚇這傢伙還有雷德好了。

「嗯！」

「什麼！」

米格爾一如我所料，發出驚叫聲。

只因芙蘭舉起我來，正面擋下了米格爾的大劍。

我與大劍互相碰撞，展開激烈交鋒。然而，無論米格爾這個彪形大漢如何使力，就是無法讓芙蘭動搖分毫。

「呼！」

「呣喔喔喔哦！」

芙蘭就這樣使出蠻力，硬是從正面把大劍推回去。被來這麼一下，米格爾的龐大身軀輕飄飄地浮空了。米格爾就這樣失去平衡，重重地跌坐在地。

他與雷德都一副不敢置信的表情。因為照鑑定得知的能力值，芙蘭不可能擋得下米格爾孔武有力的一擊。但實際上她不但輕鬆擋下，還把大劍推了回去。

不過，可不是這樣就結束嘍？

「氣絕電壓。」

「嗚啊啊！」

「怎麼可能！」

終於就連雷德也發出驚愕的大叫。想必是因為芙蘭使用了技能根本沒顯示的雷鳴魔術吧。

「喝！」

「咯呼……」

芙蘭一腳踢進米格爾的臉孔。他被電擊麻痺的身軀，飛出了幾公尺的距離。

看到米格爾不再動彈，雷德呆站當場。然後用沙啞乾裂的聲音擠出一句話：

「怎麼會……」

「雷德，你怎麼了？」

對於雷德的反應，加姆多裝傻地問道。他明明就等著這種情況發生。

「加、加姆多先生！這個獸人小鬼到底是什麼東西啊！」

「這樣問要我怎麼回答？」

「鑑、鑑定結果很奇怪！她不可能這麼厲害！等級也很低，又不會用魔術！臂力也……！」

看到雷德驚惶失措，加姆多別有用心地笑著說：

「你不知道這丫頭是誰嗎？」

「我哪會知道啊！」

「強悍到能瞬間擊敗狄佛他們，又會使用罕見的雷鳴魔術的黑貓族少女。這樣還是猜不出來嗎？沒有一個人知道？」

「「「……」」」

對於加姆多的問話，所有人都沉默了。

我以為都給這麼大的提示了，總有哪個人叫得出黑雷姬的名號才對吧……

看到冒險者們的反應，大概是真的覺得很傻眼吧，加姆多嘆了特別大的一口氣。

「唉，你們之所以遇到瓶頸，原因就出在這裡。」

「……」

「只不過是練出了一點本事就開始得意，也不收集情報，狩獵時總是靠運氣見招拆招。過度依賴鑑定而疏於鍛鍊推測對手實力的眼光，都聽到我喊戰鬥開始了，卻連臨戰架式都擺不出來就被打倒。」

加姆多抓準機會大做文章。不，反正原本目的就是要讓他們受到教訓懂得警惕，也許這頓訓示才是今天模擬戰最重要的部分。

面對這群尷尬地不敢吭聲的冒險者，加姆多重新向他們介紹芙蘭。

「這丫頭是C級冒險者，黑雷姬芙蘭。在今年的烏魯木特武鬥大賽擊敗了A級冒險者獲得嘉獎，是眾所期待的明日之星。」

冒險者們聽到這番介紹，全都吃驚地睜大雙眼。看來即使沒聽過黑雷姬這個綽號，也知道要在武鬥大賽獲獎有多困難。

「就是你們幾年前全都在預賽被淘汰的那個大賽。」

似乎還親身體會過大賽的水準。

「什麼？」

「不可能！」

「可是被這麼一說，好像有聽到傳聞？」

「但她是黑貓族耶？」

「真是，只要稍微跟商人們打聽過情報，早就該看出小妹妹的真面目了！」

加姆多傻眼的語氣，讓冒險者們紛紛垂頭喪氣。大概是深切體會到他們有多麼疏於吸收新知了吧。而且也因為這樣而吃到了苦頭。

「還有，世界上有一些技能可以偽裝或是遮蔽鑑定結果。只會一味依賴鑑定結果，總有一天會陰溝裡翻船。」

「是……」

「這世上是人外有人──」

後來加姆多繼續長篇大論地說教，直到醫護人員貝絲大嬸開始打呵欠，才終於結束。

不過，我倒是學到了不少。雖然是老生常談，但也讓我重新有所警惕。這些傢伙的失敗，隨時都有可能降臨在我們身上。光是提醒了我這點，我想這場模擬戰已經深具意義。

武鬥大賽讓我體會到高手的可怕，這場模擬戰則是提醒了我作為冒險者的基本功。

「呼……小妹妹，讓妳久等了。」

「嗯，等很久了。」

「眼下的目的是達成了，但與強者的模擬戰是寶貴的經驗，請妳陪他們打到最後吧。」

「當然。」

芙蘭大膽地笑了起來。剛才還在嘲笑她那笑臉的冒險者們，現在都不敢笑了。

反而像是被扒光衣服丟到猛獸面前的活餌一樣，滿臉驚恐地縮成一團。

我覺得有點可憐，但加姆多毫不留情地宣布繼續進行模擬戰。

然而這些冒險者剛被加姆多狠狠教訓一頓，又親身體會過芙蘭的可怕，現在都變得畏畏縮縮的。

連原本的實力都無法發揮，就被芙蘭手下留情的一擊一一打倒。大概不到五分鐘第一輪就結束了。

「你們……真是不中用。就這點本事？」

「嗚……」

「非常抱歉……」

加姆多喊話激勵，但冒險者們只是表情陰暗地低著頭。

他們理解到自己的不成熟，又徹底敗給像芙蘭這樣的小孩，導致完全喪失了自信。

加姆多原本是請芙蘭重挫最近變得自大起來的學生的銳氣，結果豈止銳氣，似乎連內心都挫敗得一塌糊塗。

芙蘭略看一眼加姆多。意思是問他還要不要繼續。

繼續下去搞不好會讓這些冒險者心生去意，或是失去幹勁。

然而，加姆多似乎不打算罷手。

他只是沉重地頷首，請芙蘭繼續。

「可以嗎？」

「可以。要是受到這點挫折就想放棄當冒險者，那就表示他們也就這點才能了。遲早會在別件事上跌倒退出，或是丟掉性命。」

技術可以用訓練獲得，心靈就難了。況且這也要看當事人的天分。可能也有一些人個性就是不適合當冒險者。

既然如此，趁著還有一條命在讓他們知難而退，或許也是加姆多的善意。以他們這種本領，早晚會開始對危險的地下城或魔境產生興趣。到時候才發現心志不堅就太遲了。

「那麼，開始進行第二輪。狄佛、納莉亞、米格爾，你們上前。」

「……是。」

「噫！」

「……好。」

冒險者們帶著心如死灰的表情回話。納莉亞更是面有懼色。

「好，這次是三對一。沒問題吧？」

「嗯。」

冒險者們露出大有問題的表情，但芙蘭與加姆多都沒理會。

「還有，這樣吧……一開始，小妹妹先不還手。只要你們能趁這時候攻擊到小妹妹一次，我就喊停。」

喂喂，別擅自做決定啊。好吧，雖然芙蘭聽了反而好像更有幹勁就是。大概對芙蘭童稚的一面來說，有這種類似遊戲規定的設計才好玩吧。

冒險者們的眼中，也恢復了些微幹勁。大概是覺得只要成功，想趕在被芙蘭打飛之前先給她一擊也不是不可能吧。三人還開了作戰會議。

「可以了嗎？那麼，模擬戰開始！」

「喝呀啊！」

一開場的瞬間，首先由米格爾衝殺過來。他揮動大劍，對芙蘭發動攻擊。只是，動作實在太粗糙了。這樣一看就知道是誘餌了。

果不其然，狄佛躲在他背後進逼而來。消除氣息的技巧還不賴。在狄佛襲向芙蘭之前，納莉亞已先趁著米格爾的攻擊空檔對她放箭。

箭從揮劍來襲的米格爾腋下或臉孔旁邊飛過，攻擊方式非常驚險。重視精度勝過威力，以奇襲來說十分足夠了。

配合納莉亞的射箭，狄佛開始出招對付芙蘭。不愧是平常就有在組隊，很有默契。

狄佛手上的劍在幻劍士技能的影響下，有如海市蜃樓般搖擺不定。原來如此，是能夠隱藏劍勢的技能啊。在近戰當中想必十分有用。

但是，對於能夠感覺到氣息或空氣流動的芙蘭來說不管用。她一邊空手彈掉箭矢，一邊以毫釐之差躲掉狄佛與米格爾的攻擊。三人驚愕萬分，眼睜睜看著芙蘭順勢輕盈地跳出包圍圈。

要讓他們來說的話，剛才的攻擊應該躲無可躲才對。而芙蘭卻用令人難以置信的身手成功躲開。難怪他們要吃驚了。

後來，三人又繼續施展各色各樣的聯手攻擊，但直到最後都沒能擦到芙蘭一下。等加姆多一准許攻擊，他們隨即被芙蘭一個不剩地踢飛，昏死過去。

其他冒險者見狀，似乎連叫都叫不出來。大概是看了這場戰鬥，無法想像自己的攻擊能打中芙蘭吧。

即使如此，模擬戰仍然繼續進行。

第二組也跟狄佛等人依同樣的過程被擊垮，馬上就輪到第三組了。

這次的三人組，是實力與狄佛並駕齊驅的火焰術師汪達、擁有鑑定技能的盾士雷德，以及態度似乎比較老實的槍手瑞迪克。

雷德完全嚇壞了，但瑞迪克是這九人當中唯一有誠意要過招的人。汪達則是顯得略有自信。

明明才剛在個人戰被痛宰過，八成是覺得身為魔術師的自己要在團體戰才能發揮實力吧。個人戰的時候明顯看得出來毫無幹勁。

只是，我也不是不能理解這種心情。魔術這玩意兒只要有點本事就能操縱軌道等等，是很難閃避沒錯。

雷德與瑞迪克拚命想把芙蘭引誘到汪達的火焰魔術容易瞄準的位置。芙蘭故意如他們的意，讓身體暴露在汪達的射擊線上。霎時間，汪達的火焰魔術飛了過來。

「──閃焰轟擊！」

哦，來真的啊。被這種魔術直接擊中的話，換作普通一個C級冒險者可不是受重傷就能了事。就算用大恢復術治療也有可能留下後遺症。

只是，與其說是急於求勝而無法控制下手輕重，應該是故意報復芙蘭到目前為止的囂張行徑吧。看得到他咧嘴露出下流的微笑。

看了真讓人有點不爽，得讓他改改這種爛個性才行。好吧，這個交給加姆多去想辦法，我們就來把這傢伙僅剩的無聊自尊心徹底粉碎吧。

「閃焰轟擊。」

芙蘭射出的魔術與汪達的魔術正面相撞，引發爆炸。芙蘭用完全相同的魔術撞過去，把它抵銷了。

「怎麼可能！──閃焰轟擊！」

「閃焰轟擊。」

「怎麼會……火焰標槍！」

「火焰標槍。」

「怎麼可能怎麼可能怎麼可能——」

這種用相同魔術相撞的抵銷方式，其實並不是只要發動同一種魔術就能辦到。必須具備能夠讓魔術正面相撞的控制能力，以及看了對手的魔術之後還來得及出招的詠唱速度。而且對魔術要有足夠造詣能夠判斷法術威力，並懂得駕馭魔力以相同威力發動法術才能辦到，是極為高明巧妙的絕技。

不過也是因為對手只有汪達這點程度，才辦得到就是了。

汪達詠唱起來又臭又長，而且絲毫無意隱蔽魔力。就算不是芙蘭，任何一個有點技藝的魔術師都能照樣來一遍。與其說是芙蘭太神，不如說是汪達除了魔術技能以外樣樣不行。一向只是躲在同伴背後施展魔術的他，現在得付出代價了。

大概是明白到這點了吧。汪達當場雙膝一軟跪了下去，喪失了鬥志。

結果不久之後他也被芙蘭一腳踢上天，模擬戰到此結束——本來是這麼以為的，但最後加姆多做了個提議。

「能不能請妳同時跟他們九個人交手？」

「嗯？可以啊。」

竟然這麼處心積慮地想擊垮他們的內心，真是斯巴達啊～

還打不過癮的芙蘭，自然沒有理由拒絕這個提議。

於是，芙蘭對抗所有人的最終戰確定開打。規則跟剛才一樣，芙蘭先不攻擊。只要他們能趁機打到芙蘭一次就結束了。

不過，沒用就是了。他們追著芙蘭跑了足足十分鐘，就是逮不到她。他們那種分明在單方面攻擊對方，卻漸漸變得充滿絕望的神情，看了甚至讓人心生憐憫。

最後芙蘭稍微拿出真本事，一瞬間就把他們全打倒了。

控制了威力的廣範圍火魔術雖然也波及到了加姆多，但他顯得不痛不癢。好吧，威力是不怎麼強沒錯。

其實憑他們的等級這點火焰咬咬牙就撐過去了，但這些冒險者卻失聲慘叫露出破綻。原因大概也是出在他們的內心脆弱吧。

看著昏倒的九個人，加姆多來向芙蘭道謝。

「嗯──很有意義的一場模擬戰。幫了我一個大忙。」

「嗯。」

「希望這幾個傢伙，能藉這次機會長點毅力就好嘍。」

大概是回想起他們那副窩囊相了吧。加姆多頓時收起笑容，深深嘆息。

「真是，這樣還敢說想踏入魔境的深層。」

「魔境？水晶牢籠？」

「對。妳去過嗎？」

「嗯，只到中層。」

「就連小妹妹都只走到中層，這些傢伙卻……」

我們只去過一次水晶牢籠，目的是獵捕料理比賽所需的肉類。那次應該也是我們初次看到弗倫德打鬥的模樣。還記得看到弗倫德輕輕鬆鬆打倒威脅度B的魔獸閃電鳥，把我嚇了一大跳。

「深層？不是中層？」

「是啊，因為中層誰愛去都可以去。那個魔境有些區域會限制進入，但也並沒有派人監視，純粹只是設個讓冒險者保護自己的指標。違規的人嘛，大抵來說都會沒命就是了。」

水晶牢籠這個魔境，各區域設定的威脅度依據出現的魔獸而有所不同。當然，冒險者都有學過不應該踏入高於自身階級的區域。但是要不要守規定，就看各人了。

「威脅度較高的區域，危險度也會跟著提高。這麼一來，當然也就更有賺頭。總是有冒險者硬要踏進危險區域。」

可想而知。冒險者盡是些不要命的傢伙。

再說，人對於自己的不幸總是特別缺乏想像力。不像自己成為幸運兒的模樣，再多都幻想得出來。

也許我能收拾掉比我厲害的魔獸。也許能採集到珍稀藥草或素材。也許運氣好不會碰到強大的魔獸。別人不走運，不見得我就不會吉星高照。

總是有人盲信這種不切實際的想像，踏進危險的場所。

看樣子，巴博拉的冒險者們也是如此。

「這些傢伙也是，在中層成功狩獵過幾次。」

單純論實力的話，想在中層狩獵也不是不可能。

「殊不知他們只是走運，沒碰上成群的凶惡魔物……搞到最後，竟然還敢要求我准他們進入深層。因為只有深層設了結界魔術，監視冒險者進出。」

「原來如此。」

「目的似乎是能在深層開採到的礦物。說是要用來打造武器防具。」

「也就是說，他們不打算戰鬥？」

「是啊，似乎是對自己的逃跑能耐特別有信心。」

看來還沒自大到以為打得贏威脅度B的魔獸。可是上次光是遠遠看到閃電鳥，都已經覺得速度快到不行了耶。如果沒有空間轉移，就連我們搞不好都跑不掉。而且應該還會出現其他凶惡的魔獸，去那種地方無異於找死。

所以才會想用這場模擬戰擊垮他們的信心，阻止他們幹傻事吧。

「不可能跑得比閃電鳥快。」

「我看就算是遇到成群的暴風獵鷹也逃不掉啦。」

「遇到跟小漆一樣的黑暗野狼也跑不掉。」

「對了，小妹妹妳有黑暗野狼當從魔對吧？牠現在在做什麼？」

「在影子裡睡覺。」

也許是對於自己不用上場的模擬戰沒興趣吧，小漆一早就待在影子裡睡大覺。

「……是這樣的，我想跟妳商量一件事——」

然後過了十幾分鐘，昏倒又甦醒過來的冒險者們被要求一字排開站好。

「怎麼樣？搞清楚你們功夫有多淺了嗎？」

加姆多講得冒險者們頭抬不起來。只是，好像還不是很能心服口服的樣子。看樣子是把芙蘭當成極少數的天才之一了。並且因此認為輸給像芙蘭這種特別的對手，也怪不得他們。

感覺還沒達到加姆多希望他們放棄前往深層的效果。加姆多自己應該也看出了這點。

「……好，最後再打一場模擬戰。」

「什麼～」

「還要打喔……」

「饒了我吧。」

「少囉嗦！閉嘴聽我說！聽清楚了，最後這場模擬戰在性質上有點不同。小妹妹。」

「嗯。小漆你出來。」

「嗷！」

回應芙蘭的呼喚，黑狼自暗影中湧現。原本那副外型就已經很有震撼性了，接著又讓形體巨大化。威懾感非比尋常。

感覺得到冒險者們都倒抽一口冷氣。

「這傢伙叫小漆，在當小妹妹的從魔，是威脅度C的黑暗野狼。以水晶牢籠來說，中層有可能會出現這種等級的魔獸。」

嗯，他胡掰的。雖然黑暗野狼確實是威脅度C的魔獸，但小漆是特殊個體，而且跟我們一起經歷過多場實戰，變得相當強悍。甚至可能已經一腳踏進威脅度B了。水晶牢籠中層不會出現如此凶惡的魔獸。

然而，冒險者們對此並不知情。雷德確認過小漆的種族後，告訴同伴加姆多所言屬實。

「如果你們的實力能躲過小漆的攻擊逃出生天，我就答應讓你們去深層。」

「真的嗎？」

「真的，男子漢說話算話！」

沒錯，這就是加姆多跟芙蘭商量的事。要做的事很簡單。首先，冒險者們站到訓練場的中央。小漆到訓練場入口對面的牆邊做好準備。然後，只要冒險者們有五人以上到達入口就算他們贏。五人以上被擊敗就算小漆贏。

之所以沒有規定必須全體逃走，是因為加姆多判斷只要有半數存活就能逃出水晶牢籠。

聽到這個條件，冒險者們的表情略略恢復了光明。

對手只有一頭狼。大概是以為半數人員到達終點這個條件不難達成吧。

於是，小漆對抗冒險者們的捉迷藏正式開始。

「上啊！」

「唔喔啊！」

「靠你了！」

首先由冒險者們當中腳程特別快的幾人衝向入口。大劍戰士米格爾留下，衝著小漆而來想阻擋牠。

所以是從一開始就捨棄四人，只讓五人存活的作戰計畫吧。火焰術師汪達施放的火箭術飛向小漆。

「哈哈！對付四個人就動不了了吧！」

「那麼大一隻！動作一定也很笨重！」

「你追不上我們了！」

入口已經近在眼前，小漆還留在原位動都沒動。

冒險者們大概是覺得勝券在握了吧，臉上浮現笑容。

然而，小漆不是動不了，是沒必要動。

小漆用堅硬的毛皮擋下米格爾的攻擊，前腳一揮就打掉了火箭。

緊接著，牠深吸一口氣，大聲咆哮。

「嘎嚕嚕嚕吼喔喔喔喔！」

霎時間，冒險者們無法再前進了。簡直像是石化了一樣，他們呆站當場，滿臉驚恐地渾身發抖。

這聲吼叫並用了咆哮、恐懼與暗黑魔術，能夠讓低等級的對手嚇得無法動彈。

「啊……」

「噫……」

「嗷。」

斜視一眼僵在當場的冒險者們，小漆以影渡傳送到另一處。

再度出現時，入口已經在眼前了。看到小漆擋在終點，驚魂未定的冒險者們眼中出現了動搖。

「嗷！」

藉由將力道控制到最小的前腳攻擊與闇魔術，跑在前頭的五人被打飛到訓練場中央。

本來以為他們被送回起點會灰心絕望，沒想到冒險者們的表情還沒失去鬥志。

他們似乎沒發現小漆其實是手下留情，還以為牠沒多大攻擊力。

「我要上了！配合我！」

「衝啊！」

這次他們一齊發動攻擊，想用這招打倒小漆。

然而物理攻擊卻被小漆的毛皮彈開，魔術則被咬碎，即使奇蹟般地造成一點小傷也立刻得到再生癒合。

「該死！」

「再來一次！」

即使如此，冒險者們依然繼續研擬作戰計畫，一再向小漆提出挑戰。最後，他們慢慢後退的同時，費盡千辛萬苦總算把小漆從入口引開。好吧，其實也是小漆故意配合他們的作戰啦。

小漆只要繼續賴在入口前面不動就能獲勝，但牠應該是覺得這樣無法達到訓練效果吧。小漆故意撲向擔任誘餌的米格爾等人。

狄佛等人抓準機會，繞遠路往入口移動。耳朵還塞了布塊什麼的，大概是想預防咆哮吧。臉上浮現著贏家的笑容。

一定是以為只要維持現狀，就能趁著四個誘餌被打倒之前抵達入口吧。

然而，他們還是太小看小漆的能耐了。

加姆多的臉色也很難看。

「真是學不乖……」

「咕嚕吼！」

小漆施展暗黑魔術，一瞬間就把四個誘餌打昏了。連一秒鐘都沒爭取到。

看到同伴被一擊打倒，感覺得出來負責逃跑的冒險者們心生動搖。不過，最起碼還沒傻到會因此停步不前。

他們拚命擺動雙腿，衝向近在眼前的入口。

然而，他們是逃不出小漆的手掌心的。

小漆以壓倒性的速度追過那五人，轉眼間就堵住了入口。

「怎、怎麼可能……」

「太快了吧！」

大概是總算明白小漆一直都有手下留情了吧。明白到無論是攻擊力或速度，小漆至今出手都完全沒有用上原本的實力。而他們面對那樣的小漆，卻束手無策。

冒險者們這下知道絕不可能成功逃脫，於是索性豁出去挺身對付小漆……

但想也知道不可能是對手。

首先第一個人被小漆用前腳掃倒，彈飛了將近十公尺狠狠撞上牆壁。第二個同樣也被前腳打趴在地，爬不起來。第三個人被撞飛，第四個則是被尾巴一揮，雙雙昏死過去。第五個人是狄佛，也被暗黑魔術打穿腹部弄得半死不活。

被追上之後才過了三十秒，他們就已經全軍覆沒。這要是實戰的話，早就死得一個不剩了。

誰都看得出來，勝負已定。

「小漆獲勝！」

「吼喔喔喔喔！」

小漆開心地高聲吼叫。大概是好久沒大打一場，心情很爽快吧。

「模擬戰在此正式結束！」

看看傷勢得到治療恢復意識的冒險者們，都一副憔悴不堪的模樣。應該是輸給了魔獸小漆，這才明白到他們可能會在魔境丟掉性命吧。但願他們能夠藉著這次機會多少改變一下觀念。

「芙蘭，這裡交給貝絲來就好。妳跟我來。」

「好。」

也許是想給冒險者們一點沉澱的時間吧，加姆多留下他們，跟芙蘭一同回到辦公室。

他對模擬戰的結果似乎很滿意。嚴肅的神情當中，浮現出宛如凶惡罪犯得手般的獰笑。

「今天很有收穫。抱歉時間拖得久了一點。」

「不會，沒關係。我也學到了很多。」

「是嗎？」

「嗯，謝謝你。」

芙蘭向加姆多低頭致謝。

加姆多提出的模擬戰委託，乍看之下是要促使冒險者們洗心革面，訓斥他們一頓。但他說的那些話，是否同時也是在說給芙蘭聽呢？切勿自高自大，多得是比妳厲害的高手。太相信自己的實力而一頭往危險地帶栽，等著妳的就是死路一條。我想他同時也是在如此警惕芙蘭。

而不只是我，芙蘭似乎也聽出了加姆多的用心。

她再次向加姆多深深行禮。

加姆多表情害臊地把臉別開。看樣子這次的模擬戰，的確是為了冒險者與芙蘭雙方安排的。但是頑固的加姆多不可能老實招認。

「好了啦，我哪有做什麼事需要妳來道謝？」

「嗯。但我還是想道謝。」

「……小妹妹妳還年輕，凡事不要太心急，知道嗎？」

「知道了。」

之後芙蘭再度向加姆多道謝，領了報酬就離開冒險者公會了。

『終於要來找船了。』

「嗯，趕快找到。」

「嗷！」

『哦？你們倆是怎麼啦，這麼有幹勁？』

是模擬戰的亢奮情緒還沒平息嗎？

「今天晚上吃伊俄的咖哩。」

「嗷。」

「絕對不能晚到。」

「嗷唔。」

芙蘭與小漆彼此對視，很有默契地互相重重點頭。原來如此，在食欲上心有靈犀就對了。

找船延誤了時間↓連帶著延誤去孤兒院的時間↓也許會吃不到伊俄女士的咖哩↓那得早點找到船才行！大概就是這樣吧。

不過我也很想在入夜之前找到船，他們拿出幹勁我自然沒有意見。

可是，我可不想因為心急就隨便亂搭船，如果今天找不到就順延一天吧。萬一咖哩沒吃成，芙蘭他們會消沉好幾天，因此我打算提早結束今天的行程。

「那就去港口。」

『希望能找到有獸人國紋章的船。』

我們還有獸王給的身分證，再加上黑雷姬這個綽號已經在巴博拉傳開了，我想應該能擔任護衛上船。

唯一擔心的是根本沒有船停泊在港口。而且就算有，也怕船不夠大。

我比較想搭牢固可靠的遠洋船，而不是小型商船。畢竟是要去其他大陸嘛。

此外，對方的人品也很重要。雖說黑貓族在獸人國的地位已經漸有改善，但我想應該還是有人瞧不起黑貓族。我想盡量避免跟那種白痴同乘一艘船——特別是船長帶頭歧視黑貓族的船。

『別急，慢慢找吧。』

從冒險者公會很快就走到港口了。

「嚼嚼，那艘船呢？」

「嗂唔嗂唔。」

『太小了。』

「咀嚼咀嚼，那艘嚼嚼呢？」

「吧唧吧唧。」

『……講話的時候不要吃東西。』

芙蘭與小漆明明說好了今晚要吃咖哩，走在港口裡挑選船隻時，咖哩口味的串燒卻還是不離手。兩手拿著串燒輪流往嘴裡塞的模樣，怎麼看都是個貪吃鬼。

「啊。」

『哦，找到好船了嗎？』

「那個好像很好吃。」

『喔，是喔。』

芙蘭搖搖晃晃地湊向一個攤販。大概是真的很香吧。

仔細一看，賣的小吃滿有意思的。就是把麵餅捲成圓錐狀，裡面盛裝湯汁收乾的絞肉咖哩式內餡。乍看之下，也有點像是巧克力甜筒冰淇淋。

『還真是一種神奇的料理……』

「好吃。」

「嗷嗷！」

咖哩食譜經過推廣，創意料理越來越豐富了。完全就是我想要的狀況。希望今後能夠繼續像這樣，發明出芙蘭喜歡的更多新奇料理。

「我嚼我嚼。」

「呼嚕呼嚕。」

只是，真希望你們可以看一下時間與場合。這大概只能靠我監督了。

之後芙蘭繼續在港口裡走走看看，不時也買些小吃。

我們找到了兩艘高掛獸人國紋章的船，但都不怎麼想搭。

一艘是破舊到不行，讓人擔心它究竟能不能在海上航行。聽說是小型商會用來進行海外貿易的船。船員們的操船與船上戰鬥等技能等級也都很低。這艘船很明顯搭不得。

第二艘船外觀看起來還好，但是船員可能有問題。大多數看起來都品行不良，像是剛金盆洗手不久的海盜，而且是壞的那一種。雖然目前看起來沒在海上行搶，但依然不值得信賴。這艘船也免了。

我們就這樣在港口四處晃蕩，忽然間芙蘭停下了腳步。

「啊。」

『怎麼了？看到好像很好吃的攤販了嗎？』

「那艘船呢？」

芙蘭這麼說著，指出一艘高掛獸人國旗幟的船。

『哦哦——那艘看起來的確不錯。』

在停泊於港口的船隻當中，那艘特別地壯觀。

如果是那艘船的話，看起來確實有足夠的力量飄洋過海。

可是，那麼氣派的船會讓我們上船嗎？那麼大的船絕對會有自己的護衛人員，不需要另外僱用冒險者吧。不過，還是先走近看看再說吧。

我們抱著如此打算才剛走到船邊，忽然一名作商人打扮的男性找芙蘭攀談。

應該是狼系獸人吧？但態度當中絲毫沒有對芙蘭這個黑貓族的輕視。不，身為商人說不定很擅長做表面工夫。

「妳好。」

「嗯？」

「我想妳應該正在找護衛委託吧？」

「你怎麼知道的？」

聽到商人一語道破我們的來意，芙蘭帶著戒心反問。不過一問之下，發現事情其實很簡單。

他說即使外表是個少女，看裝備就知道芙蘭是冒險者。再看她打量挑選船隻的舉動，猜得出來是想搭船前往某個目的地。他說冒險者想搭船時，經常會接下護衛委託代替船費，因此很容易就能推測出答案。

「關於這事我跟妳商量一下，能否請妳接下我們船上的護衛任務呢？」

「為什麼？」

一時放下戒心的芙蘭，再次面露有所警戒的表情。

畢竟芙蘭還是個小孩。一個外行人應該很難看穿她的實力。

對方怎麼看都不像是戰鬥行家，絕無可能看出芙蘭的真本事。

那麼，他怎麼會提出這種護衛委託？怎麼想背後都有鬼。例如假裝僱用芙蘭作為護衛，其實是要抓起來賣作奴隸。

「哈哈哈，難得能跟大名鼎鼎的黑雷姬認識卻白白錯失機會，作為商人豈不是太失敗了？」

意外的是，他竟然看出了芙蘭是誰。

一聽才知道，芙蘭的事似乎已經在商人之間傳開了。他說明眼人看到黑貓族小女孩帶著魔狼，很容易就能認出是傳聞中的黑雷姬。

也就是說他從一開始就沒把芙蘭當成普通的獸人少女，根本就知道她是本領高強的冒險者。

如果能僱用黑雷姬的話，不但能讓一位實力高強的冒險者擔任護衛，作為商人也是一項名譽。非但不跟我們收船費，還開出了不小的報酬金額。

他說如果是下級冒險者，有時不但要擔任護衛，還得支付船費。

「妳看怎麼樣？」

『嗯——』

雖然很誘人，但是要承接得滿足一大前提。

「目的地是哪裡？」

「雷底拿大陸。妳覺得呢？」

「沒辦法。」

「這樣啊……」

看芙蘭輕輕搖搖頭，商人雖然一臉遺憾，但也沒多做挽留。

本來還以為他會再糾纏不放一下，或許因為目的地不同而談不攏是常有的事吧。而且對方似乎也覺得惹惱芙蘭並不明智。

也是啦，萬一觸怒實力與A級冒險者同等的人，搞到身敗名裂可不是開玩笑的。

後來又有幾人找我們談委託，但沒有一艘船開往獸人國所在的庫洛姆大陸。

開往南方雷底拿大陸的船倒是很多。聽說是因為錫德蘭海國的混亂餘波，導致西行前往庫洛姆大陸的船船變少。

即使如此我們還是不死心，找船找了三小時。

好不容易才被我們找到理想的船隻。這艘高掛獸人國紋章的船艦，從遠處就能看出它的巨大。那麼大一艘船的話，即使在外海航行也一定很穩。

我是不懂船舶知識，但我想那艘應該是所謂的加利恩帆船。我是從某海賊漫畫看來的，所以不知道正不正確就是了。那艘船足足有五根桅杆，在港口當中屬於較大的船隻。

而且掛起的獸人國紋章上另外加畫了王冠標誌，看得出來是獸王王室的直屬船。

如果是那艘船的話，船隻本身與船員應該都可以信賴。

稍微觀察了一下後，發現水手們都手腳俐落而且很有紀律，不時還發出開朗快活的笑聲。行為舉止一點都不粗魯野蠻，看得出來跟海盜有著很大差別。

而且既然是王室直屬，就表示持有獸王發行身分證的我們絕對可以圖些方便。

『芙蘭，去那艘船問問看吧。』

「嗯，好。」

我們走向停泊於港口的獸人國直屬船。

『問題是要怎麼找船長商量。』

「問問看那些人？」

『這就得看基層船員有沒有聽說過芙蘭的事了。』

這些船員既非冒險者也不是商人，長期離開陸地過著海上生活，他們能夠掌握到芙蘭的相關消息嗎？我實在不這麼認為。

芙蘭去找他們要求與船長見面，他們恐怕也不會搭理。

就算有身分證，要是一句話被說是偽造也沒用。雖然如果是船長級的人員，應該看得出來身分證的真偽……

『還是稍微觀察一下情形，等看起來比較有地位的人出現再說？』

「嗯……我想先問問看。」

『好吧，那就照芙蘭的想法去做也行。』

這也是個辦法，況且我們本來也沒想出什麼特別的策略。不過芙蘭急著採取行動，應該只是因為她想快快找到船隻。

為什麼？因為不想太晚吃到伊俄女士的咖哩啊。

「我過去了。」

「嗷！」

芙蘭與小漆三步併兩步跑向船隻，向正在討論一些工作的獸人船員們攀談。

「請問一下。」

「哦，小妹妹，怎……！」

「怎麼了——咦？」

看到芙蘭靠近過來，船員們起初帶著輕鬆的態度，面帶笑容正要問有什麼事……忽然都僵住不動了。然後，他們的眼睛在芙蘭與小漆之間打轉。

臉上浮現著驚愕的表情。難道他們知道芙蘭是誰？

芙蘭沒理會這些船員的反應，繼續出聲說道：

「我是冒險者芙蘭。我想見船長。」

喂喂，沒有人這樣說話的吧。這樣就算被人趕走也沒得抱怨喔。

然而我白擔心了，船員的應對態度意外地有禮。

「好、好的！請稍待片刻！」

「我、我去跟船長講！」

看樣子他們還真的知道芙蘭就是黑雷姬。否則沒道理這麼畢恭畢敬。

「小、小姐的名字是芙蘭，對吧？」

「嗯。」

「莫、莫非您就是傳聞中的黑雷姬閣下？」

看樣子芙蘭的名聲，傳得比我想像中還廣。

「對。」

「真真、真的假的啊！沒啦，真對不起！可是，我明明聽說黑雷姬閣下已經進化了……」

原來是這麼回事！我沒有那種感覺所以忘了，之前說過獸人有種能力，可以感覺到對方是否已經進化。好比芙蘭初次見到白狼奧勒爾或是獸王時，就一眼看出對方已經進化。

傳聞說芙蘭是進化過的黑貓族，但見到本尊時卻因為進化隱蔽的效果導致無法判斷進化與否。對方似乎是因為這樣，才會感到困惑。

算了，沒必要跟對方解釋那麼多。我們刻意忽略男子的疑問，繼續說下去。

「你沒見過進化的黑貓族？」

「是、是啊。我雖然是獸人國出身，但還是頭一次見到像您這樣的人物。儘管我出於工作關係，見過不少的獸人。」

看來除了芙蘭以外，果然沒有其他黑貓族成功進化。畢竟解除詛咒所需的條件，事前一無所知的話是真的很難達成。

條件是打倒一千隻邪人，或者是威脅A以上的邪人。

不過在我看來，憑個人力量打倒威脅度A以上的一隻邪人完全只是講講而已。那不是一般人能辦到的。除非發生某種奇蹟才有可能達成。

一千隻邪人才是首要目標。假如這項條件有傳承下來的話，黑貓族應該會集結種族力量獵殺邪人才對。如此一來，其中特別強悍的個體就有機會進化至黑天虎。

然後，如果出現了多個黑天虎呢？解除全種族詛咒的條件，亦即討伐威脅度S以上的邪人或許就有了可行性。最起碼可能性不是零。

像這樣積極獵殺邪人的種族對諸神來說應該也很有益處。本來他們應該可以像這樣一面獵殺邪人，一面贖罪才對。結果卻因為過去獸王家的企圖，害得一切都變調了。

不過，只要當今獸王幫忙宣導解除詛咒所需的條件，我想狀況應該會稍有改變。我們到了獸人國可得多拜訪一些黑貓族，積極散播解咒的消息才行。

想著想著，就看到剛才那名船員帶了一位氣宇軒昂的男性過來。

這名男子全身肌肉虯結，虎背熊腰。外貌看起來讓人敬畏三分，就算跟我說是海盜頭目我也會信。

頭上戴的帽子就是一般所說的船長帽嗎？很像是海盜船長會戴的那種。不同之處在於一般附有骷髏標誌的位置，畫著配有王冠的獸人國紋章。

「妳好啊，我就是這艘船的船長傑洛姆。」

果然是船長。不是獸人是人族。

也是，雖說獸人國以獸人居多，但也不是全體國民都非得是獸人不可吧。即使有人不是獸人照樣出人頭地也很合理。

「哦哦，這位小姐該不會是黑雷姬吧？」

當然，船長似乎也知道芙蘭是誰。

「嗯。」

「這樣啊，這樣啊！姑娘妳的事情，我都聽經常往來的商人們說了！」

芙蘭一點頭，他那粗獷的面容隨即破顏而笑。

明明長得凶神惡煞的，笑起來卻頓時變得平易近人。

「那麼，聽說妳找我有事？」

「我想去獸人國，正在找船。」

「也就是說妳願意擔任我們船上的護衛，這樣說沒錯吧？」

「嗯。」

「哈哈哈！這下來了個可靠的護衛啦！」

「那麼，你願意讓我們搭船？」

「這還用說嗎！妳光是這樣站在我面前，我就完全感覺得出來妳的厲害了！」

看來船長以戰士而論也是一流，似乎已經看出了芙蘭的實力。

『芙蘭，把那個拿給他看看。』

「嗯。還有這個。」

芙蘭拿出獸王給我們的身分證給船長看。

「哦，陛下署名的身分證啊……」

「是真的喔。」

「大名鼎鼎的黑雷姬拿來的東西怎麼會假？不過好吧，晚點我還是照規矩檢查一下。」

應該的。毋寧說現在就對芙蘭這麼友善才叫奇怪。

看來他不只知道芙蘭在武鬥大賽獲獎，也已經聽說了她受到獸王賞識的事。

「總之還是得透過冒險者公會訂個契約，否則問題會一堆啦。我得先請公會正式發行委託，妳不介意吧？」

看樣子並不能夠當場締結僱用契約。

不過，經由公會的話可以驗明冒險者的身分，冒險者的貢獻度也能藉此加分。除非做了什麼虧心事，否則這樣做對雙方都有好處。

「沒關係。」

「那麼，我正好現在要去公會，就一起去吧？」

「要去做什麼？」

「當然是去提出護衛委託啦。」

這麼大的船，還得僱用冒險者擔任護衛？

本來以為是芙蘭有名氣，才會特別得到僱用；結果他們好像原本就打算僱用不少幫手。

「可不是因為我信不過妳喔。我們也是有很多苦衷的。」

船長的說法是，礙於國家或公會之間的各種紛紛擾擾，僱用一定人數的冒險者已經成了慣例。除此之外，發生狀況時經驗豐富的冒險者確實也幫得上忙。因此大多數的船隻除了自己養一批戰鬥人員，額外僱用冒險者是常態。

在前往冒險者公會的路上，船長教了我們很多。他說甚至有些冒險者專門做護衛船舶這一行，聽起來收入應該還不錯。

芙蘭到了公會，當場接受船長提出的護衛委託。

「預定什麼時候出發？」

「沒出狀況的話就是三天後。」

他說因為海上起風浪或魔獸出沒的關係而改變預定行程是常有的事，所以目前還說不準。

「知道了。那我三天後去你船上。」

「好，萬事拜託啦。」

「嗯，我也要請你多指教。」

芙蘭與船長握過手，暫時告別。

三天後就會再次造訪那艘船了。竟然能搭乘那麼大的船艦，真讓人迫不及待。

我在地球搭過渡輪，但是大到能遠洋航行的木造船可就不多見了。

第三章　航向汪洋大海

「啊嗯啊嗯啊嗯啊嗯！」

「嗯唔嗯唔嗯唔嗯唔！」

受邀到孤兒院共進晚餐的芙蘭與小漆，狼吞虎嚥地把伊俄女士的咖哩扒進肚子裡。

「吃得真香呢～」

伊俄女士面帶笑容注視著芙蘭他們，但他們吃那麼猛看了已經不是爽快，而是怕他們消化不良了。晚點肚子痛我可不管喔？

「芙蘭姊姊超強的！」

「小漆也是！」

咖哩都消失到哪裡去了？

還有，吃掉孤兒院這麼多的糧食沒關係嗎？

「沒枉費我特別多煮了一點。想吃多少盡量吃喔。」

伊俄女士這麼說，鼓勵他們多吃點。看來糧食問題已經徹底得到改善。可是，我開始擔心芙蘭與小漆了，希望她別再這樣繼續鼓吹下去。

「嗯！再來一份。」

「嗷嗷！」

我才剛說咧，又要添飯了！

「要盛多少？」

「大碗。」

「嗷嗚。」

無奈芙蘭與小漆都不知道什麼叫做客氣。等會兒我再給人家餐費吧。就算說經費比以前充裕了，我想還是有限度的。

結果芙蘭與小漆足足吃掉了特大碗的五份咖哩，博得孩子們少許的尊敬，以及帶點埋怨的聲浪。

聽說咖哩如果有剩的話會變成隔天的早餐，但被芙蘭他們吃得精光。孩子們面對空空如也的咖哩鍋子垂頭喪氣，背影散發出一股哀愁。

再來就是好像有些小孩在打賭芙蘭能吃幾份。明天早餐少掉一道菜的孩子，對她投以怨恨的眼神。

「謝謝招待。」

「嗷嗚。」

「粗茶淡飯不成敬意～很高興你們喜歡。」

「嗯，很好吃。」

芙蘭的笑容，燦爛到讓我有點吃味。

她心滿意足地撫摸著鼓脹的肚皮。

『好吃嗎？』

（嗯！跟師父煮的一樣好吃！）

『這樣啊。』

我稍微看了一下廚房，準備的香料或材料都很一般，也沒什麼特別之處。比起我平時煮的咖哩，材料費大概不到十分之一吧。普通的蔬菜，普通的豬肉，香料也都是在巴博拉可輕易入手的種類。

這樣竟然就能煮出美味到讓芙蘭滿意的咖哩……

伊俄女士的廚藝果然不同凡響。

明年的料理比賽搞不好就是她拿冠軍。

「晚安。」

「芙蘭姊姊明天見！」

「小漆也是！」

孩子們吃完飯就各自回到自己的房間或是去遊戲室，餐廳裡只剩下芙蘭他們。

芙蘭也一面輕撫肚子，一面站了起來。

「那，我走了。」

「哎呀？再坐一會兒吧，我來泡茶。」

但伊俄女士留住了芙蘭。

「妳要泡茶？」

「是呀。還有茶點喔，雖然只是簡單的烘焙點心。」

「我不客氣了。」

能夠一邊喝伊俄女士泡的茶，一邊吃伊俄女士烘焙的點心。芙蘭不可能錯過這種機會。

芙蘭毫不遲疑地迅速坐回椅子上。小漆也裝模作樣地坐在她身旁。

「也有小漆的份喔。」

「嗷！」

對於小漆沉默的催促，伊俄女士同樣以笑容回應。真是個好人。

雖然只是用麵粉、砂糖與蛋製成的簡單點心，但似乎還是一樣好吃。看一眼芙蘭與小漆的表情就知道了。

茶也是，在市場販售的茶葉價位中似乎從下面數來比較快，但風味芬芳到讓芙蘭與小漆都吃驚。芙蘭與小漆瞇起眼睛，露出幸福至極的表情。

伊俄女士原本只是面帶笑容望著芙蘭他們，後來大概是看到芙蘭把茶喝完正在放鬆心情吧，她忽然換上嚴肅的表情，對芙蘭深深低頭致謝。

「謝謝妳。」

「嗯？」

「今天是因為芙蘭小姐要來，所以稍微揮霍了一下……不過像今天這樣充滿大家歡笑的快樂用餐時光，在我們孤兒院已經成了日常生活的一部分。」

光聽她這樣說會覺得只是在炫耀。但我們很明白不是這樣。

芙蘭靜靜地傾聽。

「以前每天有一頓沒一頓的，我和孩子們內心深處都懷抱著不安。雖然不是完全沒有笑容，但我想大家很少能夠發自內心歡笑。」

孤兒院隨時都有可能倒閉。在那種情況下，當然不可能悠哉地傻笑。孩子們也不是傻瓜，每天得不到溫飽，老舊的房屋擺著不修繕，時不時又有人上門討債。看到這一切，他們應該清楚孤兒院是什麼狀況。

害應該受到呵護的孩子們擔不必要的心，大人們也會心痛。

然後，看到大人們的這種情緒又會進一步增長孩子的不安，變成惡性循環。

但是今天看看那些孩子，笑容當中都沒有強顏歡笑或是不安的情緒。所以一定就是這麼回事了。

「謝謝妳幫助孩子們恢復笑容。」

「是阿曼達救了孤兒院。」

「的確，是阿曼達大人救了孤兒院。但是，是芙蘭小姐促成了這次機會。所以，我們由衷感謝妳。」

伊俄女士這麼說，又再次深深低頭致謝。

「嗯……」

芙蘭露出複雜的表情。既不是彆扭也不是苦笑，是一種很難用言語形容的神情。臉頰微微泛紅。

芙蘭不習慣面對他人如此純粹的心情，似乎讓她難得害羞了。

在這種時候芙蘭會不知道該做何反應，伊俄女士好像也忽然不好意思起來。房間瀰漫著一股尷尬的氣氛，不過畢竟兩人原本對彼此都有好感，那種氣氛很快就消散不見，又開始和樂融融地聊天了。

主要都是伊俄女士在講孩子們的事，芙蘭只是欣喜地點頭，但兩人看起來都很開心。

大概就這樣喝了一個小時左右的茶吧。即使是年紀較大的孩子們也該睡覺了。

他們來向伊俄女士與芙蘭道晚安。

我們也該告辭了。

「那，我真的要走了。」

「抱歉硬是把妳留下來。」

「不會。」

伊俄女士送我們到門口。對了，得拿餐費給人家才行。然而，伊俄女士堅持不收芙蘭拿出來的錢。

「可是，我吃了很多。」

「不要緊的。再說今天的咖哩其實是謝禮，怎麼能跟妳收錢。」

看樣子是絕對不會收下了。

（師父，怎麼辦？）

嗯——既然都說是謝禮了，付錢或給東西或許反而失禮？結果我們決定跟伊俄女士道謝就好，就這樣離開了孤兒院。

因為就算硬是把錢或食材塞給人家，如果伊俄女士他們因此在心裡留下疙瘩，那樣反而更不好。

「掰掰。」

「再見，要再來喔。」

「嗯，我一定會再來。」

「期待妳的光臨。」

回到旅店的路上，芙蘭心情極佳。難得聽到她哼歌。

『咖哩真有這麼好吃？』

「嗯！」

我看我也得更加磨練廚藝了！

「而且——」

『而且？』

「大家看起來都好開心。孩子們也是，伊俄也是。」

『是啊。』

「嗯，太好了。」

芙蘭如此說道，瞇起眼睛笑了。孤兒們即使失去父母依然努力生存的模樣，一定讓芙蘭覺得感同身受吧。似乎是看到他們的那副模樣就想到自己，而由衷為他們現在的幸福感到高興。

『是啊，真是太好了。』

「嗯。」

芙蘭繼續哼歌，在回到旅店之前都沒停下來。

船啟航前的三天期間，我們到處買東西吃，或是懶在旅店裡，徹底放鬆心情。好久沒度過這麼悠閒的時光了。

附帶一提，我們後來又去拜訪了一次孤兒院。這次我們故意選吃飯以外的時間，因此只有茶水點心招待，但是，這正是我們要的。因為我們去這趟的目的，就是想留下一些東西當作喝茶的謝禮。

我們沒特別提起，但也留下了日前咖哩的謝禮。給錢怕會讓伊俄女士惶恐，所以贈送了麵粉、砂糖與辛香料的組合包。

然後到了講好的那天早上，我們去搭船。

『總算可以前往獸人國啦。』

「嗯，好期待。」

『不像上次，這次是正式的護衛委託。不能優雅享受遊輪之旅就是了。』

「躍躍欲試。」

這次的行程，勾起了我以前搭船時的記憶。

那時我們乘船，擔任菲利亞斯王族福特王子與薩蒂雅公主的護衛，並因此獲得了各種深厚的親身經驗。有快樂的回憶，也有些事情化作苦澀不快的經驗烙印在記憶裡。

最苦澀的經驗，就是與大魔獸中土巨蛇的戰鬥。

我們使出渾身解數的攻擊，對那隻大魔獸幾乎不管用。結果我們只能逃走，輸得一敗塗地。

後來我們經過一番磨練，對付弱小魔獸已經不成問題。

但如果問我們現在能不能打倒中土巨蛇，我還是對此存疑。當然，我也算有點自信。只要用那時還沒學會的各種絕招加以痛擊，就算是中土巨蛇應該也無法全身而退。

即使如此，如果問我們能不能徹底打倒那隻大魔獸，我還是不敢保證。

『好吧，反正聽說中土巨蛇是稀有魔獸，應該沒那麼容易碰到吧。』

比起這個，不如對其他魔獸提高戒備比較實際。

到達碼頭，就看到船長與幾名官員正在討論一些事情。

看芙蘭走過來，對方結束討論主動找她攀談。

「嗨，黑雷姬芙蘭。今天開始要請妳多關照了。容我重新自我介紹，我是獅鬃星號的船長傑洛姆。」

「嗯。我是C級冒險者芙蘭，請多指教。」

兩人緊緊地握手。

不知道是不是電波特別合，雙方都面帶笑容。雖然芙蘭的笑容要懂的人才看得出來就是了。

「好！喂，你過來！帶芙蘭去找船副！」

「好的。」

「詳細情形麻煩妳去問船副，我還有出港手續要辦。」

跟傑洛姆談話的官員，似乎是港務局的人員。大概是出航時需要辦理各種手續吧。地球也是，記得船舶不能擅自出航，港灣內關於航路或優先順序也有明確規定。尤其是我們搭乘的獅鬃星號是大型船，擅自出海想必會引發極大混亂。

雖說是異世界，看來港灣的規定相差無幾。

「請走這邊。」

「嗯。」

在船員的帶路下，我們爬上木造舷梯。說是舷梯，卻大得跟工地鷹架似的。而且不能一直線往上爬，途中轉了幾次彎。

沒想到搭個船，還要爬將近一百階的階梯……光看這點就知道船有多巨大。

寬闊的甲板上，有許多船員在工作。帶路的船員出聲呼喚在甲板上監督作業的一名男性。

「船副！」

「怎麼了？哦，是最後一位乘客嗎？」

「是的。這位是冒險者芙蘭小姐。」

「我是C級冒險者芙蘭，承接了委託來當護衛。」

「我是船副巴菲特。」

船副是一位看起來瘦巴巴弱不禁風的獸人男性。頭部完全跟山羊一樣。獸類特質的明顯與否會依據種族、血統濃淡以及個體差異而有所不同，但這可能是我第一次看到頭部與獸類完全一致的獸人。只是，不同於獸類特質十足的外貌，這人似乎很有紳士風度。他彬彬有禮地向芙蘭行禮。

而且從身手而論，似乎也比較遲鈍。

試著鑑定一看，果然不像是戰鬥人員。戰鬥系技能只有弓術1與槍術1。不過買賣、話術、算術與測量等船副可能需要的技能則個個都是高等級。

只是最令我在意的，還是他的種族。問我有什麼好在意的？拜託，他可是白山羊耶！不會把重要文件什麼的吃掉吧？

「雖然事前已經聽說，但沒想到傳聞中的黑雷姬閣下竟是這樣一位小妹妹……即使親眼看到還是覺得難以置信呢。」

「可是，船長說就是她本人沒錯。」

「嗯，就是我。」

「我也不是存心懷疑妳。只是，讓我這樣一個非戰鬥人員來看，不免會把妳錯當成新手冒險者。如有冒犯還請見諒。」

巴菲特很有禮貌地低頭致歉。說不會判斷實力，但舉止當中沒有對芙蘭的輕視。大概表示他很信任船長傑洛姆的判斷吧。

「沒關係，常有的事。」

「哈哈哈，那就好。那麼，我介紹妳跟其他冒險者認識吧。如果可以，希望大家能夠和睦相處。」

「我盡量。」

「拜託妳了。那麼，請妳稍候片刻。」

船副指示部下去把其他冒險者請來。看來我們是最後一個到。

「大約有幾人？」

「包括妳在內有十二人。我們船上也有戰鬥人員，但不讓冒險者共乘會惹來很多怨言。」

這讓我想起來了，記得按照獸人國與冒險者公會之間的協定，會鼓勵船舶僱用冒險者。雖然不是硬性規定，但一再忽視會給冒險者公會留下壞印象，因此每艘船固定都會僱用幾名護衛。

我們搭乘的獅鬃星號不但是大型船，又是國家直屬商船。因此他們似乎每次出海，都會比一般船舶僱用更多的護衛。

「獨行冒險者只有芙蘭閣下一人。」

「實力呢？」

「我不會判斷武藝高低，不過以階級來說的話就是C級隊伍、D級隊伍與E級隊伍各一。特別是C級隊伍的隊長，聽說論個人實力的話是B級冒險者。」

哦。也就是說，算是有高手在船上了。話又說回來，這會不會有點小麻煩？發生狀況時也許得聽從那些傢伙的指示，要是被別人頤指氣使就討厭了。先不說我，我不認為芙蘭會乖乖從命。

「好像來了。」

在帶路船員的帶領下，一群冒險者從船艙內魚貫而出。

看來似乎不是一個隊伍，而是好幾個隊伍到場。

「……很強。」

『是啊。』

冒險者當中最吸引我們注意的，就是帶頭的那個戰士打扮男子。男子有著太陽曬出來的小麥色肌膚，色如燒燙鐵塊的紅髮在後腦杓綁成丁髷式髮型。是個身高約一百九十公分的型男。濃眉大眼的五官，說成熟男會比帥哥更貼切。年齡大概四十幾歲吧？實力相當高強。這傢伙肯定就是那唯一一個B級冒險者。從他的步法，可以感受到一種懾人的氣場。

『嗯——？』

不知為何，總覺得好像在哪裡見過此人。不，不會是我心理作用。我絕對有在哪裡看過這個人。

『那件藍色鎧甲，讓我很眼熟……但是，是在哪裡看到的？』

嗯——想不起來。是在冒險者公會擦身而過，留下了印象嗎？但總覺得印象要比那個再強烈一點。

「莫德雷德閣下，這邊請。」

那個揹著魔力槍的藍鎧男子，似乎叫做莫德雷德。

總覺得叫這名字好像會背叛同伴，不會出事吧？

「最後一位護衛到了，容我向你介紹。」

回答船副這句話的不是莫德雷德，而是他旁邊的一個矮個子男人。

「喂，不就介紹一個小丫頭，用得著把莫德雷德大哥叫出來嗎？」
矮子男一臉不爽地瞪著船員。
「這傢伙來跟大哥致意才是該有的禮貌吧！」
雖然聽了很火，但其實也沒說錯。
畢竟正常看起來，比起芙蘭這個小妹妹，B級冒險者莫德雷德更像是個大人物。應該說不管怎麼看，根本就是菜鳥與老手。
莫德雷德的隊員們也頻頻點頭，贊同矮子男的意見。因為隊長莫德雷德被看扁，就等於他們這些下屬也被看扁。
現場氣氛頓時變差。在險惡的氣氛中，矮子男更進一步走上前來。雖然沒伸手碰武器，但整個氛圍就是一觸即發。
「大哥！這些傢伙沒把大哥放在眼——」
然而莫德雷德本人，卻喝止了正在氣頭上的矮子男。
「喂，斯盧尼，不想丟人現眼的話就到此為止吧。」
「咦？」
「用地位高低決定誰該致意，這話說得沒錯。所以，應該由我去低頭致意才對。」
「大、大哥這話是什麼意思！」
聽到老大哥突然這麼說，喚作斯盧尼的矮子男驚愕地大叫。吃驚的不只是他那些隊員。其他冒險者似乎也聽過莫德雷德的名號，在場除了芙蘭之外，可以說所有冒險者都面露驚愕表情也不誇張。

然而，莫德雷德不予理會，對著芙蘭規規矩矩地低頭致意。

「抱歉，部下有所冒犯。」

「嗯，我不介意。」

「容我重新自我介紹。我是C級隊伍『鐵神呼吸』的隊長莫德雷德。」

「C級冒險者芙蘭。」

聽到芙蘭的自我介紹，斯盧尼等人又想抗議了。畢竟才C級嘛。

C級對他們來說是高階冒險者，但怎麼想都不可能比莫德雷德強。然而，他們還來不及向芙蘭找碴，莫德雷德搶先再次對芙蘭說：

「妳就是黑雷姬閣下對吧？」

「最近常常被這樣叫。」

「果然。武鬥大賽我全都看過了。」

「你們那時也在烏魯木特？」

「只有我在，為了參加比賽。不過我在複賽就輸給費爾姆斯閣下了。」

啊，我想起來是在哪裡見過這人了。就是武鬥大賽。與其說是見到，應該說我們有看這人比賽。我如此告訴芙蘭後，她似乎也想起了莫德雷德是誰。

「熔鐵魔術師？」

我也想起來了，當時看到他巧妙運用熔鐵魔術，還覺得很佩服。原來他就是那位參賽者啊。

他非常懂得如何運用魔術，讓我們獲益良深。

「哦？妳記得我？」

「嗯，因為你很強。」

看來芙蘭也清楚記得比賽內容。

「妳打贏了將我完全封殺的費爾姆斯閣下，能聽妳這麼說是我的榮幸。」

「呃，大哥？」

部下們沒弄懂狀況，一臉的疑惑。難道這幾個傢伙沒去看武鬥大賽？

「你們當時在水晶牢籠閉關所以大概不知道，她可是在武鬥大賽贏得季軍的強者。雖然目前還是C級，但單論戰鬥力的話比起A級毫不遜色。」

「什麼！」

「真的假的啊！」

「不會吧……！」

原來是這樣啊。莫德雷德是自己一個人來烏魯木特的就對了。

「是真的，她比我強太多了。」

莫德雷德此話一出，情況完全變了。

「「「真的很抱歉——！」」」

冒險者們飛撲到芙蘭跟前，一齊下跪磕頭。

好吧，我不討厭這種坦然認錯的傢伙啦。芙蘭似乎也沒在生氣，反而還興味盎然地看著這群

大男人下跪磕頭的模樣。

「可以請妳原諒他們嗎？他們人不壞，就是笨了點。」

「我沒在生氣。」

「「「謝謝大姊！」」」

老實說，我覺得飛撲下跪是有點太超過了，但這些傢伙作風感覺相當的運動社團。而且做起來挺熟練的，搞不好已經成習慣了。

鐵神呼吸的冒險者們鬆了一口氣站起來後，雙方再次開始做自我介紹。

剛才那種趾高氣揚的態度不再，男人們鞠躬哈腰，態度卑微。大概是莫德雷德說芙蘭比他強太多了，發揮了很大的效果吧。

只是，才這麼一句話就能讓部下們態度一百八十度轉變真讓我吃驚。一般來說看到芙蘭的外貌，多少還是會有點輕視。可是，從他們身上完全看不出那種態度。

或許是他們真的很信賴莫德雷德吧。部下們相信他說的話絕不會有假。

話又說回來，說芙蘭比他強太多會不會有點誇張？先不論覺醒狀態，我覺得在平常狀態下雙方差距沒大到稱得上太多的地步。

武鬥大賽中莫德雷德給我的印象，像是善於掌握比賽節奏的魔法戰士。即使跟科爾伯特相比，也絕不相形見絀。是絕對輕視不得的對手。

「這四人就是我的隊員。」

「「「請多多指教——！」」」

「嗯，請多指教。我是芙蘭。還有，這孩子是小漆。」
「嗷！」
「嗚哇，忽然出現一頭狼！」
「從、從影子裡冒出來了！」
「哦，相當有兩下子嘛。」
「嗯，很可靠。」
即使像小漆這樣的強大魔獸忽然出現，莫德雷德也不會像部下那樣驚慌失措。他感覺出小漆的實力，面帶笑容點點頭。看來只是單純為了戰力增強而高興，果然厲害。其他冒險者都嚇得不敢靠近，站得遠遠地盯著小漆瞧。
「好吧，其他傢伙也由我來介紹好了。首先是那幾個傢伙，D級隊伍的赤紅大地。」
「請多多指教。」
「妳好。」
「妳好啊～」
看似隊長的男性看起來個性認真，但兩旁的二人招呼就打得比較隨便了。
赤紅大地是個很不可思議的隊伍。
首先，三名隊員的臉部與手臂，都長出了部分綠色鱗片。似乎是蛇族獸人。而且外觀都很像，不只是臉部五官神似，每個都是一身精實肌肉的高個子，甚至還全部統一裝備雙劍。
「一模一樣。」

「啊哈哈哈，因為我們是三兄弟嘛。兄弟一起當冒險者雲遊四方。這次是覺得很久沒回家鄉了，才會承接這艘船的護衛工作。」

他們說戰鬥技術是跟父親學的，難怪技能組合全都一樣。不過話說回來，長得也太像了。與其說是三兄弟，說成三胞胎我還比較能接受。

雖然他們說可以用髮型分辨……

好吧，需要找他們講話時就先用鑑定確認名字好了。

由於沒有眉毛，眼睛周圍等部位又覆蓋著鱗片，長相看起來挺嚇人的。不過不同於粗獷的外表，三人似乎脾氣都很好。當隊長的哥哥個性認真，兩個弟弟則是有點痞痞的。而且對黑貓族似乎沒有偏見，感覺應該能處得來。

「最後是E級隊伍，水晶守護的三人。」

「妳、妳好。」

「幾天沒見了。」

「啊、啊哈哈。」

最後有些惶恐地走出來的三人，我有見過他們。應該說，就是日前在模擬戰被芙蘭打得落花流水的那幾個菜鳥。三人分別是大劍戰士米格爾、個性認真的長槍手瑞迪克，以及女性弓手納莉亞。

「怎麼，你們跟黑雷姬認識嗎？」

「與其說是認識，其實是幾天前打模擬戰才剛被痛宰。」

「對喔，你們是公會長的徒弟嘛。真令人羨慕，居然有幸跟黑雷姬打模擬戰。好吧，既然彼此認識就省了麻煩啦。」

其實也不到認識的地步，不過不用讓對方明白芙蘭的實力倒是省事多了。

「你們怎麼會在這裡？」

「其實是跟芙蘭小姐打過那場模擬戰之後，讓我們深切明白到自己還不成熟。」

「我們談到九人一起行動會人多壯膽，變得不想努力。」

「於是決定隊伍暫時解散，分別組成三人小隊重新鍛鍊自我。」

看樣子跟芙蘭打的那場模擬戰沒白打，似乎多少讓他們產生了一點危機意識。

「這樣啊，加油。」

「是。」

「我們會加油的！」

「請小姐繼續指導鞭策！」

所有人自我介紹完畢後，大家留莫德雷德與芙蘭兩個人稍微談談。船副應該也知道這兩人是冒險者們當中的頂尖好手。低階隊伍說願意聽從兩人的決定，就離開了。

「好，先來明確劃分指揮權吧。妳覺得呢？我個人是不介意聽妳的指揮。」

莫德雷德似乎是實力至上主義，而且屬於重視戰鬥力的類型。

聽起來只要實力夠格，即使對方是小妹妹也願意服從。

但是，芙蘭實在沒那個本事指揮眾人。當然，我也不行。我們連指揮所需的知識與經驗都沒有。

我很高興他這麼敬重芙蘭，但我看還是由身為B級冒險者的莫德雷德來負責整體指揮才是上策。因此，我們決定回絕這個提議。

「指揮對我來說太難。」

「那怎麼辦呢？」

「指揮權交給你，希望可以把我當成游擊戰力。」

祭出必殺技「麻煩事情全部丟給別人，讓我自由行動」作戰！哼哼哼，游擊二字說得好聽，其實就是聲明我要自行判斷任意行動。好，來聽聽莫德雷德會怎麼回答……

「好，就這樣吧。只是，當妳要單獨行動時，希望可以知會我一聲。」

「嗯，我盡量。」

「也好，要對實力高於自己的人下指示滿有壓力的。只是當緊急狀況發生時，妳還是必須聽我指示，可以嗎？」

「這是當然。」

「……那就好。」

大概是知道芙蘭把麻煩事推給自己了吧，莫德雷德嘆了一口氣。

「那麼，看兩位似乎都談好了，我派人帶芙蘭閣下去房間吧。」

「嗯，好。」

在船副的命令下，負責帶路的青年帶芙蘭到船艙。

「可能有點窄，還請多包涵啊。」

「不要緊，有床睡就好。」

「不，房間沒差到那種地步啦。」

分配給芙蘭的房間，離通往甲板的入口很近。想必是利於出事時可以立刻趕往現場。這種單人房基本上似乎都是分配給戰鬥人員當中的高手。

「就是這裡了。」

「嗯，好房間。」

「妳不嫌棄，我們當然是很高興啦。」

也許是以為芙蘭在講場面話吧，船員直到最後都一副惶恐的態度。

然而，芙蘭說的是真心話。我也很喜歡這個房間，甚至可以說愛死了。

的確，房間格局很小。但最起碼是單人房。房間裡擺有乾淨的床鋪與床頭櫃，還設置了堅固耐用的桌子與衣櫃。

照明魔道具也是天花板吊掛式，房間設備比隨便一間廉價旅店像樣多了。

不過，我的情緒興奮點不在這裡。

我的眼睛，朝向了安裝在船艙上方的窗戶。

那裡有著一扇很像是船船會裝的圓窗。

一道光線，從小圓窗射進昏暗的船艙。不過是如此簡單的景象，不知為何卻讓我心情莫名地飛揚。感覺就是最典型的船艙。

芙蘭似乎也不討厭這種情調，坐在床沿擺動著雙腳。然後，帶著雀躍的表情低喃：

「我喜歡這個房間。」

『我也是。』

芙蘭就這樣直接倒到床上滾來滾去。

她一直躺到船員來到船艙為止。

好吧，其實我也沒想到她會持續發懶足足半小時。

船員來找芙蘭，是為了帶她前往船長室。

「船長，我帶黑雷姬閣下過來了。」

「好，請她進來！」

船長室離芙蘭分配到的房間很近。

大概是待在容易上到甲板的位置，比較易於指揮船員吧。

船長此時脫了大衣變成較輕便的打扮，站起來迎接芙蘭。

「聽說妳跟其他冒險者相談甚歡，大家都還處得來嗎？」

「沒問題。」

「那就好。」

船長低語的表情顯得由衷安心。有必要這麼擔心嗎？不過仔細想想，關於芙蘭的傳聞都還滿偏激的。就算被擔心可能跟其他冒險者起衝突，或許也無可奈何？

芙蘭本來就已經在護衛人員當中實力居冠了。萬一演變到跟莫德雷德失和，身為船長還得想辦法解決才行。

一個是個人實力最強的芙蘭，一個是經驗豐富善於調度其他冒險者的莫德雷德。萬一兩者之間出現裂痕，該選哪邊站都不知道。

「總之呢，航海日程中應該會碰到幾次魔獸，視情況而定也可能遭到海盜襲擊。在那之前妳就隨意吧。只要別玩忽職守，愛怎樣都行。」

如同事前確認過的一樣，契約內容非常寬鬆。

不過這也是無可厚非。

長於探索能力的冒險者不在少數，但慣於海戰的就不多了。講到能對海裡魔獸即刻做出反應的高手，恐怕更是稀少。

所以冒險者被要求的必然不是探敵，而是魔獸出現時如何應對。

這麼一來，只要求待在魔獸出現時能即刻行動的位置，平常時候想做什麼都可以，比較有助於維持士氣。

不過當然禁止飲酒，做出擾亂船內活動的行為也會受罰。

「嗯，知道了。那麼，我想在船內探險。」

「探險？船上恐怕沒什麼新奇好玩的東西，但妳想看就看吧。」

「可以嗎？」

「我想想……其他都還好，但不要擅自進入船員的私人房間。還有，嚴禁亂動推進系統的魔道具。」

「這你放心。」

「再來就是只要不在倉庫裡亂翻東西，船上沒有禁止進入的地方。反正根本也沒什麼東西好隱藏的。」

「沒關係嗎？你不怕我偷東西？」

「我相信冒險者公會的契約。再說我們船上也沒那種稀世珍寶，能夠讓妳這個等級的冒險者不惜犧牲自己的名聲。」

總之是獲准四處探險了。真讓人期待。

「還有，妳有帶獸人國的身分證吧？現在拿得出來嗎？」

「這個？」

「時空魔術嗎……真羨慕妳有這麼方便的技能。」

「嗯，很方便。」

「這對商人來說可是夢想中的魔術哩。」

看到芙蘭使用次元收納技能，船長深有所感地低語。即使他本身不是商人，畢竟也是商船的船長。也許觀點跟商人有些相近。

「好，來看看這枚身分證……」

船長用戴在手指上的戒指去按身分證，看來似乎是能判定身分證真偽的道具。感覺得到些微魔力的流動。

「唔嗯，確實是真貨。」

「嗯。」

「大概中午過後才會出航，在那之前妳先跟莫德雷德討論好相關事宜吧。」

「好。莫德雷德他們的房間在哪裡？」

「記得應該就在妳房間的旁邊附近。找不到的話要不要我派人帶路？」

「不用。」

實際上，我們很快就找到了莫德雷德的房間。因為它就在芙蘭房間隔壁的隔壁。似乎是跟部下同住一間三人房。

我們討論的是護衛的順序。差不多就是每四天會排到一次夜班。這方面我們都交由莫德雷德決定，沒什麼意見。

再來就是看芙蘭比較缺乏護衛委託經驗，他跟我們確認了幾個基本問題。特別重要的是打倒的魔獸如何分配。

按照契約內容，在這次任務中打倒的魔獸素材與魔石全歸委託人，也就是這艘船所有。相對地，打倒魔獸的話在達成委託後會發放考核獎金。此外，為了不讓護衛之間產生嫌隙，將以全體護衛人員打倒的數量作為考核標準。

想必是因為如果進行個人考核，可能導致大家互扯後腿吧。不過聽說如果有人的表現格外傑出，也可能反映在獎金上就是。

反過來說，就算哪個人不管怎麼看都在摸魚，也不會扣契約金。只是，這件事會向公會報告，在委託者之間也會傳開。下次承接委託時就會有壞影響了。

這些事情我們在冒險者公會簽訂契約時已經聽過說明，所以沒有問題。
雖然不能得到魔石很可惜，沒關係我放棄。
聽說有些冒險者聽了會開始抱怨，所以莫德雷德原本很擔心。
「那麼，從今天起請多指教。」
「嗯，我也請你多指教。」
芙蘭與莫德雷德握手，回到房間。
再來就等出航了。
芙蘭有時眺望窗外，有時搓搓小漆的皮毛，悠閒地待著。
「師父。」
『怎麼了？』
看芙蘭忽然變得一臉嚴肅，難道是查覺到了什麼異狀？
「我餓了。」
『喔，這樣啊。』
一看時鐘，正好到了中午。不愧是芙蘭的肚子鬧鐘。
叩叩。
正在猶豫是該拿點東西出來吃，還是去餐廳時，船員正好來通知午餐已經備妥。
似乎因為今天是第一天，所以特地來為芙蘭帶路。
我們前往餐廳，看到一位氣勢十足的大老爹，正在為船員以及冒險者上餐。

「哦？小妹妹妳也是冒險者嗎？」
「嗯。」
「這樣啊這樣啊！不過妳這麼小一隻，吃不了這麼多吧？」
「沒問題，反而還嫌少。再多裝一點。」
「哇哈哈哈！口氣不小嘛！好啊！不過如果吃剩，就罰妳洗盤子！」
「嗯。」
芙蘭跟老爹廚師一問一答時，按捺不住的小漆從影子裡跳了出來。牠在芙蘭腳邊繞來繞去，提醒我們別忘了還有牠。
「嗷嗷！」
「啊，我忘了還有小漆。」
「咕嗚！」
「怎麼？這頭狼也要吃嗎？」
「麻煩你了。」
「好，包在我身上！」
看來他願意幫小漆也準備一份。真是太好了。
老爹把今後抵達目的地之前的三餐菜單告訴我們，聽起來相當豪華。我看應該有外面餐廳的水準。
這世界雖然類似歐洲中世紀，但魔法的存在讓食材得以長期保存。因此在船上吃菜色豐富又新鮮的料理，並不算太奢侈。
說不定這個世界也沒有所謂的壞血病。兩個世界在糧食問題上，就是有這麼大的差距。
再加上這是一艘大船，飲食水準也就更高檔了。
『這個委託還不賴，早中晚三頓都有供應伙食。』
「嗯！」
「嗷！」
味道也似乎相當好。芙蘭與小漆津津有味地狂吃像是義大利麵的食物。
而且是提供給船夫的大盤伙食，這樣應該夠填飽芙蘭的肚子。
芙蘭吃完午餐，回到房間繼續度過閒適的時光。
芙蘭本來應該不喜歡待著不動，看來她是真的很中意這個房間。
看著芙蘭在床上悠閒發懶，我忽然感覺到輕微的震動。不是我心理作用，因為躺在床上的芙蘭也坐了起來，東張西望。
「師父，是不是有搖晃？」
『有一點。我想應該是船出海了吧？』
這麼巨大的一艘船，遇到一點小風小浪不可能劇烈搖晃。但如果從停泊狀態開始航行，多少總會震動一下。
「我去看看。」
『也好。』

我們火速來到甲板，發現似乎比乘船時離港口遠了一點。芙蘭與小漆跑到船邊，向下俯視。只見船身與靠岸處已分開了幾公尺遠。

『果然開始航行了。』

「嗯。」

「嗷。」

周圍的風景在慢慢地移動，看來是真的要啟航了。不過沒有什麼送行的彩帶就是了。畢竟這艘船不是客船，況且港口每天應該有幾十艘船進出。總不可能每次都要送行吧。

『不過速度還真快。』

沒錯，這艘船比我想像得更有加速力。如果是在遠洋獲得風力還另當別論，目前所有船帆都還是摺疊著的。可是速度卻不斷加快。

也就是說，船上必然搭載著馬力夠強的推進用魔道具。竟然有這麼厲害的魔道具可以推動如此巨大的船，有點好奇它具有什麼樣的效果。

是如同螺旋槳、噴射泵浦，還是能夠造風？或者是具備了我無從想像的神奇效果？

『等船安定下來之後就去看看吧。』

「探險！」

『對啊。』

我們待在船邊享受了一會兒風景，不久傑洛姆船長走近過來。

「嗨，看到什麼稀奇玩意兒了嗎？」

「船在動。」

「啥？喔，妳應該是沒搭過幾次船吧。」

看到芙蘭兩眼晶亮的模樣，他似乎會過意來了。

「嗯，我第一次搭大船。」

「原來是這樣啊。」

「用魔道具推進的？」

「是啊，我們船上搭載了最新型的魔導推進器喔。不只如此，還有避魔結界產生裝置，並配備了八門魔導砲台。」

看來果然在各處運用了魔道具。雖然外觀如同地球中世紀的船舶，但性能應該遠在那之上。如果能用魔道具獲得推力的話沒風也能前進，或許轉彎時也比較靈活。

話又說回來，原來還有所謂的避魔結界啊。既然有這種東西，何必還需要護衛？

芙蘭一問之下，才知道結界也並非萬能。

首先，這種結界只能讓大型魔獸察知不到船舶的存在，對小、中型魔獸似乎效果較差。海洋魔獸很多都體型龐大，一旦船底被那種魔獸襲擊就只能眼睜睜看著船被弄沉。這種裝置似乎是用來預防那種狀況的。

因此照他的說法，除了用來隱藏行跡躲避大型魔獸的結界之外，也另有用來應付小、中型魔獸的裝置。似乎有種裝置可以在船底產生特殊結界，讓中型以下的魔獸不願意靠近。

但是，這些裝置也不是一定有效。其中也有一些魔獸會無視於裝置效果襲擊船舶。

再說，碰到海盜就只能以武力對抗了。

一般海盜不會對國家直屬船出手。因為那種船大多具備強大武力，就算走運襲擊成功，也會被國家盯上。視情況而定甚至可能派出討伐軍掃寇。那樣一來就注定要步向毀滅了。

但是反過來說，也就表示會對獅鬃星號出手的海盜通常是頗具自信的大海盜團。

遇到這種情況，獅鬃星號的基本戰術是藉由最新式魔導砲台與航速擺脫對手。但是在某些情況下也會被敵船接舷，演變成戰鬥。這時就全靠冒險者的戰力了。

「期待妳的表現嘍，黑雷姬芙蘭閣下。」

「嗯，交給我吧。」

「哈哈哈，真是可靠！看樣子這次航海應該會一帆風順！」

出航隔天。

我們已經開始在船內探險了。

總之我們先從甲板往下走走看。不過，一開始幾乎沒什麼地方可以看。

因為這裡是船員的居住區，所有房間都不能進去。我想大概是把房間集中在船身上半部，有事才能即刻因應吧。

「又是倉庫。」

『哎，畢竟是商船嘛～』

「聞聞。好香。」

『噢，這邊儲存的似乎是糧食。』

然後更下面的區域幾乎都是倉庫。放眼望去都是箱子、箱子還有箱子。它們似乎用魔道具做了固定，堆積方式乍看之下讓人捏把冷汗。

木箱在大倉庫裡整齊堆疊的景象挺有看頭的。

芙蘭似乎也覺得很好玩，有時會探頭看看箱子裡裝了什麼，點點頭，或是歪著腦袋。

像是珍奇的食材，或是產地不明、造型奇特的工藝品等等，確實是百看不厭。

「去下個地點。」

『好。』

離開倉儲區，我們走進鄰近船側的房間看看。

「看得到外面。而且，有個怪東西。」

設置了縱長窄窗的房間裡，穩穩擺著好大一塊黑亮的金屬。是個攻擊性十足的圓筒狀物體。

「這是什麼？」

芙蘭似乎不知道這玩意兒的用途。的確，沒有預備知識的話應該很難看出來。但是，我看得出來。因為形狀類似的東西我看多了。不過是在生前玩爛了的戰略遊戲裡就是。

『是大砲——魔導砲吧。可以用魔力射出這顆鐵球。』

「特地費力射出鐵球？」

『嗯——應該是因為比起用魔力直接攻擊，用少許魔力就能夠發揮威力吧。雖說可以用魔力運轉，但也不是取之不盡用之不竭嘛。』

而且這種魔導砲的厲害之處，似乎在於也可以用魔力攻擊。大概敵人如果是船艦等等就用砲彈，遇到海底魔獸等等的話就用魔力彈吧。

不過還真巨大啊。由於除了普通砲身之外，還加裝了操作魔力的魔導機關，似乎無可避免地會比地球的大砲更大。

往房間牆上仔細一看，牆壁可以往外打開。大概在戰鬥時會從這裡攻擊敵人吧。

從排列著魔導砲的房間再往下走，就來到了底艙。

大半空間都是壓載水艙，但第二大的房間裡也有一個同樣巨大的魔導裝置。

一台大到需要抬頭仰望的機械震動不止，發出彷彿在腹腔裡迴盪的嗡嗡重低音。

旁邊有幾名身穿連身工作服的男子。他們似乎是負責維修這台裝置的技師。

「哦？妳哪位？」

「芙蘭，冒險者，這艘船的護衛。現在正在探險。」

「噢，是這樣啊。這玩意兒是這艘船的心臟部位，不要再靠近了。」

「好。」

芙蘭照男人們說的停下來，站在原處重新仰望巨大裝置。

「好大。」

『這大概就是一般所說的推進裝置吧。』

「嗯，噪音好吵。」

『哦，會從那裡噴水耶。這邊這個看起來是比較像泵浦。』

本來還在猜是哪種機關，看來採用的是噴射泵浦。是用巨大泵浦吸水，再向後方噴射以獲得推力吧。

而且船體有多個噴水口，只要操縱噴水方向就能讓船轉向。這世界的船轉彎起來可能比較靈活。

『這樣船上各處幾乎都看過了吧？』

（嗯！很好玩！）

把船簡單繞過一遍後，我們決定先回去上面。

芙蘭似乎很想運動運動，所以我們想找個地方練練揮劍。

（要去甲板嗎？）

『靠邊練的話應該不會給人添麻煩吧。』

上到甲板一看，船員們正慌忙地東奔西跑，看來是準備要張開船帆。傑洛姆在到處下指示。

「已經出港口了！準備揚帆！」

「是。」

「在到達克拉肯的巢穴前全速前進！小子們聽清楚了沒！」

似乎是因為已經駛出巴博拉港，接下來要用最大船速前進了。只是，他講了一句話讓我很在意。

他是不是說克拉肯？就是那個彷彿把章魚、烏賊與水母混合起來，大家都看過一些繪畫描繪牠觸手抓住船隻的克拉肯嗎？這可能得問一下了。

芙蘭快步走到傑洛姆身邊，問他：

「什麼是克拉肯的巢穴？」

「喔，是芙蘭啊。探險得怎麼樣了？」

「很好玩。」

「那就好！噢，妳問克拉肯的巢穴啊？正如其名，就是擠滿一堆克拉肯的危險地帶！」

「要經過那裡？」

「可以這麼說。」

雖說配備了防備大型魔獸的結界，這麼做不會有危險嗎？然而，事情似乎跟我們想像的不太一樣。

「航線只會擦過那些克拉肯的地盤最外圍。」

克拉肯在這片海域，是君臨生態系頂點的大型魔獸。因此棲息著大量克拉肯的海域，其他魔獸自然不會湊近。特別是容易成為克拉肯捕食對象的中型魔獸，據他的說法是絕對不會靠近。

「也就是說，只要多提防克拉肯，被其他魔獸襲擊的危險性其實很低。」

「可是，克拉肯呢？」

要是被最大型的克拉肯襲擊，這艘船恐怕不堪一擊。然而傑洛姆的說法是，這艘船的結界正是以克拉肯為假想對象，被發現的機率極低。

那這樣的話，其他魔獸又是如何？除了克拉肯以外，應該還有其他可怕的大型魔獸才對。

芙蘭一問之下，得知這片海域除了克拉肯之外幾乎沒有棲息其他魔獸。

「為什麼？」

「在我們現在出發的吉耳巴多大陸，與獸人國的所在地庫洛姆大陸之間，是一整片的較淺海域。說淺其實也有幾百公尺深啦。」

但他說即使如此，比起遠洋其他海域算是相當淺了。

「舉例來講，王鯨或水龍、利維坦以及達貢等威脅度B以上的大魔獸，平常大多棲息於深海。因為那裡的食物比較豐富。」

反過來說，在淺海想找到賴以生存的居住地或食物可能就難了。

他說在深度較淺的吉耳巴多～庫洛姆之間的海域，幾乎沒人目擊過克拉肯以外的大型魔獸。

「相對地，此地與北方布羅丁大陸之間的魔海，則有著凶惡魔獸四處出沒。那裡可是全世界唯一有人目擊過威脅度S的利維坦的海域呢。」

利維坦據說從頭部到尾巴超過一千公尺長，是這世界上最強的生物之一。甚至還有古老傳說認為海嘯是利維坦翻身時引起的。

由於目擊情報實在太少，詳情一切不明。

但據說在三千多年以前，曾經有個沿海國家由於觸怒了利維坦，而在一夜之間化為廢墟。那可不只是傷亡慘重。聽說當時國土幾乎全被超巨大海嘯吞沒，眨眼間就被夷為平地。

又說這段歷史記載於以特殊技能寫成的文獻上，因此可以肯定是真實事件。

而且，聽說這份文獻最教人驚奇駭異的內容，是關於利維坦的主食。文中提到利維坦居然是以威脅度A的魔獸中土巨蛇為主食。

據說由於只要捕獲一隻帶回巢穴就能吃上一百多年，利維坦除了出巢狩獵的時候以外極少被人目擊到蹤跡。整個故事的規模實在太浩大了。

由於魔海除了利維坦以外還棲息著許多巨大魔獸，沒有船舶會將那裡列入定期航線。從吉耳巴多大陸開往北方布羅丁大陸的船舶，也幾乎都會先前往西方的庫洛姆大陸，再走直接繞過魔海北上的航路。

相較之下，這片海域安全多了。

不過相對地，克拉肯似乎都會聚集到這片海域來就是了。大概是因為沒有其他大型魔獸來爭地盤吧。所以才會說是牠們的巢穴。

「放心吧，應付克拉肯的措施萬無一失。」

「嗯。」

「相對地，其他魔獸小怪或海盜就麻煩妳嘍？」

「知道了，交給我吧。」

「好。」

出海之後過了幾天。

芙蘭他們過著前所未有的健康生活。說到底只要魔獸不出現，每天就是吃飽睡睡飽吃，白天到海風宜人的甲板上做做運動罷了。

船艙有淨化魔術保持清潔，三餐也營養均衡又分量十足。雖說是拜道具袋的效果所賜，在船上能吃到新鮮沙拉真把我嚇了一跳。

聽說船上裝載了比較多的糧食，以便因應突發狀況。

即使如此，能在航海中獲得糧食當然更好。今天船上用漁網撈魚，目前船員們正全體出動把大漁網拉回船上。

芙蘭興味盎然地旁觀。她應該是初次看到這種場面吧。

男人們發出「嘿咻——」的吆喝聲時，還小聲地跟著一起喊。

「哇哈哈哈。芙蘭啊，這件事有這麼稀奇嗎？」

「嗯，很有趣。」

「這樣啊！也是啦，這麼大規模的漁網捕魚，不在大型船上是看不到的！」

「是這樣嗎？」

「因為想把這麼大的漁網拖起來，得先要有魔道具或是大量人手才行。無論哪種方法都得是大型船才辦得到。」

「原來如此。」

「再說，漁網越大雖然能撈到越多的魚，但魔獸等生物過來搶的可能性也更高。擊退牠們需要戰力，而且大網子有可能直接勾到魔獸。對小型漁船來說太危險了。」

也就是說，或許有機會讓芙蘭他們上場？

「我是覺得靠我們的戰鬥人員就夠了，但可以請妳還是準備一下嗎？」

「嗯。」
芙蘭在甲板上旁觀，不久漁網就打撈完畢了。
大豐收的魚貝類像地毯一樣攤開來。
「那是魚嗎？」
『怎麼了？撈到魔獸了嗎？』
「那個肥嘟嘟的。」
『噢，那個叫做鮟鱇魚啦。』
不知道的人看了絕對會以為是魔獸。聽說外國人覺得章魚很可怕，我倒覺得鮟鱇魚可怕多了。
「那個呢？」
『噢，那是長得像盲鰻的魚啦。』
「那邊那個呢？」
『我想應該是海參的同類，只是特別大。』
雖然身處於奇幻世界，但與地球相比，沒有哪種魚長得特別怪模怪樣。應該說，其實地球產的魚類長得就已經滿噁心的了。像那些深海魚，外型真的都跟魔獸沒兩樣。
「那麼，那個呢？」
『哪個？』
「那個。」

各式各樣的一大堆，我開始搞混了。她是說哪個？

芙蘭從大量魚類當中，抓出那隻令她好奇的生物。

「這個。」

『嗚哇，好噁！』

芙蘭一把抓起來的東西，在我至今看過的生物當中算得上數一數二的獵奇。

乍看之下就像是肥嘟嘟的紅黑色肉塊。

形狀也許有點像燒肉的環狀大腸？其中一側長有凶惡的異形口腔，形成環狀的尖牙不規則地蠢蠢蠕動。大小就跟軟式棒球差不多。有這麼一種深海生物或許並不奇怪，但這也太……

我由衷尊敬能毫不遲疑地抓住這玩意兒的芙蘭。

我沒多想就鑑定了一下這玩意兒，不由得用心靈感應發出大叫。我可能很久沒這麼驚慌了。

但怪不得我，這隻生物的鑑定結果就是如此具有衝擊性。

『這傢伙的名稱是中土巨蛇！』

「中土巨蛇？就這個？」

『大、大概是長大了就會變成那樣吧。』

「那麼，這是小孩？」

話又說回來，這麼小的魔獸，將來居然會變成超過一百公尺長的巨大魔獸，奇幻世界果然小看不得。

『那、那邊也有。』

「哪邊？」
『妳看，就是那個很長一條的。』
「這個也是？」
芙蘭用空著的左手，抓起一隻長繩狀的生物。紅紅黑黑的顏色與外皮質感跟中土巨蛇的幼生完全一樣，但長度差多了。
一開始看到的傢伙只有掌心大小，這個卻長達大約一公尺。然而經過鑑定，名稱也叫中土巨蛇。
「這個會變成這樣？」
『我想應該是……凹凹凸凸的變得更噁心了。』
不只是長得更長，就好像幾顆球連在一起似的，每隔一段長度就有個凹陷處。
芙蘭正在端詳不斷彈跳的中土巨蛇幼生時，傑洛姆走了過來。
「那是——中土巨蛇的小孩嗎！」
「嗯。」
傑洛姆的表情霎時變得嚴峻。
「這個大小的話才幾個月大……親蛇可能還在這片海域。」
「不是說只會出現克拉肯嗎？」
「我是說基本上，不是絕對。除了克拉肯以外唯一有目擊情報的，就是中土巨蛇。但也是幾年才一次。」

「我之前對付過中土巨蛇。」
「最近嗎？」
「嗯，就在不久之前。前往巴博拉的路上。」
「真的假的？那可能得提高警覺了……」
「如果遇襲要怎麼辦？」
「中土巨蛇會對氣味做出反應。我們會用桶裝誘餌擺脫牠。」
雖說機率極小，畢竟是有可能碰上的危險，看來沒忘記做對策。那就可以放心了。
有了，聽傑洛姆的語氣好像很了解中土巨蛇，就請他為我們解惑好了？
「欸，這個會變成這樣嗎？」
「會啊。不過，並不是這團肉球長大就變成這個長條的。」
「那會怎麼變大？」
「這種小的會連接起來，越變越大。妳看這個長條的，中間不是有等間隔的凹陷處嗎？」
「嗯，凹下去。」
「這裡就是連接處。中土巨蛇幼生咬住另一隻幼生的屁股，然後另一隻幼生又來咬住牠的屁股。牠們就這樣一顆顆繫成一串，最後慢慢同化變成一條中土巨蛇。」
這什麼生態？不過對喔，地球上也有這種生物。記得應該是水母或哪種單細胞生物。所以或許也不是絕對不可能……
只是，聽了傑洛姆的解說，這下我知道中土巨蛇為什麼會有多顆心臟了。大概是身為巨大個體魔獸的同時，也兼具群體般的性質吧。所以用死亡凝視者的即死能力才會殺不死牠。

「這個要怎麼辦？」

「畢竟是海裡的禍害，撿起來全部放在一起，之後再一併處理掉吧。妳如果會分辨，可以幫忙一起揀選嗎？」

「好。」

我們有鑑定技能，也能使用魔力感知，從成堆魚貝類裡挑出魔獸不算太難的工程。我們就跟其他船員一起把這些海產分門別類。

結果沒找到原本擔心的危險魔獸，揀選過程沒出什麼問題。今天的晚餐多了很多可以期待的部分。

問題大概只有芙蘭的手變臭。晚點得仔細做個淨化，否則芙蘭的手上可能會殘留臭味。正因為我聞不到味道，所以更需要細心地弄乾淨。我絕不容許芙蘭被別人嫌臭。

（師父。）

『什麼事？』

（我想洗澡。）

看來即使是芙蘭，也受不了魚的腥味與黏液。

她抽動鼻子聞聞手上的臭味，微微皺起臉孔。

『洗澡？在船上有點困難……不，等等喔？也許不會很難？』

熱水用魔術一瞬間就能變出來，不會浪費珍貴的水資源。

『問題是浴缸。』

這裡沒有土地，沒辦法像平常那樣用土魔術做一個。

正常來想的話能用木桶最好，不知道能不能找到替代品？聽到克難版浴缸第一個想到的是鐵桶浴，但我們當然沒有鐵桶。可能作為替代的，大概就是用來烹調的巨大湯鍋吧。雖然略嫌小了點，但芙蘭的話應該泡得進去。

『可是，衛生方面是個問題……』

雖然有淨化魔術，但是一度用來替代浴缸的湯鍋，以後要拿來做菜會覺得有點不舒服。不曉得有沒有其他好方案？

「嗯——？」

「小妹妹，妳怎麼忽然唸唸有詞的？」

既然這樣，來問問看傑洛姆好了。這麼大一艘船，說不定會有較大的木桶。

抱著一線希望詢問之下，他竟然說船上有浴室。

我又小看奇幻世界了。雖然感覺太奢侈，但對於有著魔術與魔道具的這世界來說沒什麼好奇怪的。他說中型以上的船大多都有設計浴室。

那麼為什麼這幾天都沒人使用？結果純粹只是因為很多船員不愛洗澡。

也是啦，我無法想像性情豪邁的船夫們會喜歡洗澡。說是因為洗的人少，考慮到成本問題就沒燒洗澡水了。

在航海日程有所延誤時，考慮到健康與衛生問題似乎會強制入浴，不過現在出港才幾天，或許不會特別強迫吧。

船長說如果我們自己燒熱水的話想用浴室沒關係，於是我們馬上過去。

「好大。」

『這樣要燒熱水，確實是得費一番工夫。』

浴室格局相當廣大，可供幾十名船員一同入浴。

不只是沖澡區，浴池也相對地大。跟住家附近那種一般公共澡堂相比，大了將近一倍。在這裡燒洗澡水對我和芙蘭來說是小事一樁，但如果要用魔道具來燒可能會花上大量時間與成本。

『芙蘭妳負責造水，我來燒。』

「嗯！」

「嗷嗷！」

『好好好，你也可以洗。』

我們已經得到許可，只要離開時把狼毛清乾淨就可以讓小漆一起洗。

後來，芙蘭與小漆獨占——還是應該改口兩人占據浴室？總之享受了包下大浴場的奢侈時光，帶著暖呼呼的身體與臉蛋回到房間。

附帶一提，莫德雷德與船副過來表示芙蘭洗完後他們也想洗個澡，所以就直接輪流了。

特別是船副高興得要死，甚至還拜託我們明天再來燒水。被他洗完澡溼答答地逼近拜託，弄得芙蘭有點困擾。

渾身溼透的山羊，意外地還挺嚇人的。

好吧，反正不怎麼費力，就當作芙蘭每天洗澡順便吧。我們爽快答應。賣船副一個人情總是不吃虧嘛。

啊，順帶一提，芙蘭洗過澡之後我可沒忘記換水。讓其他男人去泡芙蘭泡過的熱水——這我絕不允許！

第四章　**襲擊、擊退再襲擊**

隔天。

『都釣不到耶。』

「嗯。」

我們在悠閒消磨時間。

嘴上說釣不到，坐在甲板扶手上的芙蘭卻顯得很開心。

因為目的不是釣到魚，而是放鬆心情。她從甲板放下釣線，偶爾從次元收納空間拿出甜甜圈或餅乾來吃。

只是，船員們似乎看得心驚肉跳，怕芙蘭隨時可能落海。都不記得被叮嚀過幾次了。芙蘭施展空中跳躍給他們看，這才終於讓他們放心。傑洛姆他們倒是邊看邊笑。

「看不到前方。」

『對啊。』

芙蘭從甲板眺望水平線的同時，不時觀察浮現水面的魚類或海豚，看膩了就從次元收納空間拿出摺疊式躺椅開始發懶。

這麼優雅的海上之旅，簡直不像是承接了護衛委託。

大概也因為芙蘭是小孩，所以沒那麼嚴格要求吧。不像其他冒險者，還會登上瞭望台。但都沒人為此抱怨，因為莫德雷德什麼都沒說。

想必是因為他知道芙蘭在這種狀態下，其實還是有在認真搜尋敵蹤。

如果就這樣一路平安，這次乘船對芙蘭來說可能就只是優雅船旅了。

或許錯就錯在我不該這麼想吧……

這天下午，平穩的海上之旅終於宣告結束。

鏗鏗鏗鏗！鏗鏗鏗鏗！

宣布敵人來襲的鐘聲響了。

記得說過如果連響四次，就是海盜來襲。

『是海盜嗎！』

「我過去！」

芙蘭回來房間，抓起我衝出房門。

接著她直接衝上甲板，正好看到船長指示其他船員準備迎戰。

莫德雷德似乎從一開始就待在甲板上，跟部下一起瞪著南方。

「來了嗎？速度果然很快。」

「海盜呢？」

「在那邊。」

莫德雷德指出的方向，確實可以看到某個影子。但是，距離還很遠。我們只看得到有東西，卻看不出是不是船艦。更別說是不是海盜船了。
「那個就是海盜船？」
「對，錯不了！海盜旗都掛起來了！」
傑洛姆滿懷自信地斷定。他看得見那艘船？才剛這麼想，就發現他手裡拿著望遠鏡。原來如此，是用這個確認過了吧。
「逃得掉嗎？」
「唔──我看沒辦法。對方是小型快艇，風向也不好。我想大概再一小時就會被追上吧？」
「那就會打起來。」
「是啊。對方想必不會放我們走。」
可是，就憑那麼小一艘船襲擊這艘巨船嗎？真要說的話，就算接舷了也不見得爬得到船上吧？然而那些海盜的襲擊似乎並非毫無勝算。
「那艘船的船首裝了撞角。八成是打算用那個撞破我們的側腹，把打手送過來吧。」
撞角就是安裝在船首上，用來讓船艦進行衝撞的武器。一般來說只會用來攻擊，但裝在海盜船上的撞角似乎不只這個用途。
驚人的是船長說那撞角內部有通道，可以讓人通行。經由那條通道，可以把戰鬥人員一口氣送進敵船裡。
會用上這種戰術，可見大型對手才是他們的預設目標。
憑恃船速追上對手，用幾具撞角拖住對手動作，再用撞角內的通道讓戰鬥人員入侵敵船。所以比起接舷使用繩梯登船，這麼做更能夠安全地搭上準備劫掠的船隻就對了。遇襲的一方從一開始就會陷入被入侵的狀態，極難招架。

「要怎麼對抗？」

「基本上就只是趁他們還沒靠近時，用砲擊與魔術把船弄沉。」

畢竟是海戰，這想必就是基本戰術了。況且要是被靠近，就會被海盜船的撞角在船身上戳個洞了。

也就是說，照常把他們弄沉沒問題對吧。

可是海盜如果抓起來交給衛兵想必能領賞，沒收船隻應該也有賺頭。

然而，傑洛姆的回答很簡單。

「那樣太麻煩了。」

「就因為這樣？」

「妳想想看嘛。就算逮到他們要帶去港口好了，船上要有地方關海盜們，而且多這幾個人總得給他們飯吃吧。就算要沒收船隻好了，也得有人去開船才能帶得走吧？」

「對方船上的財寶也弄沉沒關係嗎？」

說到海盜就想到財寶。那艘船上說不定也載滿了金銀珠寶。

然而現實情況比我們想像得難混多了。

「如果是剛幹完一票還有可能，現在正準備行搶的海盜船，不可能裝載多少金銀財寶啦。」

「有道理。」

說得也是。現在都要搶劫了，特地裝滿一船的財寶沒意義。

「想抓海盜也得挑更大的船下手，因為大型船的推進引擎相當值錢。甚至由我們主動出手都行。」

傑洛姆的話搞不好真的會下手，怪可怕的。不不，沒有商船襲擊海盜船的道理吧？

「那種小船的推進器，賣不了幾個錢。太遺憾了，要是來個再大一點的就好了。」

「那麼，真的可以把它打沉？」

「不如說如果讓他們跑了，之後問題會很多。」

傑洛姆說，他對敵船掛起的海盜旗沒印象。

「出沒於這條航線的海盜團，我大多都知道。」

傑洛姆說如果是不值得留意的小海盜也就算了，他不可能沒聽說過能準備那麼多艘船的海盜團。

「我看八成是從南或北方新來乍到的海盜團。」

這附近海域，海盜之間原本就經常為了搶地盤爆發衝突。

航行船舶的數量多，又有很多無人島可作為補給基地，是令海盜垂涎不已的獵場。

「不過當然，行經這裡的商船也會做足對策，所以風險也很大就是了。」

傑洛姆說著，露出膽大包天的笑臉。說得有理，要襲擊他們這些傢伙風險想必很高。

由於海域性質如此，據說大海盜團也很多。不，應該說只有大型海盜團才能在這裡求生存。

換言之，一群新人能大搖大擺地拿這片海域當地盤，就表示出現了勢力強大到能搶其他海盜團地盤的大海盜團。

「在這裡讓那五艘船逃走，會暴露我們的方位與戰力讓本隊知道。最好能趁現在把他們弄沉。」

「原來如此。」

那這樣的話，我們該怎麼做呢？

可以強出頭沒關係嗎？

來問問可靠的冒險者前輩好了。

「莫德雷德，現在怎麼辦？」

「先用砲彈互射，等距離更近就會演變成魔術戰。能用魔術的冒險者可以從甲板上攻擊對方。」

對喔，大砲的射程比較長。那這樣的話，我方不是也會稍微受損嗎？不過，據傑洛姆以及莫德雷德的說法，這些損害似乎也在預料之中。大概打海戰本來就是這樣吧。

但是，我們有辦法解決這個問題。

「欸。」

「什麼事？」

「讓我來。」

「妳有什麼計畫嗎？」

傑洛姆夠有度量，不會在這種時候以芙蘭是小孩或外行人為由懶得理會。

「嗯。我去把它弄沉。」

「什麼?妳能辦到的話我當然很感謝,但妳有辦法嗎?」

「有辦法。」

「唔,不需要冒險喔。航海路程還長得很,會需要黑雷姬閣下的力量的。」

傑洛姆望向莫德雷德,應該是無法判斷芙蘭說的可不可信吧。

對於傑洛姆的視線,莫德雷德大大點頭。

「A級冒險者是一群超越人類境界的強者。能打贏他們的人,也可以說是非人怪物了吧。我認為沒問題。」

這算是稱讚嗎?我一瞬間心生疑問,但莫德雷德的表情不帶有對芙蘭的中傷。

看來純粹只是在讚賞芙蘭的實力。或許對於冒險者來說怪物是稱讚吧。

聽到經驗豐富的冒險者這麼說,傑洛姆船長似乎也做出了決斷。

「是嗎?那麼,可以拜託妳嗎?只是,請妳盡量別讓這艘船受到太大損害喔。」

「我明白。那我過去了。」

「過去?」

聽芙蘭這麼說,傑洛姆表情一愣。一個大叔擺出這種表情,一點都不可愛。

他大概以為芙蘭會使用長距離魔術,或者是把敵人引誘過來再殲滅吧。

「嗯,我去把它們弄沉。小漆。」

「嗷!」

「唔喔喔喔！這頭狼原來這麼大嗎！」
看到變回最大尺寸的小漆，傑洛姆與船員們驚呼連連。至今小漆都沒出來戰鬥過，大概被他們當成一隻懶狼了吧。
就連莫德雷德也倒退一步，臉孔抽搐。
「這……恐怕就連我也打不贏……」
芙蘭跳到伏地的小漆背上。
「我走了。」
「嗷！」
「飛、飛起來了？」
「狼居然會飛……！」
「唔喔喔喔喔！太強了！」
聽著背後傳來船員們的歡呼，芙蘭他們往海盜船飛去。
『稍微飛高一點吧。』
大砲能瞄準的高度應該有限。
「好。」
「嗷！」
破風疾馳於空中的小漆，轉眼間就來到了海盜船的上空。
我們從這個位置觀察視野下方的海盜船。

海盜們神情驚愕地仰望著芙蘭。但他們似乎旋即鎮定下來，用弓箭射我們。挺有本事的，都準確地射向小漆。

不過這點程度的攻擊自然不可能射中小漆，牠遊刃有餘地躲掉。

但是，這下就確定對方與我們為敵了。

『那就動手吧！』

「嗯！」

雖說是海盜船，對方終究只是小船。也感覺不到障壁魔術的存在，從這裡打個幾發魔術就會沉船了。

不過，這是個好機會。

也許今後有機會對付更大的船。如果可以，我想先試試如何與船艦戰鬥。

『來做點實驗吧。』

「要做什麼？」

『我想先學會如何有效率地弄沉船艦，所以五艘都想用不同的方式來打。』

所幸從視野下方的海盜船甲板上感覺不到強悍的氣息。除非真有什麼突發狀況，否則想必不會遭受到強烈反擊。

講得簡單點，這些海盜等於是恰到好處的實驗對象。

『先從雷鳴魔術試起吧。』

「好。」

上次我們在前往巴博拉的路上對付海盜船時，唯一的戰鬥方式就是落石。但如今我們經過成長，方法多得是。

「阿澄雷神？」

『不，那個就實在殺過頭了。而且也沒辦法對所有海盜船連續使用。』

最強的雷鳴魔術阿澄雷神是我們的決勝王牌之一。光打一發就會嚴重消耗力量，因此不適合連續施展。

如果位置更集中的話是可以一發消滅掉五艘船……不，之間也就這點距離的話或許能全部捲進來？算了，反正不管行不行都不符合這次的主要目的，不嘗試就是了。

「雷霆電壓之類的？」

『嗯——感覺有點弱。』

這是氣絕電壓的高階版魔術，能夠造成強力落雷讓對手觸電。雖然適合用來封住生物的動作，但以攻擊船艦來說缺乏純粹的破壞力。

如果目的是剝奪船員的戰力還可以，但要一擊沉船就實在沒辦法了。雖然或許能用連續發射的方式達成目的，但那樣有點缺乏效率。

「那要怎麼做？」

『唔嗯，試試那個好了……先讓我來吧。』

我集中意識，準備施展大招。這招雖沒阿澄雷神那麼厲害，但也完全稱得上是高階魔術。剛學會的時候有用來對付過怪物，不曉得對海盜船管不管用。

『好，我要上了！』

「嗯！」

『百道天雷！』

我一發動法術的瞬間，天空中出現了超巨大魔法陣。接著，從魔法陣射出的無數雷電集中劈打視野下方的一艘船，把船身打了個粉碎。

沒錯，名符其實的粉碎。船隻被徹底打成碎屑，完全看不出來原本有艘船在那裡。

『唔——可能有點太超過？』

這就是能在雷鳴魔術9級學會的高等魔術「百道天雷」。

這招法術可以廣範圍降下一百條雷電，不過視運用方式而定，也可以像這次這樣集中轟炸一個點。

即使如此，比起阿澄雷神還是只有約十分之一的威力，但看來對小型船來說威力還是太強了。假如照正常方式廣範圍施展這招法術，一發就會把船隊全滅了。

來自海盜船的攻擊戛然而止。看到同夥的船瞬間被消滅，恐怕把他們給嚇慘了吧。

只是，似乎也有很多人沒想到是芙蘭所為，還以為是某種大自然無與倫比的神威。畢竟乍看之下，就像是不知為何大晴天忽然打雷，把正下方的倒楣船隻給打碎。

「那麼，再來換我。」

『好，交給妳了。』

「嗯。」

但是，看到下一招法術，他們必定會知道是芙蘭所為。

「——雷神之鎚！」

回應芙蘭的呼喊，被選為下一個獵物的海盜船正上方，憑空畫出中等規模的魔法陣。直徑約十公尺。好吧，其實這也稱得上夠巨大了。只不過是因為才剛看到百道天雷的魔法陣直徑達到三十公尺，才會顯得這個比較小。

也就是在武鬥大賽當中，被費爾姆斯張開絲線結界擋掉的8級雷鳴魔術。

轟轟隆嗡嗡嗡嗡嗡——！

伴隨著震破大氣的轟然巨響，高威力的極粗雷擊落在海盜船上。

中了魔術的船身剛好從中斷成兩截，被直接擊中的部分燒成焦炭猛烈燃燒。

那場面不負雷神之鎚的名稱，宛如雷神索爾高舉寶鎚，把海盜船打成碎塊。

海盜船船身裂成前後兩截，冒著黑煙急速沉向海底。

『用這招就對了。』

「嗯。」

該怎麼形容呢？就是剛剛好？能夠確實把船弄沉，又不至於殺過頭。完全就是這種感覺。

不過雖說是小型，這種能夠一發弄沉海盜船的魔術，費爾姆斯竟然能擋得一乾二淨。而且還是用絲線。眼前光景讓我再次體會到高等冒險者異於常人的能耐。

『這次不從上面，改從下面進攻看看吧。』

「要怎麼做？」

『說到弄沉船隻的方法，當然只有從船底開洞那招吧？』
「是這樣嗎？」
『就是這樣。所以，要這樣做。』
我往海裡發射了4級火焰魔術「閃焰爆發」。這是讓巨大火球爆炸的法術，然而——
咚轟嗡嗡！
『哎呀，失敗了。』
「可是，有開洞啊。」
『不，我本來是希望它能在更下面的位置爆炸。那樣與其說是船底，更接近側面。雖然好像有點進水，但不到能立刻沉船的程度。』
要在海裡控制火焰魔術果然有難度。就連想讓它在特定位置爆炸都沒成功。
「那要怎麼辦？」
『試著下點工夫吧。』
我再次射出了閃焰爆發。不過，這次在火球周圍用風魔術做了防護罩。這樣應該就不會直接碰到海水了。
結果一如我所料，火球這次終於在船的正下方爆炸，給船身開了個洞。只是，洞口不算太大。火焰魔術威力在海裡還是會打折扣，不能期待立即見效。
但我明明記得生前看科學節目說，炸彈在水裡能造成更強的衝擊力……好吧，畢竟這是魔術，大概有著不同於物理學的神奇法則吧。

最起碼從位置來說，應該有打壞推進魔導裝置。雖然可能還得再等一下才會沉，但它已經不能動了，只能等著沉船。問題是用這種方法會讓船員有時間逃生。

『再來個幾發好了。』

「好。」

我們又追加施放五發閃焰爆發，把船底徹底打爛。現在船底滿是破洞，沉沒速度變得相當快。轉眼間就沉到了海裡。

只是，這招太花時間，而且必須靠近敵船。有點缺乏實用性。

雖然優點是難以防備，但還是雷神之鎚比較簡便。

『下一個。』

「這次要怎麼做？」

『試試念動彈射攻擊吧。這次要來真的，好久沒使出全力了。』

「好。」

我認真精煉念動技能，搭配多種屬性劍。再配合芙蘭的風魔術輔助等等，準備施展全力以赴的念動彈射攻擊。

魔力強化也做到最大程度，盡可能忽視對刀身造成的負擔。

如假包換，是我現在能夠施展的最大輸出念動彈射攻擊。

好，來看看能造成多大的效果吧。

「我要用嘍？」

『好！來吧！』

「喝啊啊！」

芙蘭使用風魔術，將我超高速投擲出去。然後我又用念動進一步加速。

很久沒這樣火力全開出大招了！

『呀哈——！』

我化作一道流星，襲向海盜船。

被我直接擊中的桅杆，伴隨著轟然巨響攔腰折斷。我順勢插進另一根桅杆的底端附近，但氣勢依然不減。

我在海盜船的船身內部一路飛衝，撞碎擋住去路的柱子或牆壁。

『唔啦啦啦啦啦啦啊啊！』

最後，我貫穿了海盜船，在船底後方開出了一個大洞。

不過我在被芙蘭擲射出來之後，感覺就是直接擊中桅杆，然後一路猛衝的途中撞上各種東西，回過神來時已經在海裡了。

我一邊用傳送回到芙蘭身邊，一邊觀察海盜船的受損情形。

一個相當大的洞，縱向穿透船身的中央。直到船底都看得一清二楚。

看樣子威力比我自己想像得還大。

只是，屬性劍的狂飆化果然會造成耐久值銳減，用來擊潰海盜船可能有點浪費。修復也耗掉了我大量魔力。

恐怕不能每次攻擊海盜船都用這招。

「還剩一艘，怎麼打？」

『嗯——他們已經開始逃跑了，得快點弄沉才行……』

其他還有什麼可能對海盜船有效的攻擊？用風魔術試著颳起橫風吹它？成功的話也許能把它掀翻。

這時，芙蘭好像想到了一個點子。

「那麼，可不可以讓我來？」

『可以是可以，但妳會怎麼做？』

「有件事想拜託師父。」

『喔，好、好啊！』

「那麼——」

芙蘭拜託我的事情有創意到讓我吃驚。沒想到她居然希望我把形態變形用到極限，盡量變大。

『是有試過變形成絲線或盾牌……』

但仔細想想，還真沒單純變得巨大過。

於是我立刻卯足全力，逐漸把自己的尺寸變大。連劍柄都變大的話芙蘭會握不住，所以只有劍刃與劍格巨大化。

只是，好像有點做過頭了。現在已經變得連斬馬刀都沒得比，光是刀身就超過十公尺。尺寸與某機器人遊戲中登場的斬艦刀不相上下。但我不是刀，所以應該稱為斬艦劍？

我常常把自己的劍刃講成刀身，但那是我講話的語病。好吧，畢竟前世是日本人嘛。不過，我很清楚自己是一把劍。

『怎麼樣？這樣可以了嗎？』

「嗯，完美。那，我要上嘍？」

『好！這個維持不了太久，麻煩妳盡快！』

「沒問題！」

芙蘭從空中往海盜船一躍而下，使用重量增加、劍技與屬性劍增強斬擊威力，揮動巨劍施展出空氣拔刀術。

聽得見比平常更響亮的風切聲。必定是巨大化所導致的吧。

「喝啊啊啊！」

『哦呀啊啊！』

也不過就是尺寸變大，我卻也跟著興奮激動。大就是強，大就是正義。

看得見海盜們驚得目瞪口呆。看到足以壓爛船隻的巨劍從正上方降落的景象，一定以為是在開玩笑吧。他們一副渾身無力的模樣，仰望著這場徹底破壞常識的惡夢般攻擊。

然後，芙蘭揮出的斬擊，把海盜船從中劈成了兩段。

船身的木材浮誇地噴了個滿天，屬性劍造成船身陷入一片火海。

分成前後兩段的海盜船，就這樣慢慢沉入了海底。

『這招好像派得上用場。』

「感覺不錯。」

經過多方嘗試，對付船艦時應該是雷神之鎚與斬艦劍模式最好用。船數少的話就用雷神之鎚，多的話用斬艦劍一艘艘砍斷就行了。

『回去吧。』

「嗯。」

確定海盜船全數沉到海裡後，我們返回獅鬃星號。

一降落到甲板上，傑洛姆衝過來的速度快到只差沒直接抱住芙蘭。然後湊近到鼻子噴氣都快要落到臉上的距離握住芙蘭的雙手，用力上下甩動。

「我的天啊，真不愧是黑雷姬閣下！」

傑洛姆笑容滿面地大力稱讚芙蘭打下的戰果。大概是船隻毫髮無傷讓他太高興了。

船員們也圍著芙蘭發出歡呼，毫無半點對可憐海盜們下場的同情。畢竟這世界是「見賊就殺！見敵就殺！」，不是你死就是我活的世界嘛。

他們似乎純粹只是在感謝自己擁有這麼可靠的同伴。

冒險者們表情嚴肅。與其說是恐懼，或許比較近似尊敬？雖說冒險者的評價標準不只有戰鬥力，但親眼目睹壓倒性的力量似乎還是讓人心生憧憬。

只有莫德雷德一副傻眼的表情。

他一面苦笑，一面來找芙蘭說話。

「真是嚇人……我還是頭一次看到這麼過分的階級謊報。」

是在介意這個啊？不過，會被這麼說也是無可奈何。

單論戰鬥力的話芙蘭已經超出C級範疇了。

鼓譟了一陣之後，船員們的興奮情緒似乎也平靜下來了。

他們聽從傑洛姆的指示開始忙進忙出。

「喂！加快動作離開這片海域！」

「遵命！」

「剛才的戰鬥場面鬧得有點太大了。」

聽起來似乎是剛才的戰鬥，有可能引來附近的魔獸。除了聲音大，被拋進海裡的海盜也能當成食物。

「做得有點過火了。」

「不會啦，船上都沒受到半點損傷耶！比起這個，這點風險不算大問題啦。」

「不過，今後如果可以收斂一點會很有幫助。」

傑洛姆笑著不當一回事，但船副就很冷靜了。如果還有下次，就注意一下吧。

「那，我回去了。」

「如果海盜又跑來就再麻煩妳啦！」

「交給我吧。」

「哇哈哈！真是可靠！」

芙蘭正想告別傑洛姆回去自己的房間，但幾個人影先衝了出來。

「有、有事想拜託小姐！」

「請收我們為徒！」

三個人影冷不防開始下跪磕頭。

是米格爾、瑞迪克與納莉亞這三個菜鳥。

「我們看到您剛才的戰鬥了。」

「我們是真的很想變強！」

「所以希望您能夠收我們為徒弟！」

他們一臉豁出去的表情，七嘴八舌地拜託芙蘭。可是，收徒弟恐怕是不可能的。帶他們一起旅行會礙事，最重要的是我不認為芙蘭能當老師。

然而，芙蘭似乎開始考慮起一些事情。

「我的徒弟？」

「是的！」

「務必！」

「千萬拜託！」

三人在甲板上叩首，等芙蘭一句話下來。

四周忙得不可開交的船員們，也一副看好戲的眼神。

「唔嗯……」

『喂，芙蘭，難道真的要收他們為徒？』
（不收。可是，好像很有趣。）
『再有趣也不能帶著這幾個傢伙一起上路喔。』
他們會礙事，而且也怕我與芙蘭的祕密會穿幫。
（我明白。）
『那就好……但妳打算怎麼做？』
（嗯，只有乘船期間收他們當徒弟。）
好吧，這樣的話應該還可以？反正船艙是分開住，不用怕祕密穿幫。
『妳想這麼做我是無所謂……但妳知道怎麼指導徒弟嗎？』
（嗯？我只是覺得好玩。）
呃，就為了這種理由啊？
『還是要跟人家講一聲，說妳沒有指導經驗喔。只要他們覺得無所謂，我就沒意見。』
「嗯。我可以在乘船期間收你們當短期徒弟。」
「真、真的嗎？」
「但是，我沒有收過徒弟，也沒有教過別人。如果你們不介意，我就收你們當徒弟。」
「我不介意！」
「好。那我會教你們一些事情。」
「謝謝小姐！」

看三人再次低頭致謝，周圍掀起一陣掌聲。船員們雖然一半是從中取樂，但也替他們三個高興。大概是看他們這麼想拜小孩為師很有趣，同時也出於純粹善意祝福他們獲得強悍冒險者的指導吧。

「請師父多多鞭策！」

感動萬分的瑞迪克一這麼大叫的瞬間……

芙蘭狠狠瞪了瑞迪克一眼。妳有點嚇到人家了，不要這樣瞪人啦。

「不可以這樣叫我。」

「咦？為什麼呢？」

「總之就是不行。絕對不可以用來稱呼我這種小角色。那是最高級的稱號。」

我很高興芙蘭這麼尊重我，但說成最高級太誇張了啦。不過我不會阻止她的。要是芙蘭開始被叫做師父，會把一堆事情弄得很混亂。

「不要師父。」

「這、這樣啊。」

「換個稱呼。」

「知、知道了。」

被芙蘭板起臉孔威嚇，三人組勉強點了點頭。於是他們交頭接耳做些商量，然後同時轉向芙蘭。

「那、那麼，就稱您為老師如何？」

「老師？」
「是、是的。不恰當嗎？」
「嗯，我是老師。」
看來芙蘭很中意這個稱呼。她不住點頭，講了好幾遍「我是老師」。
「那就立刻來修練吧。」
「「「是！」」」
也許是被叫做老師太開心了，芙蘭變得很有幹勁。
那就來看看她打算怎麼指導他們幾個吧……我可不會給意見喔。就算是再莫名其妙、白費力氣的修練內容，那也得怪三人組找上芙蘭求教。因為對我來說，芙蘭開心最重要。
「首先——」
「首先？」
「先練習武器空揮？」
「空揮是吧！好的。」
喔喔，雖然加個問號讓人有點擔心，但起頭還滿正常的！說不定芙蘭其實很有當指導者的天分？不愧是芙蘭。
米格爾與瑞迪克直接照芙蘭說的做，開始練空揮。米格爾奮力上下揮動大劍，瑞迪克則是反覆練習突刺。
唯獨納莉亞一個人顯得很困惑，看來要一名弓手練空揮有點強人所難。但芙蘭要求納莉亞也一起練空揮。

「呃——可是我是弓手耶？」

「妳只有弓箭這個武器？」

「嗯，可以這麼說。」

「這樣不行，被逼近會沒命。」

「呃——所以您的意思是要多練一種近戰武器嗎？」

「嗯。建議練短刀。不是用來攻擊，是用來格擋。也可以扔出去。」

搞不好芙蘭真的有當指導者的天分。沒想到竟然能這麼有條理地教學生，連我都嚇了一跳。

「我明白了。」

「雖然不會立刻就融會貫通，但從今天開始也不算遲。」

「是！」

芙蘭從次元收納空間拿出生鏽的短刀，交給納莉亞。我一時不懂我們怎麼會有這種東西，不過想想應該是在哪裡打倒的哥布林什麼的掉寶。

「給妳。」

「可以嗎？」

「嗯。生鏽了不能用，但可以用來練空揮。」

「謝謝老師。」

納莉亞立刻開始練空揮，芙蘭帶著滿意的表情注視著她。

說歸說，但也沒做什麼指導。

「請問——我繼續練空揮就行了嗎？」

「嗯。」

不過，這也沒什麼不好吧？練空揮最重要的就是每天持之以恆。況且在這個世界只要熟練度提升就能學會技能，練空揮應該會比地球更有效。

後來芙蘭一直從旁看著他們笨拙的空揮，好像都不會膩。我開始有點期待看到他們在航海結束時的成長程度了。

芙蘭期間限定收徒弟的第二天。

芙蘭他們一早就在甲板上開始修練。他們借用邊緣空間以免妨礙到別人，芙蘭老師的冒險者講座正式開講。

一反在巴博拉打模擬戰時的散漫態度，三人挺直背脊排成一列。

並不是他們洗心革面了，是因為芙蘭一開始就給了他們下馬威。不，為了他們的名譽我必須聲明，他們並沒有像那時候那樣愛做不做。在我看來，其實排隊已經排得夠整齊了。

但芙蘭劈頭就賞了他們一頓威懾，還撂下狠話說：「你們這些臭蟲連隊伍都排不好嗎？」

昨晚芙蘭找我商量該用哪種方式鍛鍊他們時，我不小心提起了海軍陸戰隊式的訓練方法……

結果她好像立刻就採用了。

都怪我亂給意見，抱歉了你們三個。

看他們嚇得面無人色太可憐了，我已經叫芙蘭從此避免使用海陸式訓練法。芙蘭也不是非海陸式不可，應該只是想小試一下所謂的老師派頭吧。我一說她就聽話了。

之後就是正常的指導內容。

「首先是拉筋。」

「什、什麼是拉筋？」

「一定是某種超強修練法！」

「不，應該是某種魔術吧？」

看來光聽名稱猜不到內容。再說這個世界好像沒有拉筋的概念。在運動前是會稍微伸展一下筋骨，但不會做足整套柔軟操。

芙蘭起初也完全沒在做這些，所以我教她在活動筋骨之前可以先做拉筋。如今芙蘭似乎打算跟三人組分享這個習慣。

「就是運動前的暖身。」

「喔，請問這麼做有特殊意義嗎？」

「嗯。」

「唔嗯，真教人感興趣。那麼，請問這麼做的意義是？」

「讓身體發熱，好處很多。」

「很多？可以請您舉例嗎？」

「嗯？就是很多。」

剛認識的時候我有跟芙蘭說過熱身的好處，但看來她忘光了。沒辦法，誰教芙蘭屬於用身體記住的類型。不過，她應該有感覺到先拉筋再運動，身體的狀況會變得比較好。她要求臨時徒弟們也來拉筋。

芙蘭不清不楚的發言讓三人組愣了一愣，但隨即搖搖頭重新打起精神。然後乖乖照芙蘭說的做，開始拉筋。

「我、我說啊，做這個真的有必要嗎？」

「你笨啊！這還用說嗎？擁有綽號的老師都在做了！」

「這、這倒是。」

「一定有著我們這種低階的想都想像不到的重大意義。」

「說、說得也是，黑雷姬老師這樣的人物都叫我們做了！」

「就是呀，一定具有驚人的效果。」

「我懂了！老師那麼年輕就具備那般高強的實力，我看一定就跟這種叫做拉筋的動作有關！」

「原來如此！說不定隱藏著能夠提升修行效率的祕密！」

「一定是了！」

「喔喔，我開始有幹勁了！」

沒有啦，沒那麼厲害的效果。頂多就只是比較不容易受傷？雖說或許是可以因此提升修行的效率啦。

「這種拉筋動作，是師父教我的。」

「老師的師父嗎？」

「嗯。」

「老師的師父是什麼樣的人？」

「師父很厲害，是世界上最棒的師父。我的力量是師父給的。」

「哦！那一定是很了不起的人了！」

「師父沒人能比。」

「既然是那麼了不起的人所傳授的，就表示——」

「我就說這種叫做拉筋的動作絕對具有驚人效果！」

「開始有幹勁了呢！」

他們開始衝勁十足地實行每一個拉筋動作。不行啦，做這麼激烈就沒意義了！幸好芙蘭不忘指正錯誤，教他們放慢速度仔細做對動作。

指導的方式意外地有模有樣。

水準遠在自己之上的芙蘭這樣一步步仔細進行指導，似乎讓三人組大受感動。只不過是教個拉筋，卻能夠感覺到他們對芙蘭變得更加尊敬。

然而，三人組原本充滿幹勁的表情，聽到芙蘭的下一句發言，頓時變得像洩了氣的皮球。

「再來是模擬戰。」

「咦？」

「真的假的啊？」
「請、請問是跟誰打？」
大概是前幾天在模擬戰被芙蘭打個半死的記憶重回腦海了吧。
他們似乎還抱持著些微期望，心想說不定對手不是芙蘭，而是三人組之間進行模擬戰。但芙蘭一句話就粉碎了這個希望。
「嗯，一次一個來跟我打。」
「……好的。」
「喂，別客氣妳先去。」
「你才是給我去當第一個啦！」
「這時還是應該女士優先。」
「瑞迪克，你背叛我！」
大概是對三人抓替死鬼的難看場面看不下去了，芙蘭手指一伸，指名要米格爾上場。
「你先，大劍戰士。」
「真、真的是我？」
「快點。」
「好、好的！」
「加油——」
「愛惜生命啊。」

「你、你們等一下很快也會看到地獄啦！」

大劍戰士米格爾滿臉絕望地走上前來。

「對我出招。」

「我、我來了！喝啦啊啊！」

米格爾舉起大劍往芙蘭砍來。由於了解彼此之間的實力差距，米格爾下手毫不遲疑，拿出了真正本事。高舉過頭的大劍劈砍而來，一般人若是被砍中可能會直接變成兩半。

但這個攻擊被芙蘭看得清清楚楚，要躲要擋都不難。

只是，在周圍旁觀修行過程的船員們，似乎都大為驚駭。因為從旁看來，畫面就像是一個手握大劍的彪形大漢冒險者，準備砍倒一個小女孩。

昨天與海盜船的那場戰鬥並不是所有人都有目睹，也有不少人不知道芙蘭的實力。況且船員們應該無法分辨實力差距，不知情的人不管怎麼看可能都以為米格爾比較厲害吧。

船員們本來把幾個大人不知為何接受一個小女生指導的場面看著當好玩，突然發生這種狀況讓他們慘叫出聲。

不過，他們所想像的悲劇不會來臨。

「動作太大。」

芙蘭以毫釐之差躲掉了攻擊。距離近到大劍的風壓吹動了瀏海。

但是，並不是千鈞一髮勉強躲過，而是徹底看穿了攻擊才能只躲這麼一點距離。芙蘭與米格爾之間的實力差距，大到就算米格爾這時忽然劍芒轉向，她也能游刃有餘地閃避。

「哦呀啊！」

「每一擊的威力很重要。可是，砍不到就沒意義。」

「該死！」

「要更精簡。」

「喝啊啊！」

「切入得不夠深。」

「唔嗚！」

芙蘭幾乎從不反擊，僅只是不斷閃躲米格爾的攻擊。她會適時開口給予建議，於鑽過攻擊或是閃避過程中，輕輕拍打米格爾的身體。這麼做是在幫他抓破綻。

船員們目瞪口呆地看著，但米格爾很可能早就料到會是這種狀況了。反而似乎還很高興芙蘭這麼仔細地指導他。

米格爾就這樣全力攻擊了大約十分鐘，最後瘓軟無力地癱坐在地。

「嗯，最後的動作還不錯。」

「謝、謝謝老師！」

「那麼，下一個。長槍手。」

「是！」

以瑞迪克為對手，激烈的模擬戰再次開打。

不同於米格爾不挑部位以攻擊命中為優先，瑞迪克似乎擅長瞄準要害。他試著用凌厲但不失仔細的攻擊對付芙蘭，只可惜完全被看穿。

「攻擊太顧慮細節。」

「嗚！」

「很好猜。要再有點玩心。」

「喝！」

「這次的很好，但太慢。」

芙蘭面對瑞迪克基本上也是徹底閃躲，不時抓住破綻用手掌碰他的身體。旨在強調「我如果有武器你已經死了」。瑞迪克最後也耗盡體力，當場癱坐下去。

最後換納莉亞了。她不是持弓，而是用短刀打模擬戰。弓術方面芙蘭教不了太多，況且在船上射箭也怕誤傷別人。她似乎打算從頭到尾都指導納莉亞如何用短刀。

躲避攻擊跟前面兩人的做法一樣，但攻擊頻度較高。應該是比起攻擊，更需要讓她學會接招與閃避等等的技術吧。

「將注意力放在如何接招，而不是讓攻擊命中。」

「是！」

「接不住就躲。」

「好痛！」

「短刀用來牽制。」

納莉亞比米格爾他們倒得更快。畢竟用的是生疏的武器，還得集中精神承受芙蘭的攻擊，怪不得她。

三人都癱坐在甲板上，站不起來。

但芙蘭頗有老師架式地給了三人一番指點，顯得很滿意。

「弓手繼續練短刀。」

「是！」

「大劍戰士與長槍手，要多把注意力放在出招的深度上。」

三人組大大點頭回應芙蘭所言。想必是在這場模擬戰中吸收到了很多吧。但是，我發現到了一件事。

「弓手可以同時繼續練弓。」

大劍戰士、長槍手與弓手是吧？我敢肯定她把人家的名字忘了。好吧，她本來就是沒興趣的事情幾乎都不去記，一向如此。那就來看看在航海結束前，他們能不能讓芙蘭記住名字吧。

翌日。

接續昨天，芙蘭今天繼續指導期間限定的徒弟們。

做過拉筋、對打、空揮與模擬戰，現在正在做收操。這時，我們的耳朵再次聽見警鐘響起。

鏗鏗鏗鏗！鏗鏗鏗鏗！

響了四次。也就是說，海盜又來襲擊了。

「老、老師，我們走吧！」

「該死，怎麼又是海盜！不是說在越過克拉肯的巢穴前不會常常遇到嗎？」

「說不定是湊齊了最新式戰艦，足以擺脫克拉肯的大海盜團。」

「真的假的啊！那豈不是完蛋了嗎！」

「不要急！只要有老師在，海盜船來幾艘都不是問題！」

「對、對喔，妳說得對。」

芙蘭要徒弟們等候指示，自己則前往船首。傑洛姆已經在那裡用望遠鏡瞪著海盜船。

「海盜有多少？」

「喔喔，是芙蘭啊。一共十二艘，也有看到大型艦。」

十二艘啊，那還滿多的。

「海盜船就跟妳上次弄沉的那五艘一樣。」

「那麼是一夥的了？」

「是啊。看來那幫人把這片海域當成了老巢。」

「這次的才是本隊？」

「應該吧……」

傑洛姆雖然這麼說，卻顯得有點疑問。

「只是，總覺得有哪裡不對勁……」

「什麼意思？」

「嗯——就是好像有點突兀感……我也說不上來！」

「我也想看。」
「那這給妳用。」
「嗯，謝謝。」
借用傑洛姆手上的備用望遠鏡，芙蘭也看了一下海盜船。肌肉壯漢與少女擠在一起看望遠鏡唸唸有詞的模樣，還真有點喜感。
『怎麼樣，芙蘭？有看出什麼嗎？』
「嗯……好像怪怪的？」
『怎麼反問起我來啦……是我在問妳耶。』
芙蘭偏著頭，似乎也跟傑洛姆一樣覺得不對勁。她表情嚴肅地注視著海盜船。
「……啊。」
「芙蘭，發現什麼了嗎？」
「那艘船，我好像有看過？」
『什麼？』
我藉由技能可以看得比人類遠，但還是望遠鏡看得更遠。
『什、什麼意思？』
「什、什麼意思！」
不小心跟傑洛姆聲音重疊了。
「跟米麗安的船很像。」

「米麗安？」

「嗯，我朋友。」

米麗安就是芙蘭在錫德蘭海國成為知己的公主殿下。她很欣賞芙蘭，還一路送我們到巴博拉。芙蘭那時有很多機會端詳米麗安的水龍艦阿裘斯。

對了，阿裘斯是與她締結契約的水龍，也是她擔任艦長的水龍艦的名稱。說是依照傳統習慣，船艦會沿用水龍的名字。

「妳說的米麗安是——唔！」

傑洛姆正一邊看著望遠鏡一邊向芙蘭提問，忽然間低呼了一聲。

「那、那是！」

「怎麼了？」

「那面旗幟是……！」

芙蘭也繼續緊盯望遠鏡，向傑洛姆追問。

傑洛姆似乎注意到了什麼。旗幟？

『芙蘭，他說什麼旗幟？』

（嗯？骷髏的旗幟上方，還有另一面旗幟。）

『不是海盜旗嗎？』

（畫著奇怪的標誌，有點像龍。）

龍的標誌啊。聽起來不像是海盜旗。但話又說回來，龍的標誌？這個的話，我也有點印象。

傑洛姆似乎也看了一下那面旗幟，沉吟著小聲說：
「那是錫德蘭海國的旗幟。」
我就知道。船艦外觀極像水龍艦，又懸掛著錫德蘭國旗。這下應該確定了吧？
「等等喔……小妹妹，妳剛才說米麗安對吧？」
「嗯。」
「記得錫德蘭有位女將軍就叫這個名字……」
「就是她。米麗安是錫德蘭的公主。」
「真的假的啊！也就是說妳看過同個體系的船艦？所以那真的是錫德蘭的海軍？可是，他們怎麼會懸掛海盜旗……」
傑洛姆滿臉驚恐地喃喃自語。
錫德蘭海國是以此地北方的群島——錫德蘭列嶼為領土的海洋國家。
據說原本是名聞遐邇的大海盜團合併其他海盜團，才開始以國家自稱。
從成立起源來看或許不難理解，國內直到今天依然民風剽悍。據說國家有難時就連婦孺都會拿起武器，一些人便基於這種風骨稱其為「全民皆海兵」等等。
當然，海軍也是精兵強將。
說到錫德蘭可能只會想到水龍艦，但據說國家即使少了它一樣勇猛善戰。
我想起在錫德蘭海國看到的光景。前王昏庸導致一般士兵水準日漸低落，但國民的確勇猛強悍。如果我沒記錯，海軍士兵或是退伍軍人也個個都是一如傑洛姆所形容的勇士。

因此，如今可能與錫德蘭海軍起衝突，對傑洛姆來說恐怕近乎最糟的狀況。

「會不會是偽裝……不，不可能。」

「為什麼？」

不見得海盜就不會冒充錫德蘭海國的士兵吧？

「妳仔細瞧瞧那艘船的船首部位。」

「船首？」

『芙蘭，看到什麼了？』

「嗯——鏈條？」

「沒錯。那條鎖鏈綁著的就是水龍。那艘水龍艦，正是錫德蘭能夠稱霸海上的理由。」

自古以來人們就在嘗試馴服怪物用以拉船。但是古往今來，唯獨錫德蘭的開國君主成功馴服了威脅度B的水龍。

「全世界只有四艘水龍艦。但光靠這四艘戰艦，他們就能跟強國的大型艦隊爭鋒，嚇得海盜們喪膽亡魂。」

水龍拉動的船艦論速度或攻擊力都超乎一般水準，堪稱最強戰艦。傑洛姆感覺到的突兀感也是來自於水龍。因為大型艦理應速度較慢，卻用跟高速艦無異的航速疾駛而來。

換言之，那艘船就是水龍艦無誤。

「可是，米麗安不可能去當海盜。」

我姑且也同意芙蘭的看法。目前錫德蘭由於發生革命，國內局勢依然混亂，照理來講不可能有餘力將水龍艦運用於國外。米麗安崇敬她的姊姊兼錫德蘭新王賽麗梅爾，不可能丟下國務在這種地方浪費時間——應該吧。

我之所以不敢斷定米麗安不會從事海盜行為，是因為她們那時語氣聽起來對祖先心存尊敬。就連給人賢淑柔弱印象的賽麗梅爾，都喜孜孜地聊到她們的始祖是海盜。

「這麼說來，那應該是米麗安將軍以外的水龍艦了……但旗幟又是藍色的。」

「旗幟的顏色？對了，米麗安的是綠旗。」

我們這才知道，四艘水龍艦似乎各自掛著不同顏色的旗幟。

「那麼，那果然不是米麗安了？」

「我想不是。記得藍色應該是前王的旗幟。」

前王……不就是蘇亞雷斯嗎！就是那個以武力為後盾施行獨裁政治，在革命中被趕下王位的昏君。只是，他應該已經落網，被關進大牢了。

再說，蘇亞雷斯的水龍被幾近失控的我攻擊打中，應該受了重傷才對……

不，現在思考那艘船的出處也沒用。重要的是，該如何應付實際出現在眼前的水龍艦。

「這也太棘手了！逃得掉嗎……？不行，對方太快了……」

「不對付它嗎？」

「跟水龍艦打起來？絕對打不贏的。都說一艘水龍艦的戰力，足以與一百艘普通戰艦匹敵耶。」

「可是，你不是說逃不掉嗎？」

「對啦，八成溜不掉……該死！竟然在這片海域碰上那種怪物！真是倒了八輩子楣！」

看來要逃跑果然是幾乎不可能。

「偏偏我國跟錫德蘭水火不容，不知道能不能照常收三成貨物就放我們走……」

假如對方是穩健派的海盜，付了過路費就會毫髮無傷釋放我們了。

但那些海盜擁有水龍艦這種最強船艦，不需要跟對方讓步。就算乖乖投降，也有可能被趕盡殺絕。

「不得已了，事已至此只能設法撞上旗艦展開白刃戰……！只要演變成混戰，應該就不能開砲了！再來就看你們冒險者大哥大姊的表現了！拜託妳嘍？」

不是，與其說什麼打白刃戰，幹嘛不拜託芙蘭出面？像上次那樣讓芙蘭去把對手擊潰不就結了？

「對手可是水龍耶？是威脅度B的大魔獸。光是靠近都有危險。」

「但我還是可以從空中只把船擊潰。」

雖說水龍很強，但要打落在空中跳躍的我們沒那麼簡單。我們可以趁機先擊沉周圍的船艦，再把水龍艦也弄沉就好。

雖不知道能不能打倒水龍，但總不至於連水龍拉動的旗艦都跟水龍一樣硬吧。

然而我們這才知道，忽視水龍直接挑牽引的旗艦下手是不可行的戰術。

過去當然也有一些人想到同樣的戰術。

而且，也有一些人辦到。

「但是，那些人無一例外全成了海中亡魂。」

船長說脫離船艦的水龍會失控暴衝，誰也擋不住。

失控水龍的頭號攻擊目標，就是剛才攻擊牠的對手。儘管實際上攻擊的不是水龍而是牽引的船，對水龍來說同樣是攻擊自己。

「就算真那麼順利只把船弄沉了，被失控水龍襲擊的話結果還是完蛋。」

「唔嗯。」

這麼一來，該怎麼辦才好呢？

最安全的方法，是連水龍一起全數撲滅……但我們再厲害，也很難確實解決掉龍種。雖說我們還沒跟真正的龍打過，但正因為如此才更不能輕敵。

『到接敵之前還有點時間，也跟莫德雷德商量看看吧。』

「嗯。」

我想應該請人去把莫德雷德找來。芙蘭正要請船員幫忙時，還沒找人莫德雷德就自己來到甲板了。

「又是海盜？」

「是啊，只是……」

「是強敵嗎？」

看到傑洛姆罕見地含糊其辭，大概是聽出對手不好對付了。他換上嚴肅的表情。

「超強。」

「哦？厲害到讓黑雷姬都這麼說？」

「隱瞞也沒意義所以我就告訴你吧，是水龍艦。」

「什麼？」

莫德雷德的表情已不只是嚴肅，變得緊繃到嚇人的程度。

看來他也清楚了解水龍艦的相關情報。

「竟然會這樣……」

他似乎一時無言以對，只說出這句話就沉默了。

不過，好像隨即又想到再怎麼怨嘆也不能讓事情好轉。

「抱歉，一下子太慌張了。」

不是，那樣就叫慌張？應該說根本冷靜得很吧。莫德雷德大哥果然可靠。

之後他也加入討論，一同商議如何應付海盜。

「關於周圍跟著的船，妳說交給妳就行了是吧？」

「嗯，交給我吧。」

「那麼，問題就剩下水龍艦……」

結果還是得設法解決那玩意兒，否則別想逃出生天。

莫德雷德似乎也沒跟水龍打過。

「我看過妳打贏獵龍者費爾姆斯的那場比賽，當時那種驚天動地的雷電……用那招或許可以打倒水龍。妳有辦法施展嗎？」

「可以。」

「那就好。問題是沒能徹底打倒牠的時候該怎麼辦。」

結合阿澄雷神與黑雷招來這兩招打向水龍，肯定會波及船隻。萬一沒能徹底打倒水龍，就等於讓失控水龍獲得行動自由。

這好像超乎預期地困難？

有什麼攻擊具備足以解決水龍的威力，又能夠不波及船隻？

（念動彈射攻擊？）

『芙蘭也這麼想嗎？』

（嗯，這是唯一的辦法。）

被繫在船上，水龍的動作會受限，應該比較好瞄準。再來就看水龍的防禦力了，但如果能瞄準要害或許可以打倒牠。

「只要有辦法專挑水龍下手就可以？」

「可以這麼說……但是，有這種攻擊手段嗎？」

「嗯，有。」

「是嗎？那看來還是只能仰賴芙蘭了……真是窩囊。」

莫德雷德心有餘而力不足地嘆氣。

看來是明明受僱擔任護衛，卻都讓比自己年輕的芙蘭去賣命讓他覺得自己很沒用。可是，這是擅長距離的問題。再說，他的熔鐵魔術可以用來抵禦砲彈等等，據說在防禦方面很出色，遲早有他賣力的機會。

說到這個，打倒水龍弄沉船艦是無所謂，但不會演變成國際問題什麼的嗎？

那畢竟是錫德蘭海國的船，還是問一下好了。

「欸，弄沉它不要緊嗎？」

「什麼意思？」

「也許是錫德蘭海國的船遭竊了。把它擊沉沒關係嗎？不會害兩個國家吵架嗎？」

對於芙蘭的疑問，傑洛姆與莫德雷德一笑置之。

「哈哈，那是不可能的。就算對方是錫德蘭海軍，懸掛海盜旗的船隻一律可以弄沉不會被問罪。不如說，掛起旗幟的一方才會遭到譴責。」

「因為海盜旗對於沒有戰鬥能力的船舶，具有要貨物就不要命的威脅意味。看到誰掛起海盜旗都可以二話不說直接攻擊，這在海上是常識。」

這樣一來，剩下的問題就是弄沉的順序吧？水龍艦要優先，還是擺最後？在弄沉周圍其他船隻時，萬一獅鬃星號被水龍艦襲擊就危險了。可是，又不知道解決水龍艦會花上多少時間……

『好吧，還是先從水龍艦下手好了。』

沒了水龍艦，其他船艦也許會逃走。碰上弄沉了水龍艦的恐怖對手，繼續戰鬥無啻於自尋死路。

只是我在想，假如之後判斷無法徹底打倒水龍，就要擊潰小型艦船。

如果有很多海盜落海，對方必然得停止前進搶救落水者。

我們在大家的目送下飛往水龍艦。

「當心點啊！」

「都靠妳了！」

「別太亂來啊！」

「嗯！小漆，我們走。」

「嗷嗷嗷——！」

大概是獲得聲援讓情緒亢奮了，小漆全速衝過空中。

化為疾風的小漆，轉眼間就到達了海盜艦隊的上空。

視野下方看得到一艘大型艦，以及固守周圍的十一艘小型艦。

從中央那艘大型艦的船首，有兩條巨大鎖鏈往海裡延伸。

靠得這麼近，我也看清楚了。

它像極了以前我們有機會坐過的米麗安那艘水龍艦。

不單單只是同型艦，連船邊柵欄或細微部分的裝飾都如出一轍。錯不了，它就是水龍艦。

海盜們似乎也注意到有個不明飛行物體超高速接近。就我看到的範圍，所有海盜都抬頭看著我們。

不過，他們好像立刻就將我們視為敵人。只見他們急忙拿起弓箭等武器，想瞄準我們。

仔細想想，畢竟是飛天魔狼，會被攻擊也很合理。

『小漆專心躲攻擊。』

「嗷！」

『芙蘭對水龍挑釁，讓牠從海裡露出頭來。』

「好。」

我的念動彈射攻擊，在水中會被水阻減低威力。想打倒水龍這種高階魔獸，必須在水面上下手。

「小漆，你能再飛低一點嗎？」

「嗷！」

芙蘭繼續騎在小漆背上，集中精神準備施放魔術達到挑釁目的。

其間船艦繼續對我們開砲射箭，但想也知道打不中小漆。箭雨之中還交雜著初級魔術，猜得到船上有多名魔術師。果然不是隨處可見的普通海盜。

然後，就在芙蘭準備從四處移動的小漆背上施放魔術時……

「咕嚕嚕嚕嚕嗚嗚嗚嗚嗚！」

沒想到不等我們挑釁，水龍自己從海裡露出臉來。

牠全身長滿硬鱗，外觀像是長頸龍。然而疑似翅膀退化留下的褶狀突起，以及長有利爪的魚鰭般手腳，仍舊保有龍族的外觀特徵。

覆蓋身體表面的是海水嗎？似乎是操縱魔力，用水包覆住全身。用來預防乾燥嗎？

畢竟是同種生物，外觀與米麗安的水龍阿裘斯很相像。但是，不是同一隻個體。

牠全身滿是細小傷痕，背部有個還沒痊癒的特大傷口。大概是一度被挖掉的肉，現在才慢慢長好吧。鱗片也有多處剝落。
那頭水龍的視線，很明顯地正盯著我們。
難道是對芙蘭的魔力起了反應？
水龍在水裡也能正確掌握周遭狀況，探知能力想必相當強。憑著這項能力，或許有辦法感知到芙蘭準備施展的魔術魔力。
「咕嚕嚕嚕嚕嗚嗚嗚……！」
水龍的喉嚨威嚇般地咕嚕作響，可以感覺到嚇人的怒氣。
既然察覺到攻擊了，會生氣是當然的，但是……
『火氣會不會太大了點？』
牠顯然氣炸了。
是我們做出攻擊的預備動作，激怒牠了嗎？不，是什麼原因惹惱了牠並不重要。
『先下手為強！』
「嗯！」
芙蘭表情漲滿幹勁把我高高掄起。
我已經蓄勢待發了。
「喝啊啊啊啊！」
『呀哈——！』
芙蘭反手握住我高高舉過頭頂，接著扭轉全身將我投擲出去。緊接著，我引爆了念動力。

瞄準的是牠的臉孔。

諒水龍再厲害，距離這麼近似乎也反應不及。動都沒動一下。

超高速衝刺的我，擊中了水龍毫無防備的臉孔。

『哦呀啊啊——什麼！』

砰磅！嚇人的爆炸聲響徹四下。

但那並非我所期待的水龍腦袋爆裂的聲響，也不是貫穿頭蓋骨飛出去時的聲音。

那是水龍身上水膜爆開的聲響。水龍毫髮無傷。

水龍纏繞全身的海水，哪裡是用來預防乾燥，根本是水鎧甲。

灌注魔力的水膜不只發揮了物理防壁效果，底下還多了一層像是障壁的魔力護膜。這道雙重防壁，擋掉了我們全力以赴的念動彈射攻擊。

話雖如此，也不是擋得一乾二淨。

我的劍尖在障壁上戳出一個小洞，稍稍刺傷了水龍的額頭。對這畜生來說恐怕只是擦傷吧。

我加重力道想刺得更深，但完全無法向前推進。

「咕嚕嚕嗚嗚！」

但是，也許是生氣竟然有人敢傷到牠吧，水龍火冒三丈地低吼。

『我的殺手鐗竟然只夠讓牠嫌煩嗎！』

想用念動彈射攻擊打倒這頭畜生，那可不知道要打幾千次才行。

『那麼，這招怎麼樣！雷光轟擊！』

雷鳴魔術「雷光轟擊」。這種法術射程雖短，但威力夠高。我之所以臨時想到用這招，純粹是覺得水棲生物或許比較怕被電擊。

『在相接狀態下看你怎麼防禦！』

從我刀身射出的雷擊，直接通過劍尖包住水龍的頭部，激烈雷光照亮了四下。

「咕嚕嚕嚕吼喔喔喔喔！」

『唔！是水魔術嗎！』

水龍一邊遭受雷擊，一邊對我還手攻擊。牠在自己周圍造出激烈水流，把我遠遠彈飛。

『但你挨了電擊——喂！怎麼好端端的啊！』

「咕嚕嚕！」

水龍看起來像是完全沒受傷。豈止如此，還對著被彈飛後緊急停留在空中的我伸長了脖子。

牠想把我咬碎。

「咕嘍喔喔喔喔吼吼！」

『該死！』

我急忙進行傳送，逃回芙蘭身邊。

「還好嗎？」

『還好，有驚無險！』

可是，牠怎麼會硬成那樣？是水牆、魔力障壁加上龍鱗？真沒想到念動彈射攻擊都幾乎無法造成任何傷害。而且連雷鳴魔術也沒用。

就算說對手是威脅度B的魔獸，本來以為不至於連一點傷害都無法造成……

這下該怎麼辦？

可是，水龍恐怕不會給我們時間慢慢煩惱。

澎湃的魔力，已經開始在水龍周圍形成漩渦了。

「咕嚕嚕吼吼喔喔喔喔喔喔！」

『慘了！』

水龍的周圍，變出了三十多顆大如籃球的水球。每一顆飄浮的水球，都暗藏著龐大魔力。

不愧是龍種！連魔術攻擊也是拿手絕活嗎！

『小漆！快躲！』

「嘎嚕！」

面對沿著不規則軌道來襲的大量水球，小漆拚命一一閃躲。就連我們都沒想到小漆的身手能敏捷成這樣。

牠踢踹空氣跳起，用闇魔術打掉水球，有時還故意順從重力墜落，以毫釐之差閃躲每一顆水球。

分明置身於奇幻世界，卻只有這一刻好像在玩彈幕遊戲。

不，現在不是驚嘆的時候。

「小漆，再撐一下。」

「……！」

不妙，看來牠連回話的餘力都沒了。

『要先逃開，還是繼續攻擊，妳說呢！』

但是，若要繼續攻擊，得先設法突破那個超硬防禦才行。除非找到弱點，否則我無法想像有什麼方法能打倒牠。

然而，芙蘭似乎注意到了什麼。

「離得遠一點我就看出來了。」

『看出什麼？』

「有魔力從船艦流到水龍身上。」

『什麼？我還真沒注意到。』

「師父攻擊牠時，魔力給得最多。」

聽起來這種魔力，似乎是以覆蓋全身的方式供應給牠。不管怎麼想，都覺得這一定就是牠那超高防禦力的真相。

『也就是說船上配備了能夠強化水龍防禦力的裝置嗎！』

世界上強悍的冒險者或魔術師並不是只有我們。我早該想到對方有做好對策了。

那麼巨大的船，想必可以裝載相當大型的魔導裝置。而且原本還是居於一國旗艦地位的戰艦。就算擁有效果超乎我們想像的驚人魔導裝置，也沒什麼好不可思議的。

『真是棘手……擊潰船艦會放水龍自由，但不把船弄沉又無法打倒水龍。』

「先把船弄沉，然後立刻解決水龍呢？」

『那樣風險太大了。』

萬一水龍不理我們，逃到海底呢？就算是我，也很難追到對牠有利的深海將牠打倒。

如果牠就那樣逃走還好，萬一之後回來襲擊船隻報仇的話，根本無從防備。因為對手可是來自海裡。

「龍會報仇嗎？」

『不知道，但牠可是威脅度B的魔獸耶？最起碼也有小漆水準的智力吧。』

聰明到那種程度的話，是有可能興起報仇或以牙還牙的念頭。

「原來如此，很棘手。」

『這麼一來，就只剩下登船這個辦法了……』

之前聽說水龍之所以願意服從，是因為錫德蘭王室的血親與牠締結契約。既然如此，那艘船上應該有牠的契約者。我們可以逮到那傢伙，迫使他停止攻擊。或者是找出強化水龍的魔道具，把它弄壞。

這麼一來，就有登船的必要。

才剛得出這個結論，狀況就發生了。

「咕嚕！嚕！嚕嗚嗚嗚！」

水龍歌唱般地鳴叫了。

噗啵啵啵啵啵啵啪——！

緊接著，飛在小漆周圍的水球一齊爆開。

「啊嗚！」

「嗚！」

面對來自全方位的海嘯般大水，小漆再厲害也無法閃躲。

我與芙蘭急忙張開障壁，保護自己不被水打傷。但意外的是衝擊力道不大。

『嘖！原來目的不是造成傷害！』

水龍的目的似乎不是攻擊，而是要堵住我們的動作。洪水隔著障壁包住我們，看得出來正在越縮越緊想把我們困住。

簡直像是被關進了水牢籠裡。

『喝啊啊啊！』

「呀啊啊啊！」

我與芙蘭情急之下使用念動與風魔術，吹散了周圍的水。

但是，受到水龍支配的水不可能這麼容易就消失。

大幅往四面八方飛散的水，先是當場停住，然後再度往我們這邊凝聚而來。

「小漆！」

「嗷呼！」

不過，只要開出某種程度的空間，我們就有把握了。

芙蘭與我用傳送脫身，小漆將身體縮到最小，穿梭跑出水團的空隙。

『總算是勉強脫身了。』

「好險。」

「嗷呼——」

攻擊不管用，對方又能單方面攻擊我們。而且攻擊力出奇地強。

『不得已了，先擊潰小型艦！』

「好！小漆！」

「嗷！」

小漆從下方追過以空中跳躍奔馳的芙蘭，同時靈巧地讓她跨坐到自己的背上。

『跑到水龍艦的背後！占據水龍不能攻擊的位置！』

把這麼大一艘水龍艦當成掩體，水龍必然無法輕易對我們動手。

「師父！拜託了！」

『包在我身上！』

趁著水龍艦還沒忽視我們去追獅鬃星號之前，先弄沉周圍的小型艦！

「小漆繼續全速衝刺。」

「嗷！」

芙蘭心裡的打算，我現在完全理解了。不用等她指示，我直接用形態變形讓刀身巨大化。

『這樣可以了嗎！』

「嗯！」

芙蘭握住化作斬艦劍的我，大動作地橫掃出去。

小漆繼續載著芙蘭，自空中往海面飛降。海面急速逼近眼前。但芙蘭毫不畏懼，利用速度把我砸向了海盜船。

「喝啊啊啊！」

『看招──────！』

海盜船被一劍砍成前後兩段，起火燃燒沉入海底。

小漆繼續維持速度，奔向下一艘海盜船。

然後，每一艘小漆錯身而過的海盜船都被一刀兩斷，接連著化為海中亡魂。海盜們自然也立刻就注意到了，攻擊一陣陣飛來，但擦都擦不到超高速奔馳的小漆。

至於離小漆有點距離的海盜船，則由我用魔術攻擊。施展的是雷神之鎚。近處的船讓芙蘭與小漆解決，遠處的船被我的魔術襲擊，海盜船團被打得七零八落。

才經過短暫的時間，海盜艦隊除了水龍艦與另一艘船之外全沉沒了。

「水龍艦以外幾乎都弄沉了。」

『幸好都是小型艦。』

「可是，為什麼要留一艘？」

『這樣才能收集情報啊。小漆，前往留下的那艘小型艦！』

「嗷！」

假如能從海盜口中問出水龍艦的情報，說不定能得知對手的真面目或弱點。

『最好能逮到船長。』

「好。」

芙蘭低聲說完，從小漆背上跳到最後留下的海盜船上。跳到船上時，還順勢砍倒正下方的一名海盜。

「噫呀啊——！」

「有、有敵人！」

「是從哪裡……！噫咿咿！」

芙蘭面對包圍自己的海盜們，將威懾系技能開到最大。碰上駭人的殺氣，海盜們嚇得不敢動。我趁機鑑定看看這些海盜，結果目標人物不在他們之中。

『芙蘭，妳看那邊那個手握特大長槍的傢伙。那傢伙跟旁邊的魔術師是幹部。』

「那麼，其他人不需要了？」

『對。留他們怕妨礙盤問，全部砍死吧。』

「嗯，好。」

芙蘭點個頭，一口氣衝進海盜們之中。

「噫咿咿咿咿！」

「嗚哇啊啊啊！」

被芙蘭隨手斬殺的海盜們發出慘叫，響徹整個甲板。然後海盜們落入了淒慘痛苦的地獄。每當芙蘭的身影消失就會傳出同伴的慘叫，急忙轉頭一看，同伴噴血倒地的慘狀隨即進入視野。

芙蘭轉瞬間就砍死了大約十人，然後平靜地，但是用四周都聽得見的聲音威脅海盜們。當然不忘加上威懾技能。

「要跳海逃走還是受死，你們自己選。」

此話一出，將近半數海盜都跳海逃命去了。但還是有半數沒輸給芙蘭的威懾，選擇留下。不知是出於忠肝義膽還是海盜的傲氣，總之還挺有志氣的嘛。

但都是白白送命而已。

「那就受死吧。」

芙蘭已經趁機找好位置，使勁把我一揮到底。

我現在呈現約五公尺長的刀狀。用我施展出的劍技，僅僅一劍就奪走了將近二十個海盜的性命。

沒死透的海盜們的痛苦哀號響徹甲板，芙蘭邁著大步從中走過。她的視線朝前，盯著恐懼驚愕地僵在當場，完全無法動彈的海盜幹部。

奇怪，手拿長槍的幹部怎麼滿臉是血？

『芙蘭？』

（嗯，小失敗。）

看來是稍微割到了長槍手的額頭一點。要是再深一點，還沒問到情報就把人家給殺了。但好吧，反正這招似乎達到了強烈威脅效果，結果最重要吧？

「是誰在操縱水龍，全部說出來。」

「好、好滴！」

「偶偶偶偶、偶說！所以請饒命啊！」
我們讓兩名幹部原地跪坐，進行盤問。
「水龍艦的艦長是誰？」
「我、我不知道！」
「嗯？」
「嘰咿咿咿！」
芙蘭毫不留情，把我插進死到臨頭還裝傻的海盜大腿上。長槍手痛到整個人往後仰。
「水龍艦的艦長是什麼人？」
「他、他有一天就忽然出現了！我不知道他是什麼人！就是一個能操縱水龍的海盜！」
「他、他說的是真的！他們沒跟我們這些海盜出身的說太多！」
「最基本的事情也行，知道的都說出來。」
「偶、偶縮，求求妳把劍拔廖——！」
「嗯。」
芙蘭輕輕點個頭，從長槍手的大腿上把我拔掉。霎時間，被捕的海盜因為恐懼與劇痛而開始嚎啕大哭。
看到同夥的這副慘狀，大概是明白敢反抗的話下一個就是自己了吧。個頭矮小的魔術師乖乖招出一切，甚至連我們沒問的事情都主動說出來。
他們是真的對操縱水龍的人了解不深，只知道那人是個有著銀髮與紅銅膚色的彪形大漢，別人似乎叫他蘇亞雷斯。

「蘇亞雷斯？」

『就是錫德蘭的前任國王。他怎麼會出現在這裡？』

不是在革命中被捕，鋃鐺入獄了嗎？不對，既然像這樣幹起了海盜，可見一定是逃獄了。而且還帶走了水龍艦。

『所以那頭水龍，就是被我打個半死的那隻啊。』

這下我明白牠一開場就氣急敗壞的理由了。大概是還記得我的魔力吧。

我們又針對強化水龍的魔導裝置問了幾個問題，但兩個男人一無所知。

一聽之下，得知這兩個傢伙原本並非蘇亞雷斯的近臣，而是在這片海域歸順的前海盜團幹部。大概並未完全取得蘇亞雷斯的信任，所以沒聽到重要情報吧。

「我、我們已經照妳說的，知道的事都說了！」

「所、所以請饒我們一命……」

「好。」

「真、真的——嘔噗喔喔！」

芙蘭一腳踢開魔術師海盜的臉。力道大到讓他整個人彈出甲板，掉到海裡。使長槍的海盜見狀開始鬼吼鬼叫：

「這、這跟說好的不一樣！不不、不是答應會饒我們一命嗎！」

「我沒殺他。只是嫌礙事，丟到海裡而已。」

「妳、妳在說什麼——嘔啪啊啊！」

芙蘭可沒有直接要你們的命喔。打這兩下也有控制力道，應該只有讓他們失去意識而已。運氣好的話也許能撿回一命？好吧，死亡機率很高就是了。但他們怎麼說也是最懂大海的海盜，就請你們發揮蟑螂般的生命力努力活下去吧。

『再來是——』

咚轟嗡嗡嗡——！

突然間，船身激烈地震動起來。

咚轟轟轟嗡——！

『水龍在攻擊這艘船！』

大概是發現我們上了這艘船後，遲遲沒出來吧。

弄沉其他船隻，唯獨這艘沒擊沉只會有一個理由。

對方特地讓船艦轉向，替水龍開通射擊線攻擊我們。

話又說回來，雖說是因為不想讓我們得到情報，竟然蠻不在乎地攻擊自己人的船……

『逃離這裡吧！先回獅鬃星號再說。』

假如能逮住蘇亞雷斯，或是破壞魔導裝置，或許就能找到一條生路。

無論如何，光靠我們要在那艘大船裡找人或魔道具，恐怕都太花時間。不如返回船上，借用莫德雷德等人的力量才是上策。

「好。」

「嗷！」

*

「唉……」

「米麗安殿下，您怎麼了？」

卡拉沒忽略我不禁發出的嘆息。她表情擔憂地關心我。

「抱歉，有點心事。」

「是憂心被奪走的水龍艦嗎？」

「那也是心事之一。不過，我現在想的是另一件事。」

「……那麼，您是說瑪珥殿下吧。」

瑪珥是我的同父異母妹妹，長期在貝里昂斯王國留學，最近才回來。

當時我們判斷她過不了被蠢王兄等人迫害的逃亡生活，於是以留學為名義讓她逃到國外。

「真佩服妳猜得到。」

難道我很容易把心情寫在臉上？

完全被她說中了我的心事。

沒錯。目前最讓我擔心的，就是擅自外出行動的瑪珥。

「出國留學回來，還是一點也沒變。」

「但這不是好事嗎？」

「是這樣沒錯，但那孩子該怎麼說……思維有點異想天開。」

「您說得是。我們以前也被她弄得很頭痛。」

「呵呵。追上溜出王宮的那孩子，對皇家衛隊來說應該成了不錯的鍛鍊吧？」

「好吧，追捕逃跑者的技術或許是有所提升。」

「論能力無可挑剔。但是把水龍艦交給那孩子究竟對不對，我至今有時候還是會煩惱。」

「可是，說到沒有背叛的疑慮，能力又高強的王族，沒有其他候補人選了。即使從繼承權的觀點而論，竊以為沒有比那位殿下更合適的人選。」

「這我知道。但妳覺得賦予那孩子武力，不會引發問題嗎？」

「……一定不會有事的。」

「為什麼停頓一下？」

瑪珥的個性用一句話形容，或許是「黑白分明」吧。對敵人的苛刻、冷酷，有時連做姊姊的我都驚訝。但相對地，一旦信任對方之後就會表現得寬容仁慈。

跟那個妹妹在一起，別想進行什麼潛伏行動。她不可能耐住性子長期躲避她最討厭的蠢王兄。遲早會脾氣爆發，被蠢王兄發現行蹤。

「的確，那位殿下的個性多少有點頑皮。不過，賽麗梅爾陛下已經好好講過她了。」

妹妹跟我一樣──不，甚至是比我更傾慕王姊，殷切期盼著能為王姊效力。但願她的這份渴望不要失控就好……

「是有叮嚀她不要亂來，就是不知道她聽進去了多少。」
無論如何都不能一次失去兩艘水龍艦。
如果我也能和她一起出征就好了，無奈北方有動亂跡象。
可恨的雷鐸斯王國艦船，竟出現在我國領海當中。為了處理此事，我必須留在錫德蘭。雖然還有王姊在，但女王不能輕易出征。
「……瑪琪，妳一定要平安回來啊。」
還有如果可以，拜託妳千萬別惹事生非。

＊

「抱歉，我回來了。」
芙蘭回到獅鬃星號後，向傑洛姆等人低頭致歉。
其實我巴不得能一起道歉。
因為是我說辦得到，卻失敗了。而且害得芙蘭也得道歉。可惡的水龍，我絕對饒不了牠！
本來就算莫德雷德他們責怪我們也無可奈何，但他們只是迎接芙蘭回來，毫無責怪的意思。
「妳對水龍施展的招式，上次用來打過海盜船對吧？」
「嗯。」
「能一擊弄沉船隻的招式都傷不到牠了，怪不得妳。」

幸運的是有人了解狀況。
芙蘭把水龍的高度防禦力描述給莫德雷德他們聽。
牠不但渾身覆蓋硬鱗，又有魔術技能提供防護。而且還有水龍艦供應魔力。照目前這狀況下去，要打倒水龍幾乎是不可能的。
「我要跳上那艘船，逮到操縱水龍的人。」
雖然破壞魔導裝置也是個辦法，但那樣做不知道能否確實打贏水龍。既然如此，擒賊先擒王比較快。
「也只有這個辦法了。」
莫德雷德似乎也贊成我們的意見。
「問題是要如何跳上敵艦。或許還是只能設法接舷嗎？」
「走到這一步，我們也會抱定決心。放心交給我們吧！」
傑洛姆面帶堅定決心的表情，拍了拍自己的胸膛。船員們也表情充滿幹勁地點頭。
只是，其中不免略帶些悲壯色彩。現在是要跟速度與靈巧度雙雙壓過己方的水龍艦接舷。他們應該都明白這是個危險的賭注。
抱歉我得對他們的這份決心潑冷水，但我們有辦法可以不用冒險接舷就登上敵船。
「這件事交給我。」
「哦。黑雷姬閣下，妳有什麼辦法嗎？」
「嗯。我可以一瞬間就把大家送進水龍艦。」

在烏魯木特學會的空間之門，終於要正式派上用場了。要在完全看不見的地點開啟傳送門很難，但如今船與水龍艦的距離已經近到能肉眼看見甲板。現在我們有辦法可以在敵船甲板上開通空間之門。

然而，大家都面帶懷疑。這也難怪，畢竟我們剛剛把話說得那麼滿，卻失敗了。再說，他們不知道芙蘭會用時空魔術這種超稀有魔術。他們不信也是無可厚非。

不過，事實勝於雄辯。

總之我先當著眾人的面，開啟了連結芙蘭與傑洛姆眼前空間的超短距離傳送門。

「這、這是時空魔術的……？」

「對。」

「唔喔喔喔？這、這是真的嗎！」

芙蘭把手伸進自己眼前的空間之門，抓住傑洛姆的船長帽拿到自己這邊。

「竟然會用這麼高等的法術……！」

「不只是雷鳴魔術，連時空魔術都會！」

「不愧是老師！」

冒險者與船員們都大顯驚愕。其中最快恢復鎮定的是莫德雷德。果然厲害。

「也就是說妳要使用這種法術，跳上敵船對吧？」

「嗯，我會在甲板上開通傳送門。」

接著，換傑洛姆思考後續事宜。

「既然如此，這艘船最好保持點距離。」
「嗯。好不容易占領水龍艦，如果這艘船沉掉就沒意義了。」
「但是，要完全逃離那艘船恐怕有困難吧？」
「是啊。萬一被水龍的魔術持續攻擊，就算是獅鬃星號或許也有危險。」
那種狀況確實不太妙。這樣的話，是否應該用空間之門把莫德雷德等人送上敵船，芙蘭留下進行防衛？由我們來攔截水龍的攻擊，保護這艘船。
莫德雷德他們得出結論，也說這是唯一辦法。
「好，那就立刻登上水龍艦吧！都準備好了吧？」
「「「沒問題！」」」
「芙蘭，都靠妳了。」
「嗯。你們才是，拜託了。」
然而到頭來，我們並未開啟時空之門。
鏗鏗鏗鏗鏗！
只因甲板又再次響起了警鐘。
「又是敵人？」
「不是！鐘敲五下，代表發現了來路不明的船舶！」
正如傑洛姆所說，我也看到有個船影從南邊駛來。
「速度相當快！」

「那、那船是哪來的？」

我完全不會判斷船速，但對於海上男兒們來說即使距離遠到船影只有豆大，似乎也看得出速度快慢。

「會是海盜的別動隊嗎？」

用本隊窮追獵物，再用別動隊斷其退路。確實是合理的作戰。

然而，傑洛姆搖頭回答船副的疑問。

「不，對方只有一艘。我看不是。」

「既然如此，是否應該發送遇險信號比較好？」

「不，等等……那艘船！掛著錫德蘭的國旗！錯不了！再加上船首的鎖鏈，以及黃色旗幟——是水龍艦！」

傑洛姆如此大叫的瞬間，獅鬃星號的甲板陷入一片戰慄氛圍。

正在對抗水龍艦的時候，又出現新一艘水龍艦。多數船員應該都以為是敵人的援軍。

「唔嗯，但它沒掛海盜旗……」

「會是敵人嗎？」

「不知道。但如果是敵人就糟透了。」

等於是被船速極快的水龍艦夾擊。想逃跑是不可能的事。

「啊！船長！另一方也有動靜了！」

「什麼？還真的咧！竟然給我沉下去了……」

「正在下沉？」

一如傑洛姆與莫德雷德的疑問，藍旗水龍艦開始沉入海裡。

不過，似乎並不是單純沉船。看得出來水龍的魔力不只包覆自己，而是蓋住了整艘船。

「怎麼搞的？海水被那層光擋掉了？」

「牠能帶著船一起潛水嗎！」

也難怪傑洛姆與船副要目瞪口呆了。

水龍艦的甲板開始沉入海面以下，光膜般的部分擋住海水，讓船免於進水。看來它具備了潛水能力。

「感覺得到魔力。」

「難怪都說水龍艦神出鬼沒，原來靠的不只是船速快！」

看來這事知道的人不多，船員們吵吵嚷嚷。

但傑洛姆似乎隨即察覺到當中的危險性。

「要是被它從海裡撞個一下，我們撐都撐不住！」

「這、這該如何應付？」

不過，似乎是不用擔這個心了。消失在海裡的藍旗水龍艦，非但沒有對獅鬃星號發動突擊，反而還開始拉開距離。看來是打算離開這片海域。

芙蘭把狀況告訴眾人後，船長等人頓時換上若有所思的表情。

「會不會是想逃離那艘黃旗水龍艦？」

「您的意思是水龍艦之間鬧內鬨？」

「從時間點來看，我覺得只有這個可能。」

的確，船長的推測或許是對的。藍旗水龍艦航行的方向，與新來的水龍艦正好相反。

「船長，現在該怎麼辦？」

「……往遠離兩艘水龍艦的方向航行。如果新來的那艘繼續追上來，到時候再來想辦法。」

「遵命！」

聽從傑洛姆的指示，船副以下的所有船員急忙開始採取行動。

好啦，不知今後會如何發展？

『不知道新來的水龍艦，是什麼樣的人在掌管？』

「米麗安？」

『旗幟的顏色不對，我看不是。』

「還是賽麗梅爾？」

『更不可能吧？我不認為一位女王會誇張到丟下國家跑來這種地方。』

我們騎在小漆背上，飛往懸掛黃旗的新一艘水龍艦。

因為它的航向顯然是往獅鬃星號而來。

對方使用旗號請求與我們友好接觸，但不知道能不能信任。平常不用去擔心這種事，但我們才剛被水龍艦襲擊，無法完全信任對方。

黃旗水龍艦是敵是友？

為了確認這點，我們才會再次飛離船上。

『說不定會再打一場，不要大意了。』

「嗯！」

「嗷！」

我們略略放慢速度以免刺激到對方，靠近水龍艦。

湊近一看，這艘船果然也跟米麗安的水龍艦如出一轍。其實從船艦前方就能感覺到水龍的凶猛魔力了。

錯不了，正是水龍艦。

船員們手持武器仰望著我們，但沒有急著要動手的跡象。

目前我們與對方，都在互相觀望情勢。

『船員的鎧甲上有錫德蘭的徽章。』

（那就是正式軍隊了。）

『應該吧……』

假如藍旗水龍艦的主子果真是蘇亞雷斯，錫德蘭海國想必會派兵追捕。然後，既然要對付的是水龍艦，派水龍艦出動合情合理。

畢竟對手是海上的最強存在。

派出一般艦隊，只會反遭擊退。

唯有水龍艦能對抗水龍艦。

『嗯？那是……？』

（師父，怎麼了？）

『船員當中有個人很眼熟。』

（在哪裡？）

『中央桅杆的下面附近。不是有唯一一個穿著綠色鎧甲，看似戰士的男人嗎？』

男人頭髮剃短，身高約一百八十公分，給人忠厚老實的印象。再加上一身紅銅色皮膚，看起來簡直像個健美先生。

（……看到了。可是，他是誰？）

芙蘭似乎不記得了。

我也只是勉強有點印象，怪不得她。

『他叫拜克，是米麗安的一名副官。』

「拜克？」

天啊，名字都說了還是想不起來嗎？

『哎喲！在錫德蘭不是有見過他嗎！米麗安的副官卡拉，不是有個存在感有點薄弱的男性同僚嗎！』

「？」

『我們還一起對付過敵人不是嗎！』

「？？」

『……好吧，算了。不過，麻煩妳盡量假裝記得對方是誰。』

「好。」

芙蘭點個頭答應我。沒想到她竟然忘得這麼徹底。還以為至少會想起米麗安有這麼一個男性部下。

『總之，既然拜克也在，這艘水龍艦應該是屬於錫德蘭海國沒錯。』

不曉得對方記不記得我們？不，我想應該記得。

毋寧說芙蘭當時那樣大顯身手，外觀又很有特色，這樣還能忘記的話最好懷疑是不是得了失憶症。

『那就保持戒備，慢慢下去吧。』

也不忘做好準備，以備有個萬一時可以用念動與障壁保護自己。

「嗯。小漆。」

「嗷！」

小漆順著螺旋狀軌跡飛行，慢慢降低高度。

我們準備降落在甲板的靠中央位置。就在拜克的所在位置前面。

一如我所料，船員沒有攻擊我們。

從拜克的表情，看不出任何敵意。顯然已經注意到了芙蘭。

『啊，他在跟我們揮手。芙蘭，揮手回應一下。』

「嗯。」

大概是看出我們注意到他了，拜克臉上浮現笑容。

小漆就這樣降落在甲板上，拜克當先走過來。

「芙蘭！好久不見了！」

「拜克（？）也是。」

「喔喔！妳還記得我啊！」

「嗯。」

抱歉。謝謝你這樣笑臉迎人，但芙蘭是騙你的。只是幸好芙蘭一副撲克臉，謊話沒穿幫。真幸運。

就維持這種友好的氣氛繼續談話吧。

「拜克在這裡做什麼？」

「追捕罪犯。」

「蘇亞雷斯？」

「妳果然知道啊。沒錯。」

「那麼，那艘船真的是蘇亞雷斯的水龍艦？」

「是啊……那傢伙在逃獄之際，把船搶走了。」

拜克神情苦澀地點頭。

畢竟對錫德蘭來說，這種狀況有損國家的威信。

「大概是半個月前發生的事。」

拜克跟我們簡單說明。

他說半個月前，惡貫滿盈被關進大牢的蘇亞雷斯，由手下引路成功逃獄。

當時蘇亞雷斯的部下們也同樣落網，但有幾人由於證據不足而只是軟禁處分。結果這些人暗地裡喚回外派國外的蘇亞雷斯派軍人，襲擊了監獄與軍港等處。

「那個笨國王有這麼多部下？」

「畢竟原本是國王嘛……」

再怎麼蠢也是王族就對了。似乎還是擁有一定程度的人馬。

「除了他們之外，一些不願聽從女性命令的保守派，或是賽麗梅爾即位後失了要職的前國王跟班，似乎也在暗地裡提供支援。」

賽麗梅爾她們應該也有在提防，無奈革命造成的混亂尚未平息。他說尤其是人才不足的問題格外嚴重，每個部門都處於鞭長莫及的狀況。

這次的逃獄，應該就是犯人趁亂逮到了機會。

「芙蘭妳飛來的那艘船，之前似乎看你們在跟蘇亞雷斯的水龍艦交戰，我沒看錯吧？」

「嗯。」

「似乎給你們添麻煩了……」

「他們忽然逃走了。」

「想必是察覺到我們的存在了吧。」

單論水龍艦之間戰力的話不相上下。但是，還有我們在。即使水龍不至於被打倒，也有可能在戰鬥中被登船。我看應該是對此有所戒備，才會選擇撤退。

「拜克是船長？」

「豈敢！我只是副手！水龍只會聽從王族成員的命令。」

對喔，之前說過。

也就是說，這艘船上有錫德蘭海國的王族？

「本艘水龍艦威西卡的主人，是第三公主瑪珥殿下。」

「瑪珥？那是誰？」

芙蘭低聲說出這句話的瞬間，周圍船員們頓時吵嚷起來。

眼神中含藏著略為危險的氛圍。

「竟然直呼瑪珥殿下的名號……」

「那女孩當自己是誰了……」

看來是對芙蘭直呼王族的名諱很有意見。

可以說他們夠忠心，但也許會有點麻煩？

「還是老樣子啊……」

然而，最有可能發怒的拜克卻只是苦笑帶過。

大概是芙蘭當初就直呼賽麗梅爾與米麗安的名諱，覺得沒必要現在才來計較吧。

「喂，你們聽好。這個女孩是冒險者，跟賽麗梅爾陛下以及米麗安殿下交情篤厚。千萬不要失禮了。」

「咦？拜克大哥，這是真的嗎？」

「真的。而且她也是革命的影子功臣。」

拜克此話一出的瞬間，幾名船員叫了起來。

「對耶！我好像有看過她！」

「我、我也是！記得她當時跟公主殿下她們一起行動！」

「啊啊！我也想起來了！這頭狼那時也在！」

看來有不少船員在錫德蘭發生革命時，曾經作為士兵跟賽麗梅爾她們一起奮戰。

而且也有少數幾人，還記得芙蘭與小漆當時待在還是公主的賽麗梅爾身邊當保鑣。

「唔？那麼這個女孩，就是王姊提過的冒險者芙蘭嗎？」

「誰？」

芙蘭轉過頭去，看到一名嬌小的少女。年齡還有身高，應該都跟芙蘭相差無幾。

藉由氣息察覺技能，我早就知道有人正在上來甲板，但沒想到是個少女。

她有著錫德蘭民族特有的紅銅色肌膚，以及疏於修剪的黑色長髮。雖然是個美少女，但有種莫名的氣度。臉上浮現一絲淺笑，不知為何讓我聯想到凶猛的肉食動物。金色的大眼睛，彷彿也帶點猛獸的味道。

而且身上的服裝十分顯眼，就是所謂的軍服。

黑色立領配上帶簷帽。沒掛勳章，但胸前繡有錫德蘭海國紋章。印象中電影裡的潛艦艦長好像就是穿這種制服。以我貧乏的想像力，只能提供這樣的感想。

不過，她穿起來意外地好看。

動畫裡常常可以看到一些蘿莉角色穿著尺寸過大的軍服，但這個女孩給人一身英挺軍服的印象。至少不會顯得配不上這件制服。

腰際的佩劍怎麼看都只像是儀式用劍，會用來戰鬥嗎？

「我叫瑪珥．阿瑪烈洛．錫德蘭，是這艘水龍艦的主人。」
「我是冒險者芙蘭。妳是賽麗梅爾她們的妹妹？」
「還真的對誰都是這種態度啊。」
「嗯？」
「不，賽麗梅爾王姊已經允許的事，我再來責難也說不過去。就准妳叫我瑪珥吧。」
講話簡直像個軍人。
就像米麗安明明是個公主，穿著與講話卻像個戰士；這個少女也半斤八兩。
難道錫德蘭海國專出怪怪公主嗎？
話雖如此，至少對方確實對芙蘭有所體諒，還出言讓步。
『芙蘭，跟人家說聲謝謝。』
「？謝謝？」
「無妨。別說這個了，我想問妳幾個問題，可以嗎？」
我們也有很多問題想問她。對方願意主動提出正合我意。
「可以。」
「你們的船之前似乎在跟爛人的瓦祿沙交戰，有從中得知些什麼嗎？」
「爛人？瓦祿沙？」
「妳應該知道我那蠢王兄蘇亞雷斯的事吧。不叫那傢伙爛人，還有誰堪稱爛人？」
「有道理。」

「那個爛人，竟敢與我敬愛的賽麗梅爾王姊作對！分明是個除了自尊心之外沒一樣強過王姊的蠢貨，還敢勞煩王姊費心！他就算是跑到地獄底層我也會逮到他，讓他為了自己的無禮行徑遭受報應！」

大概是越說越激動了，她亂揮小手對蘇亞雷斯口吐惡言。

看來她對前國王可說厭惡透頂，一副真的恨得牙癢癢的表情。

相反地，她對賽麗梅爾則似乎是一片赤膽忠心。

「咳哼……我有點太激動了。」

瑪珥好像立刻注意到自己出醜了，紅著臉乾咳一聲。

「抱歉。」

「沒關係。」

「瓦祿沙是他的水龍。順便一提，我的水龍叫威西卡。妳且等一下。」

瑪珥如此說完，往前走出一步。然後大聲叫道：

「威西卡！跟客人打招呼！」

「咕嚕嚕！」

彷彿回應瑪珥的聲音，巨大身影突破海面現身。

確實是水龍。跟以前看過的米麗安那頭阿裘斯長得很像。

只是即使說是同種魔獸，還是有個體差距。

相較於米麗安的阿裘斯是深藍色、蘇亞雷斯的瓦祿沙鱗色群青，威西卡則是藍紫色彩。至於體格或其他細節，我沒仔細端詳過另外兩頭所以無從比較。

威西卡沒有瞪著我們或是做出威嚇動作，只是眼神平靜地注視我們。

從中感覺得到明確的知性，以及對瑪珥的親密感情。

之前聽說王族是以契約支配牠們，但看來水龍們也絕非不情不願地從命。

「如何？相貌是不是很精悍？」

與其說精悍，不如說很有震撼力。畢竟是龍。

只是，從這話中可以聽出瑪珥對水龍的珍惜。

米麗安也是這種感覺，大概對錫德蘭王族來說水龍就是如此特別吧。

「嗯，很帥。」

幾乎有著一顆少年心的芙蘭，發自內心讚美水龍。她兩眼閃閃發亮，仰望著威西卡。

「是吧？妳還滿有眼光的嘛！」

「牠叫威西卡？」

「咕嚕嚕！」

「請多指教。」

「咕嚕嚕嚕嚕。」

水龍扭轉脖子，把臉湊向芙蘭。

似乎在用牠那雙大眼睛觀察芙蘭。

即使面對這樣的水龍，芙蘭依然毫無懼色。反倒還主動靠近威西卡，摸牠的鼻尖。

「嗯，果然很帥。」

「嗷呼嗷呼！」

芙蘭正在稱讚威西卡時，小漆過來她腳邊糾纏。

還用身體在芙蘭的腿上磨蹭，好像在主張些什麼。

「小漆？」

「嗷呼呼！」

芙蘭低頭看著小漆偏偏頭，只見小漆一副莫名有神的表情坐下。

然後還做出趴下動作，或是只用後腳顫巍巍地站起來給她看。

「嗷呼……」

看來是想聲稱自己也很帥。

我看是在吃威西卡的醋吧。

「哦？這頭狼毛皮挺漂亮的嘛。好吧，雖然似乎有點傻氣，但這也是一種魅力吧。」

這算是褒還是貶？

不，看來是在稱讚牠。看瑪珥喜笑顏開的模樣就知道了。

雖然講話還是很有軍人派頭，但似乎很喜歡可愛的東西。這種地方好像跟同年紀的孩子沒啥不同。

「有點離題了，剛才說到那個爛人。關於那傢伙，妳知道些什麼嗎？」

「比方說？」

「什麼都可以。老巢地點也好，手下人數也好，什麼都行。」
說是瑪珥他們才剛抵達這片海域，還沒獲得詳細情報。
「想不到還沒正式開始搜索，就差點跟他撞上。」
「你們怎麼會來這片海域？」
「是根據我國商人提供的消息。說是有船速快得嚇人的海盜船，在這片海域出沒。」
雖然沒聽說有水龍艦出沒，但能夠讓錫德蘭船夫形容成快過頭的船可不多。
他們循著這項傳聞來一探究竟，結果真猜對了。
竟然一到現場就發現目標，運氣會不會太好了？
不過因此得救的我們或許運氣也不錯。
「妳搭乘的那艘船，是獸人國直屬的商船吧？」
「嗯。」
「唔嗯……我有意與妳搭乘的那艘船的負責人安排一場會談，妳能幫我居中協調嗎？」
（師父？）
『我覺得可以。』
真要說起來，對方不但是王族，還是水龍艦之主。拒絕恐怕不是上策。
如果跟她這艘船達成共識，說不定還能請他們護衛船隻。
「好，那我先回去跟傑洛姆說。」
「有勞了。」

為了替瑪珥帶話給傑洛姆，我們踏上歸程返回獅鬃星號。

由於威西卡之前雖然放慢速度但繼續航行的關係，距離已經靠得很近。

「芙蘭小妹妹！妳沒事吧！」

「怎麼這麼久？情況怎麼樣？」

由於沒有開戰的跡象，芙蘭上了對方的船又遲遲未歸，似乎讓這邊相當替她擔心。

「一切都沒事。」

「這我看了就知道，但……」

「船長是瑪珥。」

「瑪珥？」

「嗯。」

「所以……」

啊，這下糟了。剛才發生那麼多事，我不認為芙蘭能解釋清楚。

『芙蘭，照我說的講一遍。』

（好。）

於是由我設法提詞，芙蘭才描述了在水龍艦威西卡的遭遇。

先解釋瑪珥是誰，然後說明那艘船屬於錫德蘭海國。接著說到他們正在追捕待罪之身的前國王。然後又告訴傑洛姆，瑪珥公主希望跟他進行會談。

「妳說公主殿下？真的假的啊……不，既然只有王族能與水龍締結契約，是沒什麼好奇怪的啦。」

「船長，現在該怎麼辦？」

「還能怎麼辦，這能拒絕嗎？」

「也是，拒絕了可能會引發各種問題。」

傑洛姆跟船副商量此事，看樣子的確是沒得拒絕。

對方是在這附近海域呼風喚雨的海洋國家的公主，更是國內的最強戰力。當然無從拒絕了。

「小妹妹，對方的態度還算友好，對吧？」

「嗯。」

「這樣啊……錫德蘭的船啊……」

對方是錫德蘭，會有什麼問題嗎？

這讓我想起來，傑洛姆之前說過獸人國與錫德蘭海國水火不容……

「有什麼問題？」

「錫德蘭海國與獸人國的關係，稱不上良好。」

獸人國的前任國王，透過奴隸買賣這一層關係與對岸的雷鐸斯王國交好。

錫德蘭海國正好夾在獸人國與雷鐸斯王國之間，長年遭受兩國施加壓力。無論是外交還是軍事方面，可以說都處於緊張關係。

他說站在錫德蘭海國的立場，獸人國就像是非常棘手的假想敵國。

與對方關係如此，讓他無法不提高戒心。

「不過，現在事態緊急，不能計較這些無聊小事……好吧，我答應進行會談，由我去對方的船上吧。不好意思，可以再請妳來回跑一趟嗎？」

「好。」

後來，芙蘭、小漆還有我可是相當賣力。我們在獅鬃星號與水龍艦威西卡之間來來回回，替雙方傳話。唉——真是不容易。

什麼？我不就只是黏在芙蘭背上而已？

不不，替芙蘭當口譯可是件苦差事哩。

要不是有我在，來回的次數可能會多出五倍。

就這樣，芙蘭開始來回奔波後過了半小時。

獅鬃星號與威西卡已經靠近到快要可以接舷的距離。

本來是預定稍微離遠一點，用小船等載具往返。

聽說當雙方並非完全屬於同一陣營時，這是一般作法。這樣有所防範也很合理，不然萬一對方毀約損失就大了。兩船接近會進入大砲的射程距離，也能把戰鬥人員送到對方船上。

只是，這次情況有點不同。

因為雙方立場相差懸殊。

無論是身分或武力都是如此。尤其是就武力而論，水龍艦壓倒性居上。

「我們速度與遠距離攻擊力都輸對方，稍稍拉開那麼點距離也不能怎樣。既然這樣，不如配合對方的提議算了。」

這是傑洛姆的說法。

也可以說是豁出去了。

似乎是覺得反正一旦對方毀約就只能被打沉，那麼如果落入最糟的狀況，不如靠近到能報一箭之仇的距離還好一點。

於是，兩船彼此接近，船邊相接。雙方距離恐怕不超過一公尺。

這時，船上的舵手神情焦慮地大叫：

「船、船長！舵輪不受控制！」

「維持現況就好。那只是對方的水龍在操縱海流以免兩艘船相撞罷了。」

「遵、遵命。」

正是如此。對方並非發揮出神入化的操船技術讓船接近，只不過是讓水龍操縱海流使得兩船保持不會相撞的距離罷了。

我想這也是水龍的強項之一。因為如果能操控敵船的航向，打海戰會占盡優勢。

「準備架橋！」

「好！」

水龍艦放下了舷梯，傑洛姆表情充滿決心地踩了上去。

雖然彼此都是大型艦，但獅鬃星號要稍微大一點。大概是貨船與戰艦的差別吧。

傑洛姆光明磊落地走下舷梯，踏上水龍艦。

瑪琪出來迎接。

起初拜克不是很願意讓瑪珥帶頭迎客。因為還不能確定對方百分之一百友善。有戒心是當然的。

她擅自出現在芙蘭面前，似乎已經被拜克訓了一頓。

即使如此，為了對傑洛姆等人表達誠意，瑪珥仍然站在最前頭。

我方人員是傑洛姆、芙蘭與莫德雷德這支隊伍。

以白刃戰力而論，必然是獅鬃星號略勝一籌。

就某種意味來說，雙方算是取得了平衡。

「我是這艘船的主人，錫德蘭海國第三公主瑪珥・阿瑪烈洛・錫德蘭。」

「我是獸人國公認武裝商船船長，名叫傑洛姆。」

瑪珥與傑洛姆大膽無畏地笑著握手。

兩人似乎都在估量對手的斤兩。

十分鐘後。

「你這人挺明理的嘛！我欣賞你！」

「瑪珥殿下也是，當公主真是糟蹋您這大人物了！」

瑪珥跟傑洛姆已經完全意氣相投了。

看來瑪珥似乎相當欣賞標準海上男子漢氣質的傑洛姆。

傑洛姆好像也認同沒有公主架子的瑪珥是個人物。

瑪珥一邊既沒公主樣也不像小孩地「呼哈哈哈哈」放聲大笑，一邊連連拍打傑洛姆的腿。要是兩人的身高再相近一點，可能已經開始勾肩搭背了吧？個頭小的瑪珥與人高馬大的傑洛姆就實在沒辦法了。

這兩人此時，正在商量今後的航海計畫。

「那麼，您是希望我們助您擊毀那艘水龍艦了？」

「沒錯。雖然我有自信只憑本艦成事，但若能借助你們的力量，要收拾掉那艘船更是十拿九穩。」

「哦？您可是有什麼作戰計畫？」

「有。」

瑪珥向我們說明作戰計畫。

她說水龍艦威西卡與水龍艦瓦祿沙，一旦開打會是威西卡占優勢。

瓦祿沙一方面是被我打傷還沒痊癒，再說船身整備也不夠完善。而且威西卡還配備了專門對付水龍艦的祕密武器。

大概就是對這些都清楚，瓦祿沙才會選擇逃跑吧。

「最起碼在兩艦之間的遠距離戰，會是我方有利。」

然而，一旦講到逮捕罪犯，就又是一個難題了。

蘇亞雷斯的船上有他以及其他逃亡戰士，打起肉搏戰的話瑪珥這方會吃虧。

「最糟的情況下，我也會考慮擊沉敵艦除掉瓦祿沙。」

「水龍艦是你們的命根子，弄沉了無所謂嗎？」

「這也是出於無奈。放著那個不管，會嚴重擾亂海上秩序。這不只牽涉到吾王的面子問題，也會對許多船員造成困擾。說什麼都得阻止不可。」

「說得是。」

「但若是能得到你們相助，事情就不同了。」

瑪珥說著露出大膽笑容，眼睛對著芙蘭與莫德雷德。

由於對王族使用鑑定可能惹禍上身，我沒能正確掌握瑪珥的實力。

但是，看得出來她相當有本事。由於感覺得到強大魔力，她應該會使用魔術，但以戰士而論也本領高強。至少實力似乎高到感覺得出芙蘭與莫德雷德的力量。

「不只是芙蘭，你們還擁有B級冒險者這樣的戰力，若能得到你們幫助，想用白刃戰決勝負不是問題。搜索就交給我們！」

瑪珥的理想計畫，應該是由威西卡封住瓦祿沙的動作，芙蘭他們再趁機登上敵船逮住蘇亞雷斯。

然而傑洛姆一聽，頓時面有難色。

「唔……」

水龍艦瓦祿沙確實是個威脅，但如今已經遠去。大概站在傑洛姆的立場，會覺得直接走人平安抵達獸人國就行了吧。

特地主動尋找水龍艦挑起戰端的風險太大，他應該不想積極參與這種行動。

更何況芙蘭與莫德雷德只是受僱的護衛，不是他的部下。

如果現在正遭受水龍艦襲擊的話還另當別論，以目前這種狀況，很難說他有那權限參與瑪珥的作戰。

就好比一個冒險者只是承接從這個城鎮前往下個城鎮的護衛委託，對方卻忽然說現在要去搗毀盜賊山寨，要求他幫忙一樣。冒險者不可能點頭答應，想也知道會以超出契約範圍為由退出。

芙蘭等人與莫德雷德人在海上，所以不至於藉故退出。但那樣又是另一個問題。萬一冒險者們開始反抗，搞不好會弄到船隻被占領。就算不至於那樣，這件事若是日後被拿來追究，也可能導致公會與國家的關係惡化。

這些事情，瑪珥似乎也都明白。

「當然，我不會要求你們無條件幫忙。」

「哦？比方說呢？」

「如果我說願意安排會談討論我國與獸人國的正式通商事宜，你覺得如何？」

「什……！」

「而且我可以向你保證，一定會有大臣階級以上的官員與會。」

「……您當場做出這種約定，不會出問題嗎？」

「唔嗯，沒有問題。這都是為了逮捕罪犯嘛。」

兩國之間雖有邦交，但目前關係險惡。

而且，原因可說出在獸人國這方。

這時對方卻忽然主動讓步，傑洛姆不吃驚才怪。

感覺或許就像一個以前遇過霸凌的人，跑來跟以前霸凌他的人說「只要你協助我處理這次的案子，過去的事就一筆勾銷吧」這樣？

就算對方懷疑其中有詐也無可奈何。

但在我看來，傑洛姆的內心似乎大受動搖。

我對政治不是很懂，但是與錫德蘭海國的關係，應該會對所有海事造成影響。

傑洛姆雖是船夫但也是獸人國的官吏，而且受託管理這麼大的船，官階想必不低。在聽到這種提議時，似乎有足夠的權限可以讓他猶豫不決。

傑洛姆好像沒發現，其實錫德蘭海國這邊也應該想和獸人國恢復友好邦交。

目前錫德蘭已完全與雷鐸斯王國斷交，加深與克蘭澤爾王國的關係。獸人國與克蘭澤爾王國是友邦，又地處錫德蘭的背後位置，與該國的關係在外交與國防上想必都占有重要地位。

若是能和獸人國建立友好關係，錫德蘭將能夠傾注全力專心對付雷鐸斯王國。

「如何？我想這對貴國來說，也不是個吃虧的提議吧。」

瑪珥絲毫不把這些心思表現出來，對傑洛姆乘勝追擊。

不愧是王族，這方面的心理戰術著實巧妙。水龍艦與獸人國船籍的獅鬃星號已經一度交戰。若是把這點想成弱點，暴露出更多弱點也許會陷入外交上的不利。

想必是因為這樣，瑪珥才會刻意表現強勢吧。

相較之下傑洛姆雖是個優秀的船員，但並非政治或經商的專家。想深入揣測瑪珥的意圖對他來說可能很難。

「是、是這樣沒錯，但是……」

「船長，請對方讓我們私下討論吧。」

看來船副聽出了瑪珥的心思。他悄悄對傑洛姆耳語。

瑪珥見狀，咧嘴露出得意的笑臉，開口接著說：

「你們不知道那個爛人的水龍艦現在的下落，與我們共同行動對你們不是比較有利嗎？」

「唔……」

船副苦著臉沉吟。

正是如此。

下次再碰上水龍艦，光靠獅鬃星號不見得絕對能贏。

我們提議的作戰，也不能保證絕對會成功。

想到這點，船副似乎也無法擺出強硬態度。

一旦惹惱對方，接下來的航海就只能靠自己。不，應該說甚至還怕現在就得跟這艘水龍艦開打。

「好吧，畢竟茲事體大，你們想私下討論的話無妨。」

「謝殿下。」

船副代替傑洛姆低頭致謝。也許是基於長年的經驗，傑洛姆很自然地就把談判的工作交給了船副。

「我代替船長感謝您。」

「讓我明言一句，你們就算現在拒絕我的提議，我們也不會與你們為敵。因為芙蘭算是王姊的恩人。」

這話讓傑洛姆做出安心的反應。想必是因為他明白瑪珥不是會說謊的類型。最起碼這下就不會被兩艘水龍艦夾擊了。

然而，瑪珥的話還沒說完。

「但是如果決定如此，我們就會在這裡與貴船分道揚鑣。因為搜捕那個爛人才是我們的首要目標。這點請貴船留意。」

傑洛姆顯而易見地變得很失望。想必是因為這下就沒了藉由談判，讓對方答應送我們抵達海港的機會。

船副見狀嘆了口氣。因為虧自己特地維持撲克臉，傑洛姆的反應卻讓瑪珥徹底看穿了他們的打算。

「……那麼，容我們先回船上商議此事。」

「你們去吧。」

「好了，船長，先回去吧。」

「好、好啦。」

最後是船副拖著傑洛姆，才離開水龍艦。

回到獅鬃星號的甲板上後，眾人在船副主持下商議今後的決定。
「船長，您對剛才的提議有何看法？」
「作為一個船員，我覺得太危險……但身為獸人國國民又不能置之不理。」
「您說得是。如果可以，我覺得應該答應合作。」
「可是，這問題很難……老實講，我也很想答應……」
「我同意您的想法。」
兩人一面說著，視線一面轉向站在一起的芙蘭與莫德雷德。
他們果然也知道，關鍵在兩人身上。
然而，傑洛姆這人就是耍不了複雜的小花招。結果，他似乎還是決定直接開口拜託。
「芙蘭、莫德雷德。我很想答應對方的提議，你們能不能幫這個忙？我需要你們的力量！拜託！」
他注視著兩人的眼睛，誠心誠意地拜託。
隨後，船副也開口說道：
「當然，我們會多付報酬。」
傑洛姆屬於追求浪漫夢想的類型，船副則是作風實際的典型辦事員。真是對好搭檔。
船副提出的金額相當可觀。
好吧，其實不需要這筆錢，芙蘭早就幹勁十足了。
（師父，可以嗎？）

『對手可是水龍艦耶？太危險了。這樣妳還是想幫忙？』
（我不想落荒而逃。）
『哎，也是啦。得對那些傢伙還以顏色才行。』
（嗯！）
其實我巴不得能開溜，但在海上有困難。
也不知道小漆能不能不眠不休地抵達陸地。
聽到芙蘭宣布參戰，莫德雷德略為睜大雙眼。然後聳聳肩的同時舉手發言。
「那我們也加入。」
看來他本來就打算如果芙蘭要加入，他們也就跟著參一腳。因為這麼一來，作戰成功率將會大幅上升。
沒看到他跟夥伴討論，但隊員們似乎都沒有意見。想必是完全信任莫德雷德的決定吧。
「可、可以嗎？」
「嗯。」
「可以啦，反正有黑雷姬在就有勝算。如果只有我們幾個，我已經拒絕了。」
「是因為我？」
「是啊，一旦妳下船，護衛的水準也會下降。我不能冒那個險。」
聽起來，莫德雷德有把芙蘭離開獅鬃星號的危險性列入考量。看過小漆的空中跳躍，會這樣擔心不難理解。

因為他們不知道，實際上小漆並不能移動太長的距離。
「謝謝兩位的幫助。那麼，我再去問問其他護衛人員的意願。」
「如果其他冒險者反對的話呢？」
「那也只能回絕對方的提議了。」
「沒關係嗎？」
「沒辦法。雖然與錫德蘭海國的關係很重要，但也不能怠慢了冒險者公會那邊。」
然而，船副似乎很有把握，略有自信地微笑著。
實際上，被請來討論的其他冒險者，也都二話不說就接下這份新任務。
臨時拜芙蘭為師的水晶守護三人組說「老師做什麼決定我們都跟」爽快答應。
赤紅大地的三兄弟更好說話。一聽到會追加報酬，立刻歡天喜地地嚷著要參加。
船副可能早就料到這種狀況了。
再說，在還沒與威西卡接觸前，原本就預計登上水龍艦似乎也有影響。大家只當作是進一步的計畫，聽到對手是水龍艦好像也沒因此打退堂鼓。
「你們幾個聽好了！對手雖然是水龍艦，但這次我們也有水龍艦跟著！沒什麼好怕的！」
「水龍艦算個什麼東西——！」
「「「沒錯！」」」
「「「就是啊！」」」
「絕對要贏——！」

「「「哦哦哦喔喔喔——！」」」

受到傑洛姆怒吼般的激勵，冒險者與船員們粗著嗓子回應。光看這一幕，還以為自己搭的是海盜船咧。不過比起被嚇壞，還是這樣比較好。

「唔喔～」

而且芙蘭也跟著握拳朝天，看起來很開心。

*

「蘇亞雷斯大人，龍力強化器已整備完畢。」

「太慢了！」

「非常抱歉。」

「哼，修好了嗎？」

「是的，畢竟船上沒有技師……」

「又來這一套！沒有技師又怎樣，讓那些魔術師去修就好啦！」

「辦不到。魔術師最多只能整備與維修魔法陣。」

「想辦法修好就對了。」

「怎麼修？」

「我說修就修，就像以前技師們做的一樣！」

「這是不可能的。如果弄到無法復原也沒關係的話，那我就命令魔術師們試試看。」
「該死！盡是些沒用的廢物！」
「還有，巴亟斯與沃魯亟正在發脾氣。」
「什麼？我不是已經給了他們幾個海盜嗎？」
「這幾天似乎消耗得特別快。似乎是為了壓抑煩躁感，而超乎必要地殺了更多人。」
「嘖！再給他們找幾個人。」
「這艘船上已經沒有海盜了，您能諒解嗎？」
「不是有從國內跟來的一些士兵嗎？」
「這樣好嗎？」
「能有什麼問題？」
「會影響到士氣。」
「反正都是些飯桶。只會浪費寶貴糧食的廢物可以拿性命來幫助我，應該死而無憾了吧。」
「那麼，屬下這邊會安排。」
「把事情辦妥。總比那對兄弟開始胡鬧來得好。」
「那兩個瘋子雖然不定期看到鮮血就會失去理智，但畢竟身手了得。想用武力控制住他們，恐怕會造成不少的死傷。」
「畢竟怎麼說也是巴魯札的傳人啊。」
「還有，大人覺得今後該往何處航行？」

「不能回島上嗎？」

「這就難說了……只要威西卡還在附近，這麼做恐怕太危險。」

「你認為他們有配備感測器嗎？」

「無庸置疑。」

「該死！但是，潛水航行對瓦祿沙造成了很大負擔。必須讓牠休息，否則航行不了太長距離！」

「那麼，雖然有風險，是否應該前往那座島？」

「噢，那裡啊。好吧，只要讓瓦祿沙撐一下應該可行。」

「是，我也認為可行。」

「雖然會讓瓦祿沙恢復得慢，但也莫可奈何。那就航向克拉肯的巢穴吧。於該處暫時停泊後，再前往雷鐸斯王國！」

「既然已經在此地敗露行跡，為了掩飾原本的目的地而特地南下也變成白跑一趟了。」

「真是可惡透頂！那群篡位者！等著瞧！我絕對讓妳們後悔莫及！」

＊

「全體人員聽令！瑪珥殿下將開始說明作戰計畫！」

獅鬃星號的相關人士再次回到水龍艦後，眾人即刻準備進行作戰行動。

雖然藉由魔道具已經掌握到瓦祿沙的大致位置，但聽說離得太遠就會失去反應，因此最好能立即展開行動。

「作戰內容很簡單。但是成敗取決於諸位的奮鬥。」

聽到介紹得知瑪珥是水龍艦的負責人時，冒險者們看她年方十四五歲，似乎都不知該作何反應。但他們早就看過比她更年幼的芙蘭大顯身手，似乎覺得也不是沒有這種情況，意外地很快就接受事實了。

後來大家也沒表現出什麼輕視對方的態度，都聽命行事。

作戰本身就像瑪珥說的一樣，十分單純。

首先第一步，先用水龍威西卡的能力與反水龍艦魔道具，封住瓦祿沙的動作。待獅鬃星號與敵艦接舷，冒險者再跳過去，逮住蘇亞雷斯。

本來以為只要芙蘭等人坐上威西卡，封鎖動作或強襲做起來都會更順利，結果說是很難。要讓魔道具發揮效用封住瓦祿沙的動作，好像必須隔開一點距離才行。因此如果接舷，有可能導致瓦祿沙失控發怒。為了預防這種狀況發生，獅鬃星號的協助不可或缺。

「好，作戰開始！」

「「「上啊——！」」」

「我親愛的精兵猛將們！對手同樣也是水龍艦！夠資格當我們的對手！展現你們平日的鍛鍊成果吧！」

「「「好——！」」」

「感謝協助我們的各位兄弟！就讓對方好好見識一下冒險者的勇猛善戰！以及獸人國水手的火爆脾氣！」

「「「唔喔——！」」」

瑪珥的一番激勵，讓齊聚一堂的所有人發出吶喊。好像剛剛才看過同樣的場面。

也許他們這些海上男兒，就是必須懂得跟著起鬨吧。

「唔喔——」

「唔喔——！老師也很有幹勁呢！」

「老師，我們也會加油的！」

「一定要打贏！」

原來冒險者也差不多。芙蘭與臨時徒弟們即使不太了解這種概念，也愉快地握拳朝天。

行動開始後過了約兩小時。

目前獅鬃星號正由威西卡牽引，在克拉肯的巢穴前進。

這片海域正如其名，棲息著滿坑滿谷的大型魔獸克拉肯，但水龍艦能夠正常航行。想必是因為水龍的游泳速度遠遠快過克拉肯，才能這樣硬闖吧。

「看到了！是水龍艦！錯不了！」

「哪裡？」

「就在那裡！」

往傑洛姆指出的方向一看，前方確實有個豆大的船影。

我還是一樣看不太出來，但船夫們似乎能夠清楚辨識。

「它想開溜。不過，速度好像提升不太起來。」

「為什麼？」

「天曉得？我也不知道……不過這樣肯定追得上！」

「讓大家準備戰鬥。」

「好！小子們！要開始啦！」

在獅鬃星號的甲板上，冒險者及船員們急忙開始備戰。有人檢查防具，也有人與夥伴互相打氣，各有各的反應。

但是，沒有一個人在害怕。反而都充滿幹勁。

看來是不用擔心誰臨陣退縮了，反倒需要擔心有人會魯莽突擊。

其間，我方與瓦祿沙的距離越來越近。

「老師，就快開始了呢。」

「馬上就有機會試試學到的東西啦！」

「我們一定會逮住敵方指揮官的！」

「不要逞強，要愛惜生命。」

「「「謝謝老師。」」」

芙蘭這個老師當得還不錯嘛。

希望這幾個傢伙能活下來。否則芙蘭一定會難過。
「黑雷姬，指揮交給我，妳就照自己的想法去做吧。」
「莫德雷德，謝謝你。」
獅鬃星號這邊的戰鬥人員決定由莫德雷德來負責指揮，而這也是傑洛姆的提議。
大概是儘管認識不久，也已經知道芙蘭毀滅性地缺乏指揮適性了吧。
不過我們也因此才能自由行動，沒有怨言就是了。
「再過幾分鐘就要與敵船接觸了！」
「嗯！」
的確，已經接近到肉眼都能看清的距離了。
「水龍艦威西卡傳來了信號！」
好像是瑪珥他們成功封住了瓦祿沙的動作。
然而，這下威西卡就不能移動了。而且拘束效果似乎無法維持太久，行動必須迅速。
一旦雙方都取回行動自由，將會演變成水龍對上水龍。萬一被捲入戰鬥，沒人能幸免於難。
再說，長時間停止不動也有被克拉肯襲擊的危險。就算做好了防範克拉肯的對策，也不是萬無一失。行動還是必須講求效率。
「敵人也在嚴陣以待。」
莫德雷德說得沒錯，瓦祿沙的甲板上滿是全副武裝的船員。
還有人搭箭上弦，可見對方已經做好應戰準備。

芙蘭或莫德雷德或許還好，其他人遇到這狀況恐怕死傷慘重。

我是說如果從正面衝鋒的話。

「黑雷姬！拜託妳了！」

「嗯！」

我以芙蘭變出的風裏身，發動空間之門。

芙蘭筆直伸出的手掌前方，出現一個家門大小的黑色洞口。而出現在洞口裡的甲板並不屬於獅鬃星號，而是另一艘船。

「成功了嗎？」

「嗯。」

「好！先從弓兵收拾起！」

要衝進這種莫名其妙的洞口，一般來說應該會遲疑不前，但只能說不愧是以魯莽為賣點的冒險者。由莫德雷德帶頭，戰鬥人員紛紛湧入次元洞口。

傳送門的另一頭很快就傳出海盜們的慘叫。敵人人數應該不少，但有莫德雷德在不會那麼容易落敗。

「我們也過去。」

『好！』

「嗷！」

穿過傳送門的瞬間，就看到海盜們驚慌失措的模樣。急著逃離莫德雷德等人的弓兵與劍士們你推我擠，場面混亂不堪。
這也難怪，本來料定敵人會從靠近接舷的獅鬃星號上跳過來，誰知卻背後冷不防被偷襲。
芙蘭毫不留情地攻向這些海盜。
「喝啊啊！」
「又出現敵人了！」
「哇啊啊！」
芙蘭一劍砍掉兩顆腦袋，被踢開的海盜撞上其他海盜一起彈飛。
芙蘭繼續往混戰的人群裡跑，見一個砍一個。
由於怕波及到冒險者所以不能使用魔術，但在窄小的船上用劍就夠了。
每當芙蘭奔跑鑽過海盜之間，就慘叫四起、血花四濺。
敵兵的數量好像也所剩無幾了？
『芙蘭，差不多該衝進船艙了。』
（嗯。）
『希望能隨便抓個人，問出蘇亞雷斯躲在哪裡。船這麼大，沒線索找不到人。』
（好。）
於是，芙蘭盯上一個像是甲板指揮官的男人。因為那人的裝備明顯地比較奢華。應該是蘇亞雷斯的直屬騎士吧。
芙蘭衝向那個獨自站在遠處，神色驚慌的男人。

「什——嗚啊！」

雖說是指揮官，能力也就只比海盜像樣一點。芙蘭動作太快讓他反應不及，只能對出現在眼前的她發出驚叫。

芙蘭左手抓住男人的喉嚨，直接把他壓倒在甲板上。男人喉嚨受到壓迫苦不堪言，加上背部遭受猛烈撞擊而嗆得連連咳嗽，但芙蘭不會手下留情。她掄起拳頭，毆打男人的臉孔。然後繼續再賞他幾拳。

「啊啊啊！豬、豬手啊！」

平常的話會再花點工夫慢慢盤問，但這次沒那時間。

芙蘭似乎決定從一開始就給他點苦頭吃。

「喂。」

「噫咿！」

男人莫名其妙挨揍，流著鼻血害怕地哀叫。芙蘭用附加了威懾技能的恐嚇語氣逼問男人。

「蘇亞雷斯在哪裡？不說我就殺了你。」

「妳、妳這——噫咿咿！」

「恢復術。再多一句廢話我也會殺了你。求我饒命也得死。蘇亞雷斯在哪裡？」

「啊，啊啊啊嗄……嗚啊啊啊啊！」

看來過度的恐懼與疼痛，讓這人失去語言能力了。芙蘭隨手一握，就把這男人的手給捏爛。

乍看之下只是輕輕握個手，但芙蘭只要認真起來連鐵塊都能捏扁。廢掉一個人的手易如反掌。

「恢復術。蘇亞雷斯在哪裡？想解脫的話就快說。」
「在、在、在指揮室！就、就在船艙裡！」
「是嗎？那就讓你解脫吧。」
「咦——？」
男人以為會被放過一馬而顯得鬆了口氣，但芙蘭一劍砍下他的腦袋。
她不可能會放海盜的指揮官一條生路。
「老師好狠喔！」
「冷酷無情的個性也好迷人！」
「我們也得向老師看齊才行。」
這樣好像有點教壞新人？不，同情匪賊只會害死自己。既然如此，他們能藉此學到如何發狠應該是好事。應該是吧？
『那、那就去找蘇亞雷斯吧？』
「嗯。」
『妳知道指揮室在哪裡嗎？』
「不知道。」
『那就由我來帶路吧。』
所幸水龍艦的內部構造都一樣，瑪珥提供的威西卡艦內構造圖我已經背起來了。
「小漆也來幫忙找蘇亞雷斯。」

「嗷！」

不知道他人還在不在指揮室。這時最好分頭尋找。

獅鬃星號的人員應該都認識小漆，我想不至於在船內被自己人攻擊。反過來說如果遭到攻擊，對方就是敵人。

『我們從船首找起。小漆從船尾那頭衝進去。』

「嗷。」

『可以直接抓人沒關係，但如果有困難就回來找我們，知道嗎？』

「嗷嗷！」

「那，我要走了。」

芙蘭與小漆兵分二路，從船首附近的入口進入船內。

船內也有守衛士兵等人員，但芙蘭一路秒殺他們不斷前進。

我們就這樣在船內搜索了一會兒，忽然從前方感覺到激烈的鬥氣。

似乎有人在那裡戰鬥。

『芙蘭！』

「嗯！」

芙蘭奔往感覺到鬥氣的方向，踢破特別大的一扇門闖進去。看來是一間空倉庫。

幾名冒險者與海盜們，在倉庫中央僵持不下。他們當中看起來特別有本事的兩個用武器對著對方，氣氛一觸即發。

一個是莫德雷德。而與莫德雷德互相爆發鬥氣的男人，正是我們在找的蘇亞雷斯。

我是第一次靠這麼近仔細觀察，發現他還滿強的。

而且擁有斧聖術，作為戰士的本領相當了得。

「一群蠢蛋。以為跳到船上來就能贏得了我？」

「水龍艦再怎麼無敵，逮住開船的人就好解決。」

「哇哈哈哈！真會說笑話！看我先把你們玩得比平常那些獵物更慘，再丟到海裡餵魚！」

也就是說，他凌虐玩弄俘虜成習慣了？等一下，這傢伙從逃獄開始幹海盜到現在，應該還沒過多少時日吧？這麼短的期間，他究竟做了多少傷天害理的事……

正在尋思時，莫德雷德與蘇亞雷斯同時有了動作。

「哦呀啊啊！」

「呼！」

蘇亞雷斯的戰斧直往莫德雷德的腦門劈來。速度相當快。以冒險者來說，實力應該到C級以上。

不過，我們完全沒在擔心。

「真慢。」

「嘖，賣弄小花招！」

莫德雷德的長槍敲擊蘇亞雷斯的斧頭側面。斧頭被彈開，蘇亞雷斯的姿勢大幅歪倒。但他仍然及時踏穩腳步用斧頭反砍回來，很有一套。換成一般冒險者恐怕抵擋不了。

然而，莫德雷德並非一般人物。

蘇亞雷斯施展出的凌厲武技，全被他雲淡風輕地架開。

蘇亞雷斯確實是相當於C級冒險者的高手，但莫德雷德可是正牌的B級冒險者。而且還是戰鬥特化型。論武術技能或能力值，都大幅勝過蘇亞雷斯。一對一單挑的話不可能吃虧。

「可惡的東西！」

也許是無法承認實力不如人，蘇亞雷斯再次衝殺過來。

乍看之下像是有勇無謀的突擊。然而，蘇亞雷斯假裝要砍向莫德雷德，卻倏然改變了前進方向。

高舉砍來的斧頭，對準了莫德雷德的一名部下。那人是術師類型，近戰能力劣於蘇亞雷斯。

「哼哈哈哈！」

蘇亞雷斯的臉孔下流地扭曲。

這傢伙似乎是在盤算，攻擊如果得逞可以打倒莫德雷德的一名部下，若是莫德雷德硬要轉身保護部下，要弄重量級斧頭的自己也比較有利。

「卑鄙小人！」

「哇哈哈哈！自暴自棄了嗎！」

看到莫德雷德做出的行動，蘇亞雷斯像是憋不住般大笑起來。

大概是乍看之下，以為莫德雷德只是自覺無法擋下攻擊部下的斧頭，索性以命相搏伸手來擋而已吧。

莫德雷德的右手，伸到斧頭劈砍的方向上。

但是，他當然不是想以命相搏。

「——冶金術。」

「這、這怎麼搞的！」

「你的斧頭已經落入我的控制了。」

本來以為將會讓莫德雷德斷手的巨大戰斧，竟在碰到他那隻手的瞬間軟綿綿地彎曲變形。鋼鐵鍛造的戰斧看起來簡直變得像黏土一樣。

而且還不只如此。黏稠化的戰斧簡直像有生命似的，開始軟綿地蠢動。

「唔啊啊啊！是魔術嗎！」

「被你自己的武器綁住吧。」

莫德雷德以熔鐵魔術操縱斧頭，捆住蘇亞雷斯的身體。

這正是熔鐵魔術的真本領。亦即控制金屬，加以操縱的能力。

「可惡啊啊啊嘎嘎嘎嘎！」

蘇亞雷斯瘋狂掙扎想把纏到身上的金屬擺脫掉，但是具備史萊姆般黏性的斧頭沒人能甩得掉。而且反而好像越纏越緊了。

戰斧就這樣滴水不漏地包住他的上半身與下半身，順著莫德雷德的意志變回堅硬鋼鐵。鋼鐵拘束具就此完成。

縱然是以蠻力自豪的蘇亞雷斯，也無法逃脫。戰斧不只是熔化變形，還用熔鐵魔術進行了強化。

「唔喔喔喔！快把我放了！」

「省省吧，就憑你是擺脫不掉的。」

這樣就捕獲完成了。

「蘇、蘇亞雷斯大人！」

「可惡，快放了老大！」

看到蘇亞雷斯輕易就被逮住滾倒在地，部下們開始叫罵——

「礙事。」

「哇啊啊！」

「嗚嘎啊！」

但被擋在他前面的芙蘭三兩下全數砍倒。

「果然厲害。」

「你才是。都不需要我出手。」

「是因為一開始奇襲成功。好吧，晚點再來互相恭維，現在先讓這傢伙阻止水龍要緊。」

「嗯。」

被芙蘭與莫德雷德低頭看著，蘇亞雷斯臉孔有些抽搐，但仍用不失鬥志的神情回瞪二人。

「喂，立刻把我放了！」

「為什麼？」

「這些低賤的冒險者！你、你們把我當成什麼人了！」
「不就是一幫卑劣海盜的頭頭嗎？」
「活著只會給人找麻煩的壞蛋？」
「我可是錫德蘭之王！傲慢無禮的東西！」
「哼。」
「你幹什麼！」
哦哦，莫德雷德很會喔。他把鬼叫的蘇亞雷斯的頭踩在腳底，作熄菸式扭動。芙蘭也學他，一起踩上去扭一扭腳。
「喂！鬧夠了沒有！你們現在立刻跟我磕頭求饒，本大爺就收你們當家臣！」
啥？沒發瘋吧？還以為他要說什麼咧，收他們當家臣？有沒有搞清楚狀況啊？然而，蘇亞雷斯的表情卻沒在開玩笑。
「我是錫德蘭的王族，還是水龍的主人！你們應該乖乖舔我的鞋子才對！」
我覺得這已經不是有溝通障礙或是識不識相的問題了。真佩服他這樣還能活到今天。不，就是因為這樣才會被趕下王位吧。
這種威脅伎倆，用來對付海盜或許還管用。畢竟這傢伙雖然有點智障，但實力確實很強，而且還能操縱水龍艦。就算有些人覺得跟隨他可以撿便宜也不奇怪。不過我想也沒離譜到會在這種被逮的狀態下跟海盜談條件吧。
「你退位了。現在的國王是賽麗梅爾。」

「胡說八道！我才是國王！」

「不是。」

「就是！我才是！只有本大爺才夠資格當錫德蘭的王！賽麗梅爾還不就是個下賤又卑鄙的篡位者！」

個頭雖然大，鬼吼鬼叫的模樣卻像個不懂事的小孩。不，也許內在真的沒長大。大概是作為嫡子嬌生慣養，從來沒機會矯正扭曲的性情吧。

「夠了。」

「是啊，問這傢伙什麼都是浪費時間。」

芙蘭他們似乎已經打定主意蘇亞雷斯說什麼都不予理會。他們把每句話都當耳邊風，開始講話威脅蘇亞雷斯。

「喂，快讓水龍停止抵抗。」

芙蘭提出要求，莫德雷德則負責以技能施加壓力。

其實我覺得反過來也可以，不過莫德雷德把主導權讓給了芙蘭。

「哼！」

不知是出於王族的自尊心，還是戰士的傲氣？不，我看只是不識相吧。蘇亞雷斯把臉扭向一旁，就像在說他絕對不會開口。

「唔嗯。」

「嗚啊！痛痛痛痛！」

芙蘭再次伸腳踐踏蘇亞雷斯的臉孔，這次扭轉得比剛才大力了點。

「臭丫頭，還不快給我住手！」

喂喂，這可是會讓部分人士感激涕零的芙蘭腳底擰轉踩踏耶。不過對於沒有那方面癖好的族群來說，就只是奇恥大辱罷了。

「我最後一次警告你，讓水龍安靜下來。」

芙蘭用令人寒澈心肺的表情俯看蘇亞雷斯，並進一步對他暴露出殺氣嚇唬他。同時遭到芙蘭與莫德雷德兩名高級冒險者威懾，換成正常人，早就嚇得乖乖聽話了。

但蘇亞雷斯卻反瞪芙蘭，回嘴嗆道：

「廢話少說，快把我放了！」

真是個蠢蛋。

「我知道了。」

「明白了嗎？那就快把這個——」

「我知道你不打算開口了。」

「呃啊啊啊！」

蘇亞雷斯被她用劍尖挖穿腿肚，齜牙咧嘴地發出慘叫。

「恢復術。再來換腳——」

「住、住手！快給我住手——！」

「要說『求求妳住手』。」

「妳、妳這傢伙——」

「唔嗯。」

「嗚呃啊啊啊！」

芙蘭反覆用劍刺他，然後用恢復術治好。蘇亞雷斯本來還不太聽話，但重複這種狀況整整五遍後，似乎終於明白眼前的少女不是自己靠權力或威脅能應付的對手。

「快快、快住手啊～！」

開始滿臉恐懼地求饒了。可是我們想聽的不是這句話耶。

「讓水龍安靜下來。我們已經知道可以從船內下命令了。」

「知道了！我會讓牠安靜下來！所以不要再這麼狠毒——」

一戳。

「哎噫咿咿咿！」

「恢復術。」

「啊啊啊！快住手！」

「閉嘴照我們說的做。」

「我做就是了！」

蘇亞雷斯敵不過劇痛，臉色慘白地點頭。

「以、以我，契約者，蘇亞雷斯・亞逑・錫德蘭之名——」

「哇啊啊！」

「唔。」

蘇亞雷斯總算開始唱誦類似咒語的文字，但一陣慘叫打斷了他。

並不是芙蘭再次動手折磨蘇亞雷斯。

慘叫來自莫德雷德的一名部下。

往那邊一看，只見一名冒險者被一把劍從下方刺穿腹部，無力地倒下。

刺出那劍的人，是一個原本倒在地板上的敵方士兵。

「喂喂，我說國王陛下啊。受到這點拷問就哀哀叫，也未免太沒用了吧？」

「巴、巴亟斯！原來你在那裡啊！」

「我稍微作了一下壁上觀。」

「沃魯亟到哪裡去了？算了，無所謂！快把這幾個傢伙收拾掉！」

蘇亞雷斯的態度霎時強硬起來。剛才還哭喪著一張臉，這會兒又換上耀武揚威的嘴臉了。不過，他這份自信似乎也不完全是錯的。

「是是是。」

來者似乎是蘇亞雷斯的部下，但散發異樣氣息。

此人前一刻，分明還只是個昏迷不醒的嘍囉士兵。我沒對所有人使用鑑定，所以並未確認過能力值。但看步法、氣息以及整個人的氣質，都毫無半點強者的特徵。

然而，現在起身迎戰的模樣又是如何？

原本明明是個褐髮紅銅膚色、個頭中等的不起眼男子，如今卻散發出嚇人的存在感。區區蘇亞雷斯根本不是他的對手。

光看這種變化就知道，這個名喚巴亟斯的男人絕非泛泛之輩。一身絕技足以完美偽裝自己的實力。

「好吧，是不知道能打到什麼程度，但如果死在這裡也挺不錯的，是吧？」

看到此人舉劍邪笑的模樣，我感到似曾相識。

這男人散發的氛圍我有印象。

芙蘭似乎也有相同想法。

她不由得低喃某個男人的名字。

「巴魯札？」

那是在錫德蘭海國，與芙蘭展開過一場激鬥的男人的名字。

那人是錫德蘭海國最強的戰士，也是個戰鬥狂。當時他的武藝與經驗，厲害到只差一步就要擊敗芙蘭。不，若不是那傢伙持有的魔劍·吸魂者的特殊能力導致我失控，孰勝孰敗很難說。那人就是如此高強的戰士。

我想經過與他的激戰，應該讓芙蘭又往巔峰踏上了一個階段。

「哦？妳該不會就是打倒了師傅的那個丫頭吧？」

「你是巴魯札的徒弟？」

「算是吧。這下有意思了。聽說師傅死在小丫頭手裡時我還覺得很失望，但如果是敗在妳手裡就沒辦法了。」

「說這麼多廢話幹嘛！還不快救我！」

對於蘇亞雷斯的命令，巴亟思只是回以冷笑。看來雖是部下，但並非對他心悅誠服。

「真是不知趣耶。我正趁著廝殺之前，跟人家愉快聊天的說。」

「並不愉快。」

「別這麼說嘛。跟接下來準備殺害的對手閒聊兩句，可是人生一大樂事呢。妳說是不是？」

巴亟斯面帶微笑這麼說，眼神混濁到反而有種美感。這傢伙的師傅巴魯札是個戰鬥狂，但這傢伙的嗜好似乎黑暗面更深。可以感覺到一種陰暗的虐待嗜好，以及對殺人的強烈亢奮等等，諸如此類的深重業障。

『芙蘭，快救莫德雷德的部下，否則他會沒命的。』

「嗯……莫德雷德。」

「好。」

「喂喂，不跟我單挑啊？」

「現在沒空跟你玩。」

「噢，擔心這傢伙啊？拿去吧。」

「嗚啊！」

巴亟斯一腳把莫德雷德倒地的部下踢過來。

這一腳踢得部下血花四濺。但芙蘭毫不介意，抱住男子之後即刻施展回復魔術。然而，男子的臉色依然很糟。看樣子是受到了劇毒侵蝕。芙蘭同樣也用解毒法術消除毒素。

「哇喔～連回復魔術都會用啊。」

「黑雷姬，謝謝妳的幫助。」

「嗯。不過，必須讓他暫時休息一下。」

「好。」

莫德雷德他們向芙蘭道謝，但男子中毒加上失血消耗了大量體力。恐怕暫時無法成為戰力。

「有一套喔。只差一點這些傢伙就多個同伴了，真可惜啊。」

巴亟斯低聲說完之後，他的腳邊隨即出現多個魔法陣。

眾多形影從中匍匐而出。

「「「嘎嘎嘎啊啊嘎……」」」

是死靈魔術。

形影是成群的殭屍士兵。這種怪物具有一般戰士水準的體能，以及殭屍特有的耐力。雖然一隻不怎麼強，但數量一多會比較麻煩。

這個叫做巴亟斯的男人不只武術，死靈魔術方面也有兩下子。等級達到7級，已經稱得上是中級魔術師了。這招魔術也是在倒臥地板時就先詠唱好，然後延遲到現在才發動。

雖然近戰能力劣於巴魯札，但如果同時也擅長魔術的話或許有點棘手。

不過巴魯札那時持有能吸收對手魔力的魔劍，因此魔術無法成為決勝關鍵。這麼一來，就必須靠純粹的近戰能力分出勝負，巴亟斯應該是因為這樣才贏不過巴魯札吧。

『與莫德雷德聯手出擊，盡快打倒這傢伙吧。不管怎樣，時間都有限。』

看到芙蘭他們再次舉起武器，巴亟斯露出覺得無趣的表情。

「我不是把那傢伙還給你們了嗎？怎麼還是不肯跟我兩人對打？」

「我沒答應過你。」

「就是這麼回事。」

「嘰嘻嘻，真是遺憾。不過，這樣好嗎？我弟弟沃魯亟應該已經抵達你們那艘戰艦了吧。你們倆其中一個可能得過去，否則怕應付不來喔。」

「你說什麼？」

莫德雷德似乎懷疑這人在說謊，想分散芙蘭與他們。然而謊言真理告訴我，這些話句句屬實。看來這傢伙的什麼弟弟是真的行動了。

「搞不好現在正在開心地把公主殿下切成生魚片哩～」

該分散戰力嗎？還是火速打倒這傢伙，再一起回去？

我們一時有點猶豫，這時莫德雷德開口了：

「黑雷姬，妳去吧。」

「可以嗎？」

「畢竟我們沒辦法自行前往水龍艦啊。」

「好吧。」

「再說——」

莫德雷德話講到一半，帶著憤怒表情瞪視巴亟斯。

迎面承受這股殺氣，巴亟斯好像喜不自勝地嗤笑起來。跟巴魯札準備與芙蘭開打時露出的笑臉一模一樣。

「嘰嘻嘻嘻嘻嘻嘻！你也不錯！」

「部下都被打傷了，我得討回這筆帳才行。」

『芙蘭，莫德雷德沒那麼容易輸給這傢伙。我們還是回威西卡艦上吧。』

「嗯。這邊就交給你。」

「好，放心交給我吧。」

＊

「走遠了嗎？」

黑雷姬跑出房間之後，我正面迎向狂人巴亟斯。

這種人我看多了。很多人打仗回來就變成這樣。

原因很多，主要是不慎嘗到了沉溺鮮血、玩弄人命的快感。而且一路沉淪，最後就連自己的性命也變成了玩具。

這種人一旦擁有力量，會變成毀滅自己與身邊其他人的禍害。

「嘿嘿嘿，你也挺不錯的！震得我渾身發麻。」

巴亟斯一舉起劍，周圍那些殭屍也同時舉起武器。

「不是說要一對一嗎？」
「這些傢伙是我用法術操縱的，也能算是一對一吧？」
搞了半天這傢伙所謂的一對一，其實不過是他自說自話。
「大、大哥……」
「你們專心看好蘇亞雷斯，那男的我來對付。」
「是！」
看見我對部下做出指示，巴亟斯開始有了動作。
「嘿嘿嘿。那我要上啦——！」
他舉起形狀奇妙的劍，擺出刺向眼前的姿勢。
基本上是把曲刀，但刀背與刀刃部分有一些分支的細刺。即使能躲掉曲刀揮砍，這些細刃也能傷到對手。就是設計成用劍上毒藥解決對手。
「唏——嚇！」
對手使用的劍術獨樹一格，是甩動手臂來揮劍。沿著不規則軌跡刺出的劍刃，移動方式讓人非常難以閃躲。
「嘰咿咿嘿！」
「但是，還太嫩了！」
的確是詭計多端，但不至於看不清楚。就算一邊還得應付周圍其他殭屍的斬擊，防守也沒被突破。

我一邊抵禦他們的攻擊，一邊詠唱咒語。

「——冶金術。」

「這樣激烈對打，竟然還能完成詠唱，真教我吃驚！但你還太嫩了！這句話還你！」

「嘖！」

巴亟斯的劍似乎是一種魔劍。我的魔術被彈開了。

「我看到你熔化蘇亞雷斯大人的斧頭了。你似乎是熔鐵魔術師，但沒用的！來啊來啊！再用你那不起眼的熔鐵魔術對付我啊！」

火魔術與土魔術在這種場地不好用。因為火勢延燒到周圍可能會波及我們，這裡又沒有土地可以操縱，土魔術的效果會明顯減弱。

不過，他說熔鐵魔術不起眼？真是個外行人。

「——」

「喂喂，學不乖還要用魔術啊？看你一邊戰鬥還能用出多強的法術！」

「——」

「殭屍們！幹掉他！」

「！」

巴亟斯命令自己的殭屍屬下群起圍攻我。這些殭屍不顧防禦直衝過來，目的不外乎是想困住我。

「呀～哈～！」

殭屍抓住我的長槍不放，巴亟斯從他們背後拔劍一揮，不分敵我一併砍殺。
他這時機抓得太好，我無從閃避。
「到手啦——！」
由於武藝高強，他似乎把自己的劍法，與我閃避的極限範圍都看得很清楚。
而且，想必也確定自己揮出的利刃，絕對能把我剁成兩半。
但是，現在就耀武揚威太早了吧？
我的武器可不只有長槍。
「——硬繭術。」
「唔喔？」
硬繭術能夠將金屬變化為絲狀，並形塑出任何形狀。金屬繭具有高度防禦力，能有效抵擋斬擊與打擊。雖然如果材質金屬太軟的話效果也會降低，但我一身鎧甲就是為了這種法術而穿的。
與我的魔力完美融合的魔鋼製鎧甲，按照我的想法化作金屬繭裹住我全身上下，擋下巴亟斯的攻擊。
外觀像是柔軟的蟲繭。但巴亟斯一劍砍來，卻發出了驚呼。大概是跟他所想像的觸感完全不同吧。
「熔鐵魔術是不起眼沒錯，但讓高手來用卻比效果浮誇的魔術更強。」
「拔、拔不出來……！」
金屬絲線纏住劍刃，使得巴亟斯難以把劍拔出。呈倒鉤狀的奇劍反而弄巧成拙了吧。

「叭啊啊！」

「哺嚕啊！」

殭屍們也一擁而上揮劍砍我，但全都被金屬繭擋住。

「講那麼多大話，結果還不就只是當個縮頭烏龜！還是說，你打算躲在裡面用長槍慢慢把我戳死～？」

「縮頭烏龜？這種法術是很堅固耐打沒錯，但你若是以為不過如此，那可是大錯特錯。」

我沒理會巴亟斯的叫囂，再度詠唱咒文。

「——金鐵之怒。」

對象是金屬繭。

追加施展的熔鐵魔術「金鐵之怒」生效，變為金屬繭狀的魔鋼鎧再次開始蠢動變形。

金屬繭的表面彷彿有生命般波動起伏——然後爆開。

「嘰噫噫噫咿咿咿咿啊啊啊啊啊！」

巴亟斯遭到瘋狂亂竄的金屬線貫穿全身，發出了刺耳的慘叫。

經過魔術強化的魔鋼絲，輕易就能穿透人類的肉體。

同時，殭屍們也停止了動作。這是因為巴亟斯體內被含藏魔力的絲線攪成肉泥，用來操控他們的魔力迴路已被破壞。

而且，這招法術還不只是如此。鋼絲開始起浪蠕動，彷彿要鑽進他的身體深處。

巴亟斯已然奄奄一息，但我對匪賊不會施予半點仁慈。

「噫嘰！嘰噫噫咿咿咿咿咿噫噫噫咿咿噫咿！」

體內遭受細如髮絲的絲線蹂躪，痛得巴亟斯淒厲哭嚎。本身有點能耐，害得他既無法昏死過去，也沒辦法即刻死亡。

他唯一能做的，似乎就是在難以忍受的劇痛下扭動掙扎。

「儘管痛苦掙扎到嚥氣的那一刻吧。」

＊

把巴亟斯交給莫德雷德等鐵神呼吸成員去對付，我們趕往甲板。

「嗷！」

「小漆。」

半途中，小漆在狹窄的船內空間高速跑來與我們會合。踢踹牆壁毫不減速地彎過轉角的模樣，簡直就像是忍者。

大概是感覺到我們準備回甲板，就來請示下一步行動了吧。

『我們回水龍艦！這邊交給莫德雷德處理就好。』

「嗷！」

「可是，他是怎麼去到瑪珥那邊的？」

『可以划小船，也有可能用了魔術或技能。』

巴魯札擁有水上步行技能。有了那項能力，要橫渡海面跳上敵船不是問題。

萬萬沒想到在被攻打的狀況下，對方居然會以進攻為優先而不是保護蘇亞雷斯。要怪必須怪我們太大意了。

上了甲板，就看到蘇亞雷斯軍的士兵們不是被打倒，就是已被逮捕綑綁。

沒看到巴亟斯的弟弟沃魯亟大開殺戒的痕跡。

『威西卡那邊有沒有任何異狀……』

「不知道。」

「嗷呼。」

「小漆。」

這就只能回去親眼確認了。

「嗷！」

小漆讓芙蘭騎在背上，快如子彈地飛衝出去。

雖說多少有點距離，但也不過一百公尺左右。我們轉眼間就到了威西卡艦上。換言之，只要具有海上移動能力，敵人就能從瓦祿沙攻進威西卡。

「師父，有人倒在甲板上！」

『該死！拜託要趕上啊！』

然而，很快地我們就大吃一驚，沒再繼續往前跑。

因為當我們降落在威西卡的甲板上時，戰鬥早已收場了。

甲板上到處血跡斑斑，受傷的士兵們正受到照料。
而在甲板中央，有兩個人面對面站立。
一個是這艘水龍艦的主人，瑪珥公主。
她面無表情，只有圓睜的杏眼好戰地散放強光。不用說也看得出來，她正在大發雷霆。
與瑪珥對峙的人，是個與巴亟斯形貌相似的黑衣男子。不，其實只知道這人也有著褐髮與紅銅膚色，至於相貌五官由於已經原形盡失，無法看個清楚。
這人應該就是沃魯亟了。但那副模樣只能用悲慘二字形容。
「啊，啊啊……啊嗄啊啊啊……」
沃魯亟雙膝跪地，全身顫抖著發出細微呻吟。
下半身陷在一大塊冰塊中，向前伸出彷彿想抓住什麼東西的雙臂，肩膀以下也全都凍住了。
由於血液不循環導致全身發紫，實在不像個活人。
眼淚結冰似乎固定住了眼瞼，導致眼睛閉不起來。暴露在外的眼球自內部結凍，表面開始迸出細小裂紋。
「啊啊啊……」
「哼，聽你口氣那麼大還以為有多厲害……」
「殺……了偶……」
「還記得你剛才說什麼嗎？你好像說無論我如何求饒都不會殺我，要永遠不斷地凌虐我？噢，好像還說要在士兵面前侵犯我？」

「啊……偶……啊…………」

「喂，你是怎麼了？剛才的狠勁到哪去了？欺凌我的部下時不是還很凶狠嗎！」

「啊啊嗄……嘰啊啊嗄嗄……」

沃魯亟哀求瑪珥讓他解脫，但瑪珥回以冷酷無情的話語。

大概是對自己接下來的命運絕望了，從他口中只聽得見些許呻吟聲。不，也許只是舌頭結凍不能動了。大概連說話都辦不到了吧。

「……哼。本來是想讓你嘗受比我的部下多出千倍的痛苦……但我沒興致了。那就如你所願讓你解脫吧。」

說時遲那時快，瑪珥把手臂水平一揮。

慢了一拍之後，沃魯亟的腦袋裂成兩半，噴出大量鮮血。但那些血也隨即凍結，變得像是一尊深紅色的雕塑。從人類頭部直直伸出血紅雕塑的畫面，彷彿某種前衛藝術。

與芙蘭搭檔的我沒資格說這話，但以一個孩子來說這樣殺人挺殘忍的。

看來是部下被打傷，實在把她氣得忍無可忍。

不過，當瑪珥注意到芙蘭而轉過頭來時，已經變回了與先前告別時並無不同的泰然態度。難以想像前一刻還把敵人玩弄於掌心。

「嗯？芙蘭，妳怎麼來了？來報告作戰結束嗎？」

「因為我聽說敵人登上威西卡了。」

「喔喔，妳是來當救兵的啊。不過，妳慢了一步。情況就如妳所看到的。」

「瑪珥，是妳打倒他的？」

「唔嗯。別看我這樣，我可是滿有兩下子的喔。」

看來是這樣。

我似乎太低估瑪珥的實力了。之前看她的身法，我擅自認定她是水準尚可的戰士。事實上，她並不像一般魔術師攜帶魔杖，腰際又有佩劍，使得我錯估了她的能耐。

結果她並不是戰士，而是會某種程度武術的上級魔術師。

「那麼，那邊情況怎麼樣了？」

「蘇亞雷斯落網了。目前莫德雷德應該正在打倒最後一個敵人。」

「是嗎？那再好不過了。那麼抱歉，可以請妳再跑一趟，去確認狀況嗎？」

「這邊不要緊了？」

「沒問題。傷患也都已經得到救治了。」

我趁著沃魯亟死前的最後一刻做了鑑定，發現他相當厲害。儘管劍術本領差了巴魯札一步，體能卻壓倒性凌駕其上。看來這人跟巴亟斯不同，屬於完全近身特化型，同時還擁有可與覺醒獸人比擬的敏捷能力。

被這樣的對手偷襲，竟然能無人死亡就度過難關……而且瑪珥還毫髮無傷。

她的實力果然不容小覷。

第六章　巨獸們

為了從水龍艦威西卡返回水龍艦瓦祿沙，芙蘭再次騎到小漆背上。
就在這時，狀況來了。
「唔？」
『剛才是不是搖晃了一下——唔喔？』
「嗷呼？」
先是感覺到威西卡稍許搖晃了一下，緊接著一波更驚人的震動襲向船身。
顯然不是海浪所導致。
周圍的海面都平靜無波。
『是來自船首方向……』
震動來源似乎在船的前方。
「威西卡不對勁。」
芙蘭說得對。
水龍威西卡的氣息搖擺不定。看來是水龍威西卡正在亂動，使得震動透過鎖鏈傳達到船身來了。

「這、這是……！」

「瑪珥？」

芙蘭轉頭望向瑪珥，看到她急得像熱鍋上的螞蟻。

雖然認識還不久，但這個冷靜透徹的少女居然會這樣焦躁慌亂，真令我不敢相信。這是否表示情況真的很嚴重？

「威西卡在痛苦掙扎！」

水龍會痛苦掙扎？發生什麼事了？

『芙蘭，把我丟進海裡！』

「嗯！喝啊啊！」

我被芙蘭擲射而出，在海中飛衝前進，準備確認威西卡出了什麼事。

數秒後，就看到前方有個巨大身影。是水龍威西卡。

但是，整個輪廓變得很奇怪。

牠的身上該怎麼說？長出了像是巨大腫瘤的東西。

靠得更近一看，全貌才清晰地映入眼裡。眼前看見的景象怪異至極。

水龍威西卡的腹部那邊，彷彿黏著兩團有牠身體一半大小的腫瘤。

『那是……克拉肯嗎！』

看似腫瘤的東西，原來是克拉肯的身軀。這種暗紅色的大魔獸，輪廓看起來就像章魚。

牠用粗壯的觸手纏住威西卡，黏在牠的身上。

而且是兩隻。

也許在同一個地點待太久了。

想必是為了封住水龍瓦祿沙而無法行動時，遭到了克拉肯的襲擊。看來牠連反擊都做不到，只能一味挨打。

這下看起來不妙！總之先把那些克拉肯剁掉再說！

話雖如此，有什麼好方法？牠們黏得那麼緊，能用的攻擊有限。

無論是火焰魔術的爆炸，或是雷鳴魔術的電擊，都會傷及威西卡。

威西卡的防禦力經過魔道具強化，或許能承受得了。我之前攻擊防禦力不比牠遜色的瓦祿沙，就沒能造成傷害。

然而，牠現在正遭受克拉肯攻擊，我不太敢給牠造成更大負擔。

我的水魔術恐怕對克拉肯的龐大身軀也不管用，風魔術在海裡又不好用。

『這樣看來，只剩念動彈射攻擊了。』

我十萬火急地移動到不會殃及威西卡的位置，接著發動了念動彈射攻擊。

海裡爆發出一陣轟然巨響，我像魚雷一樣劃破海水向前衝。

克拉肯完全不理我。不知道是沒注意到我，還是根本沒把我擺在眼裡。非但躲都不躲，而且也沒有要迎擊的動作。

然而，攻擊打中後，我才知道原因。

克拉肯的皮膚看起來軟綿綿的，防禦力卻正好相反，硬得厲害。

厚實橡膠般的皮膚，與遍布底下的柔軟肌肉吸收了衝擊力。再加上牠似乎還具備以魔力強化體能的能力，我的念動彈射攻擊被弄得威力銳減。

『嘖——！』

本來是想貫穿牠的身軀，結果卻在體內被擋下。

不過，我可以化危機為轉機。

我決定控制力道以免傷到水龍，從體內攻擊牠。

『看我把你們做成烤克拉肯！』

我用火焰魔術燒光周圍的一切。

克拉肯的身體富含水分，但沒厲害到能抵禦魔術的火焰。

我本來打算就這樣在體內前進，吸收掉牠的魔石——

誰知克拉肯忽然更加劇烈地扭轉身軀。而且，原本裹住我的克拉肯的肌肉也消失不見，海水滾滾地湧進來。

『發、發生什麼事了？』

漩渦般的激流把我沖走，拋到海裡。

糟了。我被洶湧的水流翻來攪去，分不清楚上下左右。

就在我好像被扔進洗衣機裡摔打搓洗一番時，一道白光倏忽即逝地照進我的視野。那應該是射入海裡的陽光。我急忙循著那道光進行了傳送。

『總、總算是逃出來了。』

傳送地點在離海面數公尺高的位置。

『我懂了，是威西卡反擊了！』

我環顧四下，才終於搞懂發生了什麼事。

原來是威西卡恢復行動自由，還手攻擊了克拉肯。

只是不知道是瑪珥為了救威西卡而解除了限制，還是克拉肯的攻擊造成限制解除就是了。

威西卡恢復行動自由後，就用牠的尖牙咬斷了纏住自己的可恨克拉肯。

大概是我出手攻擊的個體拘束力道變弱，才會成為牠的攻擊目標。假如位置再偏一點，我鐵定已經被一併咬碎了。畢竟威西卡不知道我是自己人，不能怪牠。

我與威西卡的攻擊，似乎使得其中一隻一命嗚呼。即使生命力再高，失去半個身體與魔石，也不可能還活得下來。

威西卡接著咬住另一隻克拉肯，吞食掉牠。這樣看來，應該沒問題了。

只是，威西卡得到解放，就表示瓦祿沙的拘束也得到解除。

視線往那邊一望，只見水龍瓦祿沙像是在舒緩筋骨般，將脖子伸長向天，發出尖銳的咆哮。

「咕嚕嚕哦哦哦喔喔喔喔喔喔喔喔喔喔喔！」

這樣豈不是危險重重嗎？再這麼下去，水龍與克拉肯的大亂鬥就要開打了。

總之得趕回芙蘭的身邊才行！

我用傳送回到芙蘭的面前來。我明明是冷不防冒出來，芙蘭卻二話不說抓住我。看在周圍旁人眼裡，一定會以為是芙蘭使用時空魔術把我召回吧。

（師父，歡迎回來。）

『嗯。情況變得有點不妙。』

我才剛回來，原本冷靜處事的瑪珥，立刻神色大變地逼近過來。

「芙蘭！水龍瓦祿沙重獲自由了！」

「嗯。我該怎麼做？」

「命令爛人讓牠變乖，或是破壞名叫龍力強化器的魔導裝置就好解決！」

聽起來她所說的龍力強化器，似乎是用來強化水龍的裝置名稱。

至今這件裝置被當成機密所以瞞著我們，但事到如今也計較不了那些了。瑪珥把龍力強化器的外形，以及設置位置都告訴我們。

最糟的情況下，可能得破壞這件裝置，打倒瓦祿沙才行。

「拜託妳了，芙蘭。」

「嗯！」

恢復自由的瓦祿沙發動攻擊，已經導致獅鬃星號受到損傷。

已有一根桅杆被龍的吐息吹斷。再不快點設法處理，船遲早會被打沉。

「小漆！動作快！」

「嘎嚕！」

我們十萬火急地趕往瓦祿沙身邊。

「咕嚕嚕嚕嚕……」

『注意到我們了嗎！』

不過，這正是我要的。瓦祿沙繼續跟我們糾纏，就不用擔心獅鬃星號被弄沉。

「咕嘍哦哦喔哦喔喔！」

『小漆！快躲！』

「嗷呼——！」

瓦祿沙吐出了龍息。

不是一般聽到龍的吐息，會想像到的火焰吐息。

那是高壓噴射的水吐息。

細如絲線的噴水以超高速襲向小漆。就近一看會發現沒那麼細，但也就帶子或繩索那麼粗而已。

可以想像威力一定十分強大，直接擊中的話可以輕易把小漆的身體打碎。不過，小漆沒遲鈍到會被這種直線攻擊打中。

牠只消輕輕往旁一跳，就輕鬆躲掉了攻擊。

可能是對此相當氣不過，瓦祿沙對我們連續噴出吐息。

但是，小漆來個幾十發弓箭風暴都能簡單躲開了。雖然速度快，但這點程度的攻擊絕不可能打到牠。

「嗷呼！」

「咕嚕嚕嚕！」

小漆對瓦祿沙使出暗黑魔術。雖然沒造成傷害，但臉孔遭受攻擊，似乎讓瓦祿沙的火氣直線上升。牠開始併用水魔術，對我們使出更激烈的攻擊。然而小漆照樣全部閃掉，再次對著牠的臉孔施展暗黑魔術。

把瓦祿沙交給如此反覆進行挑釁的小漆應付，我與芙蘭偷偷傳送到甲板來。

「咕嚕嚕嚕嚕嚕！」

「嘎嚕嚕嚕嚕！」

很好很好，瓦祿沙的注意力完全放到小漆身上了。

「黑雷姬！妳回來啦！」

「嗯。還好嗎？」

莫德雷德等人就在水龍艦瓦祿沙的甲板上。看來他順利擊敗巴亟斯了。依然受到金屬戒具拘束的蘇亞雷斯也在那裡。

不過，全身上下可以說遍體鱗傷。

看莫德雷德正把長槍高高舉起，可以推測他們正在給蘇亞雷斯苦頭吃。我不認為他們會以欺凌對手為樂，想必是有著某種理由。

「這男的！竟敢幹下這種好事！」

「哼，哼哼……」

莫德雷德收起安心的反應，換上一臉怒容瞪著蘇亞雷斯。蘇亞雷斯的臉孔腫脹到判若兩人，沒有鑑定我還不敢確定他真的是蘇亞雷斯。

可是，從紅腫眼皮之間微微看見的眼睛，仍然沒失去光輝，都到這節骨眼上了居然還發出很有挑釁意味的竊笑。

「莫德雷德，究竟發生了什麼事？」

「是這樣的——」

莫德雷德原本似乎打算按照當初說好的，讓蘇亞雷斯命令水龍停下來。但蘇亞雷斯卻在這時候惡整了我們。

誰也想不到，他竟然命令水龍隨心所欲地大打大鬧。

後來無論莫德雷德如何嚴刑拷打，自暴自棄的蘇亞雷斯都不肯收回成命。似乎是打定了主意要死一起死。

殊不知因為水龍重獲自由會很危險，本來是打算留他活口當俘虜的。

然而，事情還沒結束。

威西卡封住瓦祿沙動作的束縛解開了。

換句話說，現在的瓦祿沙是愛怎麼鬧就怎麼鬧。

「怎麼辦？」

「最好的方法，應該是讓這男的再度親口下令讓牠變乖吧。」

「的確。」

可是，不知道這方法可不可行。

「那這段時間，我去找龍力強化器。」

「妳說的這東西，是用來強化水龍的道具嗎？」

「嗯。在哪裡也問到了。」

「好。那麼，蘇亞雷斯就交給我們。」

「嗯！」

如果莫德雷德他們能把這事辦好當然很好。不能的話我們就破壞魔導裝置，打倒瓦祿沙。

「那麼，那邊拜託你了。」

「好。妳也要小心啊。」

芙蘭與莫德雷德等人分頭行動，再次闖進船內。

敵人已經一個不剩，走起來輕輕鬆鬆。

最後，不消幾分鐘我們就來到了要找的房間。每當船身不時激烈搖盪，緊張情緒也跟著攀升。

『就是這裡！』

「這裡嗎？什麼都沒有。」

這個房間乍看之下像是空置的倉庫，但聽說可以從暗門進入魔導裝置所在的房間。

試著檢查瑪珥告訴我們的暗門牆壁，發現後方確實有個寬敞的空間。

開門需要蘇亞雷斯進行認證，但現在沒那閒工夫。

不過，瑪珥已經告訴我們有個簡單的方法可以進房間。

「喝！」

芙蘭用我砍了幾下牆壁。
瑪珥跟我們保證過：「牆壁應該有用結界進行強化，但以你們的力量隨便都有辦法突破。」
看來她說得沒錯。
雖然多少有點硬，但砍得破沒問題。
最後芙蘭輕輕一踹，牆壁就往內側崩垮了。
「有個怪東西。」
『是啊。錯不了，就是它！』
踏進房間，就看到跟事前聽說的完全一樣的巨大機械安放在室內。
這台裝置結合了魔導與機械的特色，呈現這世界特有的奇異外型。
首先映入視野的，是一大塊水晶般的物體，以及用來支撐它，做了精緻雕刻的白色底座。
底座似乎是某種骨頭。是肋骨，抑或是象牙一類的東西？這我不確定，只知道六根骨頭組成的爪子，支撐著能讓人環抱、光芒四射的藍水晶。
光看這個場面的話，完全就是奇幻世界。
但是，在這底座與水晶等物品的周圍，安裝了大量粗俗的金屬零件。我當下聯想到的，應該是跑車的引擎吧。那幾根向外突出的金屬管，怎麼看都像是改裝車的排氣管。
亦即融合了奇幻與賽博龐克的混種魔導機械。
「唔……」
『好驚人的魔力啊。』

看來房間似乎做了遮蔽魔力的處理。因此從外面感覺不到，但進到這裡就能感受到它蘊藏的強大魔力。

這能不能讓我們帶走啊？毀掉太可惜了。收進次元收納空間應該就能遮蔽魔力讓水龍弱化，不能就這樣辦嗎？大概不能吧。畢竟這可是錫德蘭海國的國家機密。

與其被我們搶走，他們一定會選擇弄壞。

雖然也可以偷偷帶走，但之後萬一穿幫可能會被錫德蘭海國盯上。

其實真要說的話，芙蘭也不會答應我那樣做，害她被米麗安或賽麗梅爾這幾個朋友討厭。

『總之先設置個信標，回甲板上吧。』

「嗯。」

有了次元魔術的信標術，一個動作就能回到這個房間了。

我們得回去確認蘇亞雷斯的情形，實在搞不定就只能回來毀掉裝置。

正在考慮要把信標設置在哪裡時，船身忽然劇烈震盪起來。

牆壁木材都在軋軋作響。

而且還不只一波，搖晃斷斷續續地來襲。

「……地震？」

『哪有可能啊！這裡是船上耶！趕回甲板吧，肯定是出事了！』

「嗯！」

我們趕回甲板。這麼大的一艘船搖晃成這樣，絕對不會是小事。

芙蘭在船內一路往上衝時，襲向船身的嚇人震動一刻沒停過。

最後，當我們抵達甲板時，赫然看到超乎預料的場面。

『那、那是啥啊！』

「巨大的章魚腳？」

『不，是克拉肯的觸手！』

「原來如此。」

看來不只是威西卡，瓦祿沙也被克拉肯襲擊了。

「咕嚕嚕嚕哦哦哦哦喔喔喔！」

又粗又長的無數觸手纏住瓦祿沙的背部或脖子，勒緊牠的軀幹。

而且看樣子不只一隻。

「好多氣息。」

『最少有五隻吧。』

（打不倒嗎？）

『不，應該打得倒，只是……』

經過方才的戰鬥，已經知道單一克拉肯的力量不及水龍。威脅度雖然到C，但牠的危險性在於集體行動，以及強韌的生命力。再來大概就是好戰的天性吧。如果只是一小群，我有自信可以打倒。

但是，我擔心在這裡使出全力會對今後造成影響。畢竟這片海域被稱為克拉肯的巢穴，不能保證不會出現更多克拉肯。

不，從這情況來看，附近的克拉肯應該已經開始聚集而來了。

『不如丟著牠們不管，趁牠們互鬥時逃走才是上策。』

雖然這樣會讓瓦祿沙溜掉，但只要蘇亞雷斯在我們手上就沒問題。

「好。那我們回獅鬃星號。」

「可以麻煩妳嗎？我們這邊的人已經在甲板上集合了。」

動作真快，冒險者一個不少。臨時徒弟們好像也都平安無事。

雖然獅鬃星號的船員少了幾名，但這是無可奈何。向敵船挑起白刃戰，不可能所有人平安生還。雖然很遺憾就是了。

我對著獅鬃星號的甲板開啟了空間之門。

眾人帶著安心的神情穿過傳送門。

最後剩下芙蘭與莫德雷德。

「莫德雷德，你也……」

「等等，再多下點工夫拖住牠們吧。」

「你要做什麼？」

「看著吧。」

莫德雷德如此說完，從懷裡拿出一個小瓶子。裡面裝著一看就像有毒的紅褐色液體。怎麼看都是毒藥。就算不是毒藥，也一定不會好喝。

試著鑑定之下，好像是可以在幾分鐘內爆發性提升魔力與熔鐵魔術威力的魔法藥。

「這下子一年的收入就飛了。」

「這麼貴？」

「畢竟是沒有副作用，效果又特強的昂貴特級品啊。」

相當於B級冒險者的一年收入，到底是多貴啊？我看大概不會低於五百萬戈德吧。不過，或許是真有這個價值。因為效果確實很強。

莫德雷德一口氣喝乾小瓶藥水，魔力頓時膨脹了約五倍。接著，莫德雷德以這種狀態開始詠唱咒語。

好長。

擁有詠唱縮短技能的莫德雷德，還需要詠唱這麼久……肯定是高級魔術錯不了。

我感覺到他體內的魔力，被賦予了一定的方向性，並開始出現變化。最後，當這股魔力高漲到極限時……

「——火神指令！」

莫德雷德堅定有力的話語一出，熔鐵魔術跟著發動。

對象是這艘船配備的，直徑將近十公尺的超大型船錨。

魔術使得兩只巨大船錨迅即變換了形貌。

迅速到讓人誤以為本身就是柔軟材質。受到莫德雷德的魔術影響，船錨變得形狀細長。變成兩根長條棍棒的錨，接著又呈螺旋狀互相交纏。

兩只船錨就這樣交相融合，最後外型變得活像扭動的大蛇。成了一條全長超過二十公尺的金屬製大蛇。

能夠如此輕易操縱那麼巨大的船錨，想必是藥水提升了控制能力。

金屬大蛇依照莫德雷德的想法改變形貌，襲向水龍與克拉肯們。莫德雷德似乎打算用鋼鐵巨蛇捆住克拉肯牠們，封住其動作。

形如錦蛇的粗長金屬，把水龍與克拉肯一併捆起，化為強韌的戒具。

它似乎具有驚人的強度，就連這些巨大魔獸也無法輕易掙脫。

船錨原本就是以堅硬合金製成，又經過魔術強化，當然牢不可破了。

「這樣應該能發揮一點枷鎖的效用。」

「熔鐵魔術好厲害。」

「對吧？話雖如此，對付起那群魔獸大概也撐不了多久。還是快快走人吧。」

「嗯。」

芙蘭與莫德雷德穿過維持原樣的傳送門，成功脫身。

看到兩人回來，船員們也發出歡呼。

「好啊！小子們！全速離開此地！」

傑洛姆大聲吆喝後，獅鬃星號立即開始航行。雖然桅杆斷了，但推進裝置沒壞。並不是動不了了。

『看來可以勉強脫身了。』

回頭望向水龍艦，即可觀賞怪獸大決戰的完整場面。

瓦祿沙又是啃咬又是噴出吐息，發瘋般地設法擺脫緊纏不放的克拉肯。但是在火神指令下化為拘束具的巨錨，似乎害得牠無法任意行動。

而且，就算攻擊奏效，弄斷了克拉肯的觸手又會立刻有新的觸手從海裡冒出來，繼續纏住牠的身體。身形柔軟的克拉肯不像水龍，鋼鐵拘束綁不住牠。也是啦，畢竟牠就跟章魚或烏賊沒兩樣。

「咕嚕嚕嚕嚕嚕嚕！」

瓦祿沙滿臉苦悶，發出近乎哀嚎的咆哮。

被那麼大的數量群起攻之，看來水龍再厲害也不免陷入苦戰。

而且用來與船艦相連的鎖鏈也妨礙到水龍的動作，導致水龍無法發揮身手敏捷的優勢。

「克拉肯越來越多了。」

『要是被那一大堆纏上，就算是這艘船也撐不過去吧。』

我看到又有新的克拉肯出現，攀住水龍艦的船尾。看來是聽到這場騷動而聚集過來的。

為了全速離開這片海域，傑洛姆大聲對船員們做出一連串指示。

（欸，師父，你看那個。）

芙蘭指向另一個不同的方向，好像發現到了什麼。

『是什麼——咦，跟我開玩笑的吧！』

我沒多想就看看那個方向，孰料噩夢般的光景闖入我的視野。

『這、這下糟啦！』

那個怎麼會出現在這裡啦！

不是說這片海域比較淺，沒有克拉肯以外的高威脅度魔獸嗎！

『芙蘭！快警告大家！』

「嗯。來了一隻大東西！」

「什麼大東西——咦咦咦咦咦？」

船員們聽到芙蘭這麼說，跟我望向同一個方向，也做出跟我一樣的反應。

「怎麼會這樣啊？」

「真假？」

「真的啦！」

「天啊！」

『真沒想到會在這種地方再次遇到牠！』

我不可能忘記牠那副模樣。

帶點紅色的茶褐色皮膚、排滿尖牙的海葵般噁心頭部。那副醜惡的模樣，足以激起人類根源性的恐懼心理。

正是海洋食客——中土巨蛇。

『真該死！一個接一個！』

那東西扭動著龐然巨軀，快得嚇人地在海裡游泳。唯一值得慶幸的是，牠並不是朝著獅鬃星號而來。

中土巨蛇的目標顯然是水龍艦瓦祿沙。本以為牠會直接開始襲擊水龍他們——

「奇怪，中土巨蛇不見了？」

『是潛入海底了嗎……？』

不是要去攻擊水龍他們嗎？

正在大惑不解時，中土巨蛇再次現身了。

「嘎吼吼吼吼哦哦哦哦哦喔喔喔喔！」

牠就像要從正下方把水龍與克拉肯往上頂，從海裡發動了襲擊。

彷彿想藉此證明中土巨蛇的力量，仍然緊密交纏的水龍與克拉肯的龐大身軀被舉起了十幾公尺高。據說什麼都能吃的血盆大口，把水龍與克拉肯一併吞掉。

而且中土巨蛇撞破海面的龐然巨軀，就這麼直接壓到水龍艦上。縱然是最大級的大型船艦，也不可能接得住遠比自己巨大的中土巨蛇。船身發出哀號，被硬生生折成兩段。

「嗚哇哇哇！」

「小心別讓自己墜海！」

中土巨蛇的身軀砸向海面的衝擊力道掀起一陣大浪，獅鬃星號就像身處在暴風雨當中一樣劇烈搖擺。

「推進裝置開到最大！」

「遵、遵命！」

「那種怪物，怎麼會跑來這種地方！」
「牠又要出來了！」
如同船員們的嚷嚷，中土巨蛇再度突破海面現身。海葵般的嘴巴，比原本膨脹了一倍以上。嘴裡只能窺見克拉肯的觸手，以及水龍的頭部。
「咕喔嗚——……」
瓦祿沙發出虛弱的叫聲，無法想像牠竟是有時連大都市都能輕易摧毀的大魔獸。落入那種局面，就算是水龍恐怕也只能認命了。
「啾哦哦哦哦喔喔！」
中土巨蛇耀武揚威般的咆哮響徹海面。
「情況不妙……喂，我們盡快離開這片海域！」
「遵命！」
「船長，我們有辦法逃離中土巨蛇嗎？」
「不知道。速度的話拚不過牠，但如果牠願意去襲擊其他克拉肯而不是我們的話，還能爭取一點時間……」
中土巨蛇屬於吞下獵物在體內消化的類型，無須咀嚼。因此，據說牠不會為了吃獵物而停下來。而是一路吞沒眼前的獵物，全吃進肚子裡再慢慢消化。
如果牠願意先去吃從附近聚集而來的克拉肯，或是落海的水龍艦瓦祿沙船員們，應該多少能爭取點時間。

然而，事情似乎沒有這麼順利。

「牠往這邊看過來了。」

『挑上了比較大的獵物嗎！』

中土巨蛇轉動頭部，四處張望。然後，那顆頭朝向了我們這邊。

這附近最大的獵物，就是獅鬃星號。出於中土巨蛇的本能，最終找上這艘船似乎是無可奈何的事。

雖然還有水龍艦威西卡在，但它航行速度較快。笨重又離得比較近的獅鬃星號看起來會是更好的獵物。

中土巨蛇轉眼間就縮短了與我們的距離。

「芙蘭！請妳再飛一趟！」

傑洛姆十萬火急地跑過來。後面跟著幾名船員扛著大木桶。

「要做什麼？」

「裝在這個木桶裡的藥品，會散發中土巨蛇喜歡的氣味。」

什麼？原來還有這種道具啊。

「想請妳把這個拿去投擲在與獅鬃星號航路相反的方向。」

「好。」

「但願它能引開那傢伙的注意力。」

據傑洛姆的說法是，這種道具本來應該在距離更遠時使用。但這次卻被水龍艦與克拉肯分散了注意力，讓牠來到了這麼近的位置。傑洛姆似乎也不知道在這種狀態下能發揮多少效果。

『總之，拿著這個木桶去空投看看吧。』

「嗯。小漆，我們走。」

「噭！」

芙蘭把木桶收納起來，騎著小漆全速繞到中土巨蛇的背後。然後，從高空中將木桶扔進了海裡。木桶砸在海面上撞碎，裡面的藥水潑灑到海裡。

我感覺不到，不過它散發的氣味似乎濃烈到離得這麼遠都讓芙蘭皺起臉孔。

『怎麼樣？』

「嗯……不行。」

然而，中土巨蛇對它不屑一顧。

『嘖！』

看來比起藥品的氣味，就在附近的獅鬃星號散發的氣息更合牠的胃口。

中土巨蛇扭動著牠的龐大身軀，直線衝向獅鬃星號。從上空一看，真的是一頭大怪獸。

『試著用攻擊引開牠的注意好了。』

「嗯！雷霆電壓！」

「咕嚕嚕嚕！」

『閃焰轟擊！』

我們對著中土巨蛇的背部連續施展魔術。

目的是藉此引開牠的注意，讓牠把心思放到木桶的氣味上。

本來是這麼打算的，豈料——

『竟然甩都不甩！』

看來對於牠這樣的龐然大物，一點小小攻擊毫無意義。

『那就吃我這招！雷神之鎚！』

咚轟——！

雷擊直接擊中中土巨蛇的背部，發生爆炸。皮肉被挖開，顯然造成了傷害。然而，牠還是沒有停止進擊。也就是說比起敵人的抓抓咬咬，食欲來得更重要？

（師父，怎麼辦？）

『還能怎麼辦……可能只能背水一戰，賞牠那一招了？』

我無法保證那樣能打倒中土巨蛇，但也沒別的法子了。我們要讓牠受到無法忽視的重傷，阻止牠繼續前進。

以前遇到中土巨蛇時，我們用盡力量也只能稍微拖住牠的腳步。但如今我們實力大有長進，應該能比那時候打得更漂亮。

我們十萬火急地回到船上，然後告訴船長我們準備攻擊中土巨蛇，但相對地芙蘭將會用盡力氣，短時間內無法再參與戰鬥。

「別說傻話了！誰有辦法打贏中土巨蛇啊！」

「或許至少可以拖住牠的腳步。」

「可是……不，現在或許也只能靠妳了……」
「交給我吧。」
「……妳一定要活著回來喔。」
「冒險者總是將自己的性命擺第一。」
「哇哈哈，說得也是！那好，就拜託妳了！」
「嗯！」
要做的事很單純。傾注全力用最強攻擊痛宰牠，然後騎著小漆逃回來就對了。
『小漆，你只要負責讓芙蘭平安回船上就好。』
「嗷。」
就算情況糟到顧不得我，我好歹還能自己想辦法脫身。
我們取得了中土巨蛇正上方的位置，將魔力精煉至極限。
這次要傾注全副精力，抱著用盡力量的打算出招。
『好，要開始了！』
「嗯！覺醒！閃華迅雷！」
芙蘭覺醒了。甚至連閃華迅雷也用上，進入完全認真模式。
芙蘭渾身上下散放的黑雷，電得小漆的一大堆毛倒豎起來。
『先來對這傢伙挑釁，讓牠抬起頭來。』
「好。」

「嗷。」

『然後，趁牠一張嘴的瞬間，狠狠往裡面打進去。』

「嗯！小漆。」

「嗷嗷！」

小漆放慢速度，故意跑去待在中土巨蛇的前方位置。然後從那裡朝著海裡的頭部，射出幾發魔術。

『海裡交給我來。』

我一口氣潛入海裡，鑽到中土巨蛇的頭部下方。接著在那裡連續發射火焰魔術，或是雷鳴魔術。

同時被海上與海裡兩邊挑釁，似乎讓牠漸漸變得忍無可忍。

我看到牠那龐大身軀動了一下。

『準備收尾了。』

最後我用念動彈射攻擊撞向中土巨蛇的頭部。無法期待能造成多大傷害，上次用這招就沒能打倒牠。不過，至少能收到挑釁效果。

然而中土巨蛇的反應卻很激烈。

一被念動彈射攻擊打中的瞬間，牠當場停下來，發出嚇人的咆哮。

「啾啵啵啵啵啵——！」

中土巨蛇發出的聲音化為衝擊波，造成海水劇烈翻騰。

『嗚喔喔喔喔？』

我沒受傷，但是在水裡被翻來攪去會讓我分不清楚上下左右。有點嚇到了。

話又說回來，牠還真是怒氣沖天啊。

應該是魔術造成的傷勢比較痛才對啊，牠怎麼會忽然發起脾氣？

我趕緊回到芙蘭身邊，發現中土巨蛇完全鎖定了我們。

牠在海上抬高頭部，看著我以及裝備我的芙蘭。明明沒有眼睛，卻感覺得到牠在瞪我們。

大概這就表示中土巨蛇對我們，是真的懷有深仇大恨吧。

「師父你做了什麼？」

『沒有啊，我只是用念動彈射攻擊打了牠一下，牠就忽然發飆了！』

不懂是怎麼回事。然而芙蘭聽我這樣解釋，似乎就會過意來了。她捶了一下手心，點點頭。

「噢，也許是想起了上次的戰鬥？」

『上次的戰鬥？』

「嗯？就是想起了上次被念動彈射攻擊轟掉腦袋時的事。」

『什麼？妳是說牠跟我們上次打的那個是同一隻？』

「嗯。」

真、真佩服她看得出來。是獸人特有的感應力嗎？我用鑑定都看不出來耶。而且牠的生命力還比上次更高。

好吧，聽說牠能無限成長，大概是後來又吃了很多東西長大了吧。

話又說回來，原來是這樣啊。牠就是上次被我餵了巨岩的那隻中土巨蛇啊。
『分明是個單細胞的笨蛋，竟然還記得我。』
也許這就表示無論是哪種生物，都不會忘記心頭之恨嗎？
『管他的，要說懷恨在心的話我們也一樣。』
上次打到最後，還是只能選擇逃走。
這次我們要讓牠知道，我們的實力成長了多少。
『芙蘭，在出大招之前，先留下來跟牠周旋一段時間。』
「好。」
如果這隻中土巨蛇盯上了我們，我們或許反而可以當誘餌引開牠。只要有小漆在，總有辦法可以返回獅鬃星號。
「啾啾喔喔喔！」
「喝啊啊啊！」
芙蘭飛向吼叫威嚇的中土巨蛇。
她運用空中跳躍在天上奔馳，於錯身而過之際斬向牠的腦袋。
「啾哦喔！」
透過我的劍刃，黑雷擊打牠的肌肉。
薄弱的防禦力抵擋不了黑雷，部分肌肉遭受雷擊從內部炸開飛散。
芙蘭如今發動了閃華迅雷，中土巨蛇捕捉不到她的速度。

『芙蘭！幹掉牠！』

「喝啊啊啊啊啊啊啊啊啊啊——呀啊！」

芙蘭頻頻踢踹天空或中土巨蛇的身軀，有時以我的念動為立足點，來去自如地奔行於天際。

遠遠看上去，或許就像是中土巨蛇的頭部被耀眼黑網所覆蓋。

不知道總共揮砍了幾次。我看最少不會低於兩百。

中土巨蛇的頭部被芙蘭砍殺得皮開肉綻。

斬擊與黑雷挖掉了半邊肉，頭部變得凹凸不平。那副模樣該如何形容？海綿？還是珊瑚？總之就是千瘡百孔，表面殘缺不全。

然而，即使變成這種狀態，中土巨蛇還是生龍活虎的。

牠激烈地扭動身軀，執拗地攻擊芙蘭。

而且傷口還開始隆起，儘管速度緩慢但確實已開始再生。

（師父，怎麼樣？）

『不行。』

連最大生命值的一成都沒扣掉。看來微弱的攻擊打再多下，也還是無法對牠造成致命傷。

（師父，斬艦劍。）

『了解。』

我把巨大化狀態稱為斬艦劍，所以芙蘭好像也跟著這麼叫。

也好，反正很好懂。

我聽從這個指示，發動了形態變形。

亦即能一刀砍斷海盜船的斬艦劍模式。

「既然慢慢砍沒用，那就直接斬成兩段。」

『沒錯！』

到目前為止都是連續施展小攻擊，但芙蘭這次似乎打算用一擊必殺的攻擊痛宰牠。

芙蘭把巨大化的我舉至大上段，接著一口氣衝上高空。

準備施展的，想必是從天空往下衝刺使出的空氣拔刀術——天空拔刀術。

而且用上的，還是斬艦劍模式的我。

『大概可以稱之為天空斬艦拔刀術吧！哈哈！』

「呀啊啊啊啊啊！」

芙蘭一面從天上奔向正下方，一面利用我的重量揮出斬擊。當然，也發動了配合空氣刀鞘的拔刀術。

「啾哦哦喔哦喔喔！」

讓中土巨蛇來看，或許就像一把巨大寶劍從天空墜落到自己身上。

總而言之，芙蘭施展的這招斬擊，發揮了從劍的巨大程度難以想像的高速，直接擊中了中土巨蛇的腦袋。

不過，誰都會想像到的頭部被劈碎的景象完全沒上演。沒發出不清楚的破碎聲，也沒有劍與皮肉相撞的悶響。

因為這並非用大劍砸爛對手的斬擊，而是專精於「切開」的一劍。最好的證據，就是中土巨蛇的頭部瞬間被劈成了兩半。

中土巨蛇的頭部被漂亮地從中一分為二，往左右兩邊整片掀開。標準的一刀兩斷。

要不是水龍受到大型魔導裝置的強化，我相信這招原本也能打倒牠。

「師父，還好嗎？」

『沒事，很快就恢復了！』

只是有那麼點意想不到的是，斬艦劍模式造成的負荷實在太大。我的耐久值被狠狠扣掉了一堆。可能得花上一段時間才能用自我修復修好。

芙蘭神色不安，看著我劈嘰劈嘰作響逐漸龜裂的刀身。

『好……幹掉牠了嗎？我是不太想這麼問啦……所以結果呢？』

「……還在動。」

『的確是還在動。』

「正在癒合？」

『對啊～』

就不能讓我們再高興一下嗎？

可是，眼睜睜看到牠的傷口得到再生，而且已經開始癒合，實在是高興不起來。

所以儘管看起來像是砍開腦袋造成了重傷，但對中土巨蛇來說大概沒多嚴重吧。看樣子單純的物理攻擊，果然無法對中土巨蛇帶來沉重打擊。

「唔……」

芙蘭看起來相當不甘心。

畢竟這招攻擊，已經是我們目前能使出的最厲害斬擊了。結果卻只能稍稍拖住對手的腳步。

芙蘭會覺得不甘心也是當然的。

不過，這下吸引牠的注意，讓牠留在這裡的目的就達成了。

『雖然很難打倒牠，但就這樣繼續攻擊吧！』

「嗯……！」

只要能再引開這傢伙一段時間，獅鬃星號應該就能逃到安全地帶了。

豈料，中土巨蛇的下一步動作，卻超乎我們的預期。

「啾嘍哦哦哦喔喔喔！」

「！停下來！」

『這樣竟然還不理我們嗎！』

是因為攻擊打不中，所以放棄不想打倒我們了嗎？還是說，比起報復念頭或怒氣，食慾更重要？總之，中土巨蛇顯然不再鎖定我們，開始去追獅鬃星號了。

我們急忙使出魔術或斬擊，但中土巨蛇仍然不停下來。

『不行！完全把目標換成那邊了！』

「怎麼辦？」

『事到如今只能按照一開始的作戰計畫，用最強的攻擊對付牠了。』
「嗯！」
結果還是只能這樣啊。
我對天空斬艦拔刀術有著十足自信，但接下來的這招攻擊威力更是無可比擬。這才是我們目前能使出的不折不扣的最強攻擊。
我們一面凝聚魔力，一面繞到中土巨蛇的前方。然後等待時機來臨。
我們刻意壓抑攻擊的氣息，站在海面上。
繼續站在這裡，遲早會被中土巨蛇撞飛。
最後，就在雙方距離逼近到剩十幾公尺時，中土巨蛇一口氣張開牠那血盆大口。我們砍開的傷口已經癒合了，真討厭。
「啾喔喔！」
我早就料到即使目標換成了獅鬃星號，如果眼前出現張嘴就能吞下的獵物，牠不可能不試著捕食。怎麼說牠也是什麼東西都吃乾抹淨，世界第一的大食客嘛。
畫面就像是一座巨大洞窟迅速逼近眼前。
「啾嘎嘎嘎嘎嘎嘎啊啊！」
『就是現在！』
「喝啊啊啊！」
芙蘭縱身一躍。中土巨蛇追著從眼前消失的獵物，扭動牠的身軀。

中土巨蛇可怖的血盆大口，從正下方迫近而來。

但是，這正中我們的下懷。

對準眼前張開的巨大口腔，我們施放出投注全力的一擊。

『阿澄雷神——！』

「黑雷招來！」

亮白雷光形成的巨龍，與芙蘭施放的漆黑雷電互相交纏，飛進了中土巨蛇大大張開的嘴裡。

這可是魔力灌注到幾近爆發邊緣、全力以赴的阿澄雷神，以及芙蘭同樣灌注全身魔力施放的黑雷。

超強威力的雷擊，導致露出海面約五十公尺長的軀體發生大爆炸，碎肉四處飛散。中土巨蛇的軀體變成肉屑爆發飛濺，血肉與焦炭形成的塵埃往周圍飄降。

可能不光是雷擊，還結合了蒸氣噴發效果。

爆炸與衝擊太過驚人，簡直像是來到了飛彈的原爆點。

要不是緊急張開障壁的話，我們鐵定也被吹飛到遠方了。

可以看到我們的攻擊引發恐怕高達十幾公尺的大浪，將獅鬃星號的船身高高舉起。

『糟糕！沒事吧？好像沒事。』

由於爆炸發生在中土巨蛇的厚實肉壁內側，才把災害控制在那點程度。假如直接在海上施放，獅鬃星號也許已經翻船了。就某種意味來說或許算是中土巨蛇救了他們。

話又說回來，這模樣真是悽慘至極。照常理來想，任何生物都不可能變成這種狀態還活著。

畢竟肉體的上半部三分之一都炸毀了，就算是被認為生命力特別強的蛇或蜈蚣，這下子也會傷重不治。

然而，對方是超乎人類想像範圍的威脅度A魔獸。

魔法防禦等級低到不能再低，肉體的防禦力也沒高到哪去。

就只是大。不過就是這樣的生物。

但是，怎麼殺就是殺不死。

名稱：中土巨蛇

種族：海蛇

Lv：62

生命：28117／39823　魔力：591　臂力：4139　敏捷：108

技能：吸收2、再生2、捕食

怎麼會有這麼離譜的生物？都變成這種狀態了，竟然連生命力的三分之一都沒扣掉。而且還已經發動再生，開始恢復生命力了。

『嘖，這個怪物……不過，阻止前進的任務已經完——什麼？』

「糟……糕……」

拜託一下，頭都沒了耶？不是應該停下來等它復原嗎？為什麼還繼續動啊！而且還是衝向獅鬃星號！

是大腦不在頭部嗎？還是根本就沒有大腦？或者是跟心臟一樣，有不只一個大腦？

夠了！現在不是想這些的時候！

『小漆！再到那傢伙的前面去！』

「嗷！」

既然這樣也沒辦法了，只能用上剩餘的所有魔力再來一發。如果這樣還是阻止不了牠——那該怎麼辦呢？

「師、師父，你還好嗎？」

『我很好，芙蘭妳好好休息。不用擔心。』

「嗯。」

我把魔力耗盡無法動彈的芙蘭託付給小漆，隻身向前飛去。

接著我立刻集中精神，準備發動阿澄雷神。雖然老實說，以我現在的魔力發揮不了太大威力……

『要是這樣還不行，就先回獅鬃星號再說。』

然後，可能只能要求傑洛姆他們下決定棄船了。

威西卡似乎無意拋下我們自己逃走，維持著帶領獅鬃星號的位置繼續航行。

距離不遠，我想可以用空間之門換乘過去。

這對傑洛姆等人來說會是苦澀的決斷。但總比全員死亡來得好吧。

保留空間之門需要的魔力，剩下的全部投入。我抱持著這種想法集中精神，隨後卻發出了今天不知道是第幾次的蠢笨叫聲。

『咦？』

那是什麼？從很遠的地方……我感覺到從相當遙遠的位置，一個具有驚人存在感的東西正在往這邊過來。

分明相隔了幾公里遠，我卻竟然能感受到那股力量。

那東西的存在感就是如此強大。

就算跟我說那是魔王或邪神，我也會相信。

而且，速度還快得嚇人。

本來還覺得相隔了幾公里遠，卻一眨眼的工夫就近在咫尺。我看時速最少有五百公里吧？

豈止如此，我還發現了另一項驚人事實。

『好大！』

那個存在感的來源，巨大到讓我只能冒出這種陳腔濫調。

光是突出海面疑似背鰭的部位，高度就超過二十公尺，長度也有一百公尺以上。好吧，這只是我的目測，但應該相差不遠。

我想應該是魔獸沒錯……但又不敢確定是否真的屬於那個範疇。

『小漆，總之離牠遠一點！』

「嗷、嗷嗚！」

我急忙回到芙蘭身邊，指示小漆逃走。
小漆也被謎樣魔獸造成的壓迫感嚇壞了。牠把尾巴夾在胯下，像剛出生的小狗般渾身發抖。但牠仍然勉強擺動四肢，往獅鬃星號飛奔而去。
「師父，那是什麼？」
『不知道……只露出背鰭，沒辦法做鑑定。』
不過，大致上猜得到。
超越威脅度A的中土巨蛇的魔力與存在感，還有那巨大的身軀。
怎麼想都一定是更高等的魔獸。
「師父，你看那個。」
『真的跟我想的一樣！』
謎樣大魔獸追上了中土巨蛇。然後，開始攻擊中土巨蛇了。
「嘎哦哦哦哦哦哦哦喔喔喔！」
牠一口咬住中土巨蛇龐大身軀的大約中間位置，直接把牠高舉朝天。
從海上揚起脖子的那個生物，光是頭部就將近一百公尺長，是一頭外形既像龍又像蛇的魔獸。
鱗片宛若精雕細琢的翡翠般美麗，犄角彷彿以紫水晶雕刻而成。眼珠宛如一對磨成球狀，鑲嵌上去的紅寶石。
但是，在對這種美感讚嘆不已之前，從牠全身上下散發出的那種神聖而強烈的存在感，已先

讓我入迷地看到忘了呼吸。

名稱：利維坦
種族：海神龍．神獸
Lv：87
生命：92336　魔力：36887　臂力：18139　敏捷：3123
技能：不明
解說：不明。

『哈，哈哈哈哈——』

除了笑聲，什麼都發不出來。

這就是威脅度S的魔獸，公認具有毀滅世界力量的存在？

層次超出我太多，無法全部鑑定清楚。

光是勉強看得見的部分，都已經太超出一般常識。

怎麼會有這種生物？這能讓我怎麼辦？連一點對抗的意志都產生不了。

原來如此，這正是神獸。

憑這壓倒性的力量，神化之獸當之無愧。

我開始考慮到如果情況無可挽救，即使必須拋下獅鬃星號也要讓芙蘭逃走。只要利維坦一有動作，就用傳送逃命。

我本來還在這麼考慮——

但不可思議的是，牠似乎對我們毫無敵意。難道說像我們這樣渺小的生物，用不著牠特地動手？還是說，牠決定放我們一馬？

才剛這樣想的時候，忽然間……

『……？』

怎麼回事？內心湧起一種不可思議的感覺。

是我太害怕，被嚇瘋了嗎？

一種我自己也沒能釐清，無法言喻的情感占據我的內心。

著急、焦躁、感傷、寂寥。好像能夠形容，卻又不行。即使如此，如果要我講出最接近的形容詞，或許是懷舊吧？

假如我有淚腺的話，也許已經流淚了。

就在我被來得突然的情感搞得困惑不已時，利維坦的視線射穿了我。

不管怎麼想，都覺得牠在看我。我敢肯定。可是，為什麼要看我？

我思緒亂成一團，不知道該怎麼辦。

連聲音也發不出來，只能不由自主地注視著利維坦的眼睛。

看著看著，利維坦忽然轉過身去。

牠就這樣讓身體沉入海裡。

最後，我感覺利維坦的眼神似乎微笑了一下，但應該是心理作用吧。也許是我不想被牠襲擊，所以才會產生這種美好的幻想。

利維坦任由中土巨蛇激烈地亂翻亂扭，啣著牠的巨大軀體把牠拖進海裡。然後，就這樣慢慢消失不見。

等到波濤起伏的海面平靜下來，恢復寂靜時，我們才終於像是活了過來。

『得……救了……？』

「嗯……」

「咕嗚……」

芙蘭他們身心都變得疲頓虛脫，似乎連講話的力氣也沒有。

我們一言不發，往獅鬃星號前進。

小漆腳步踉蹌地回到船上，發現這邊也並不平靜。大家都陷入了狂躁狀態。

應該是受到了太大的衝擊，一時變得腦袋不正常了吧。

甲板上的所有人，都盯著利維坦離去的方向，各自做出不同的反應。

有的人愣在當場，有的人莫名其妙縱聲大笑，有的人對天祈禱。

傑洛姆與船副都在乾笑。

真佩服他們這樣，船還沒被利維坦引發的巨濤掀翻。

不，等一下。那樣的龐然巨獸鬧了一陣，卻沒掀起太洶湧的波瀾。難道牠還有控制力道，以避免獅鬃星號翻船？

才怪，最好是啦。

我猜應該是為了高速游泳而使用了減緩水阻的法術或什麼，間接使得海浪沒有很大。運氣真的很好。

在大家當中，第一個鎮定下來的是莫德雷德。接著傑洛姆與船副也開始恢復正常動作。雖然其實是芙蘭去把他們搖醒的。

這幾十分鐘之間發生的事，似乎對莫德雷德造成了相當大的心理創傷。平常的冷靜個性好像都是裝出來的一樣，他氣急敗壞地說：

「我一輩子的冷汗都流完了……心臟沒嚇停就算不錯了……這種事我死都不要再來一遍！短期間內我不再接船艦護衛了！」

先是水龍、克拉肯、中土巨蛇，然後連威脅度S的利維坦也跑出來；連續碰上這些說遇到鐵定沒命都不誇張的大魔獸，而且還險些被捲入激戰。

縱然厲害如莫德雷德，似乎也被嚇得魂飛魄散。

壓力太大導致他整個人變得憔悴乾癟。連臉頰看起來都消瘦了一點，不知是不是我的心理作用？

「喂喂喂！你看到了嗎！看到了吧？喂！」

「看到了。但是，怎麼會在這種地方……不，可是……」

傑洛姆興奮激動到極點。他從甲板邊緣探出上半身，盯著利維坦消失的海面不放。船副似乎到現在仍然難以置信，口中唸唸有詞。

芙蘭向傑洛姆他們問道：

「不是說利維坦只會出現在魔海嗎？」

傑洛姆一聽，臉色一沉，但很明確地說：

「那只是過去的經驗。」

大概也只能這麼回答了吧。更何況現在說的是魔獸，不見得會照著人類的想法行動。也許至今只有魔海傳出目擊消息，但不見得往後永遠都是如此。畢竟那可是無法用人類尺度去衡量的傳說中生物。

當然有可能會像這次一樣外出覓食或是遷徙他處，也許原因多得是。真要說的話，憑利維坦那種速度，移動範圍應該相當廣大才對。說不定其實只是目擊消息侷限於魔海，其實牠向來都在海底隨心所欲地移動也說不定。

只是，這片海域對利維坦來說必定很難當成棲息地。

因為牠光是臉孔都那麼大一個了。那時看到從脖子到鼻尖大約將近一百公尺，頭頂到下顎也應該有個四十到五十公尺。

相較之下，這附近海域大約只有三百公尺深。不對，如果較深的地帶都只有三百公尺的話，恐怕有很多較淺的地方連一百公尺也不到。

對於身形那般龐大的利維坦來說，我想絕對不會是易於活動的海域。搞不好肚子或下巴會擦到海底。

這樣一想，可以說我們這次的遭遇就像是奇蹟。

「好，趁現在離開這片海域吧！」

「也許是被利維坦嚇跑了，剛才那麼多的克拉肯現在跑得一隻不剩。機會來了。」

經這麼一說才發現，周圍那些克拉肯的氣息完全消失了。先是中土巨蛇，又是利維坦，高等魔獸接連出現，似乎讓牠們一齊逃之夭夭。

『另外一艘船也平安嗎？』

「嗯。」

可以看到威西卡在獅鬃星號前面一點的位置航行。

「那麼，這男的怎麼處置？」

恢復理智的莫德雷德，用腳尖輕踢兩下躺在腳邊的男人。

也就是被莫德雷德嚴刑拷打，目前陷入昏迷狀態的蘇亞雷斯。

「由我帶去威西卡那邊。」

「好吧，我也覺得這樣最好。」

「芙蘭小妹妹，麻煩妳了。」

這男的是外國王族，而且還是前任國王。對傑洛姆他們來說就只是個燙手山芋。

照常理來想，讓這傢伙活著沒什麼用。

因為這傢伙的最大價值，就是能夠命令水龍。如今這隻水龍進了中土巨蛇的肚子——不，現在是利維坦了？總之就是被吃掉了，所以這男的也沒用了。

由於血統高貴，或許還有政治上的利用價值，但也有可能帶來爭端。從這點來考量，不就好壞相抵了嗎？不，瑪珥都說他是「爛人」了。考慮到還得費力管住這傢伙，壞處說不定比較大。

芙蘭抓住蘇亞雷斯的腳踝把他舉起來，然後騎上小漆再次前往威西卡號。

被這樣倒吊著帶走，似乎不可能繼續睡覺。

「這、這是怎麼回事！喂！臭ㄚ頭！妳這是做什麼！」

「……」

「妳是啞巴嗎！喂！放開我！妳把本大爺當成什麼人了！」

「……」

「不准不理我！臭ㄚ頭！」

大概是連跟這傢伙講話都嫌煩吧，芙蘭理都不理，但蘇亞雷斯繼續大吼大叫。

這時，芙蘭突然手一鬆，放開了蘇亞雷斯的腳踝。

可想而知，蘇亞雷斯立刻倒栽蔥往海面墜落。

「嗚哇啊啊！」

「師父。」

『好喔。』

我等到他只差一點就要落海，才發動了念動。在只差幾十公分就要撞上海面的那一刻，蘇亞雷斯停止墜落，像是影片倒轉般回到芙蘭手邊。

「……」

芙蘭再次抓住蘇亞雷斯的腳踝把他吊在空中，這次他沒再抱怨了。

抵達威西卡艦上後，神色憔悴的瑪珥過來迎接我們。
「歡迎妳來……」
「妳還好嗎？」
「沒什麼，只是發生了太多事。」
不只是遇上利維坦，失去了作為國防力量的一艘水龍艦，可能也是她精神疲勞的原因之一。
她頹然垂肩的模樣，看起來就像這個年紀的孩子一樣脆弱。
「妳是！瑪珥！與篡位者狼狽為奸的叛徒！」
「……你這爛人給我閉嘴。」
「妳說什麼！真要說起來，是誰允許妳這種人登上水龍艦的！未經我這錫德蘭國王的允許就調動水龍艦，可是滔天大罪！」
唔哇——這傢伙太強了。
該說他學不乖，還是根本沒有學習能力？
都到這節骨眼上了，還說自己是國王。
可能只有精神的強韌度與不識相的程度，是人類第一吧。
「你已經遜位了。現在的你只是個罪犯。」
「開什麼玩笑！妳這傢伙！妳以為妳在跟誰說話！」
「我沒在跟你開玩笑。好吧，跟你這種腦袋裝肌肉的單細胞講道理，也只是浪費時間。」
「妳說什麼！我是錫德蘭的國王！蘇亞雷斯陛下！我要判妳死刑！」

「嘖，真是吵死人了。光是想像這種蠢瘋子竟然一時坐過王位，就讓我渾身發冷。」

接著，瑪珥平靜地詠唱了咒文。下個瞬間，鬼吼鬼叫的蘇亞雷斯嘴巴周圍覆蓋上一層白冰。

「——！——？」

「給我閉上你的嘴。」

本來擔心他會窒息，不過鼻子還是通的所以應該沒事。

「那麼，你們願意讓我把這個爛人領回去是吧？」

「嗯，我們不想要。」

「呵呵，我想也是。坦白講，我也很想把他丟在這裡算了，但事情不能這樣處理。總之先把他關進貨艙好了。對了，別忘了派人看守。」

「是！」

瑪珥對拜克作出指示，讓他把蘇亞雷斯帶走。

「這次受了妳很多幫助，特別是感謝妳幫我們居中調停。」

「嗯……」

「雖然失去瓦祿沙是一大損失，但能逮捕到爛人也是大功一件。」

「嗯……」

「王姊聽了一定非常高興。我也會把妳的事情向她報告。」

「嗯……」

瑪珥找了很多話題跟芙蘭說，但芙蘭整個人搖搖晃晃，連有沒有在聽都很難說。

畢竟灌注全力的黑雷招來使得體力與魔力雙雙消耗嚴重，她現在應該已經睏到極點了吧。
如果對方不是瑪珥，可能已經開始打瞌睡了。
但芙蘭很喜歡瑪珥，一定是想跟她多說幾句話。
可是，已經到極限了。
瑪珥似乎也體貼地注意到了。
「芙蘭啊，我倒想問妳要不要緊？妳看起來似乎累壞了。」
「嗯……沒事。」
沒事才怪。
「我很想再多跟妳聊聊，但妳還是先回船上休息吧。」
「謝謝。」
「那個爛人，我會負責關好他的。」
「嗯。」
「那麼，晚點再聊了。」
瑪珥他們已經達成了目的，就算現在說再見也不奇怪，但看來她打算暫時跟獅鬃星號一起行動。
芙蘭在瑪珥的目送下，返回獅鬃星號。
傑洛姆他們過來迎接，但芙蘭已經連跟人對話都沒力了。
睏意已經到達頂點。

「船長，黑雷姬似乎累壞了，現在先讓她休息吧。」

莫德雷德大概是看出來了，開口幫芙蘭解圍。

「哎呀！真是抱歉！」

「使出了那麼多招式攻擊魔獸，會累是當然的。總之照妳現在這個狀態，就算魔獸出現也無法貢獻戰力，還是回房間休息吧。」

「嗯……」

作為替代方案，我們把小漆留在甲板上。有了小漆的探敵能力加上莫德雷德，魔獸想進犯沒那麼容易。

『小漆，拜託你嘍。』

「拜託了。」

「嗷！」

芙蘭回到房間，撲到她最喜歡的那張床上。

只聽見低沉的砰呼一聲，接著立刻就是芙蘭可愛的細微鼾聲。

「呼——呼——」

看樣子已經睡著了。

『嗯——那我怎麼辦？』

我還被她揹在背上耶。

其實我完全無所謂，但她這樣想翻身都不行吧？再說，被這麼重的劍壓扁，感覺應該會睡不好。鐵定會作惡夢什麼的。

我使用傳送，溜出劍鞘。

芙蘭動了一下。應該是因為背上的重量減輕了。

『吵醒妳了嗎？』

「呼——呼——」

還好，她睡得很香甜。

『好好睡吧，芙蘭。』

終章

碰上利維坦，一度下定必死決心的兩天後。

「好——下錨！」

「遵命！」

「你們誰去辦公廳請人過來。就說我們有外交相關的重要事務需要報告。」

「是，船副！」

獅鬃星號平安抵達了庫洛姆大陸。我們在獸人國一座叫做格雷西爾的港都進港。

雖然沒巴博拉來得大，但似乎也是座大城。港口也只比巴博拉小一圈。

冒險者們領到特別報酬，已經下船。旅途中收入不多，但考慮到與中土巨蛇等各種凶惡魔獸的戰鬥，似乎有多給一點獎金。芙蘭領到了大約十萬戈德的特別報酬。

此時她在船舶前面，跟新手三人組道別。

「老師，謝謝您的指導。」

「我們學到很多。」

「我們會繼續精進，下次見面時一定讓老師看到我們成長茁壯的模樣！」

「嗯。」

「再見！」
「多謝！」
「告辭了。」
雖然是為期短短幾天的徒弟，但我想對他們來說應該還是別具意義。對芙蘭而言也是消磨時光的好方式。只是我不太確定芙蘭有沒有把他們當作徒弟。離別之際也完全沒表現得依依不捨。
他們是否仍然沒讓芙蘭記住名字？
『芙蘭，我們也走吧。』
我催促芙蘭，但芙蘭於臨行之際還有話跟臨時徒弟們說。
「等一下，米格爾、納莉亞、瑞迪克。」
「咦？」
「這還是老師第一次叫我們的名字呢。」
「老、老師認同我們的努力了嗎？」
「以後見喔。」
看到芙蘭揮揮小手，三人滿面春光地立正站好，熱情地鞠躬回應。
「「「是！」」」
我可能還是頭一次看到這麼標準的直角鞠躬。大概是被芙蘭用名字呼喚，讓他們太開心了。
芙蘭似乎對他們的回應很滿意，轉身離去。
似乎已經無意回頭了。

『芙蘭，原來妳記得他們叫什麼啊。』

（嗯，因為是徒弟。）

我彷彿從中看見了芙蘭的小小成長，心裡很高興。還有菜鳥們，恭喜你們啊。看來你們不是熱臉貼冷屁股。

「芙蘭，說再見的時候到了。」

接著換水龍艦威西卡的主人瑪珥，來跟芙蘭說話。

「妳幫了我們很多，感謝妳。」

「我也要謝謝妳。」

「但是，都怪我請你們提供協助，才會害你們被捲入此次事件。」

的確，假如當時回絕瑪珥的請求直接前往獸人國，或許也不會發生那麼激烈的戰鬥了。

但是，情況也有可能不同。

說不定我們會再次碰上水龍艦瓦祿沙而被擊沉，或是只有獅鬃星號碰上中土巨蛇，慘遭吞食。

說了半天，一切事情都有可能發生。

「我平安抵達獸人國了。這樣就好。」

「這樣啊。」

「嗯。」

芙蘭說得沒錯，這樣就夠了。

毋寧說航海的後半行程，等於有水龍艦在保護我們。
「我該走了。得早日回國才行。」
「這樣啊。」
「來到錫德蘭海國之際，別忘了來看我們。王姊她們會很高興的，還有我也是。」
「好，我一定會去找妳們玩。」
「呵呵呵，說得對。一定要來玩喔。」
瑪珥伸出手來，芙蘭用力握住它。
大概是聽到要說再見，覺得捨不得吧。
「以後見？」
「唔嗯，改日再會。」
芙蘭與瑪珥一瞬間互相凝視，然後各自破顏而笑。
冷靜透徹的瑪珥，與面無表情的芙蘭擠出笑臉一同歡笑的模樣，完全像是一對推心置腹的好朋友。
「他日再會了，吾友。」
「嗯！」
最後，瑪珥敬禮之後自行離去。
芙蘭一直目送她離去，直到再也看不見那背影。
「黑雷姬，都講完了嗎？」

「嗯。久等了。」

其實他剛才就過來了，但體貼地在一旁等候。

不但實力高強還這麼貼心……絕對很有異性緣。

「別在意。那就走吧。」

其實莫德雷德答應要帶芙蘭去冒險者公會。

為的是領取這次的護衛報酬。但我們是初次來到這座城鎮，不知道公會在哪裡。

「就在那裡。」

「好大。」

「畢竟這座港都也不小嘛。」

格雷西爾的冒險者公會離港口只有一小段路。

設施很大一棟。看來承接船舶護衛委託的冒險者人數相當多，這裡的公會還滿發達的。

進去一看，裡面附設了酒館，為數不少的冒險者聚集其中。

看到芙蘭走進來，似乎也有人動起歪腦筋，但看到隨後現身的莫德雷德就立刻別開了目光。

莫德雷德身為B級冒險者，在這個公會想必也是個名人。看來沒有哪個白痴敢碰他的夥伴。

本來還以為看到這麼可愛的黑貓族小孩，絕對會有人來糾纏的說。我還做好了痛扁幾個人的心理準備，但看來在這個公會是不用擔心了。

然而，一名男子鑽出嘰嘰喳喳的冒險者之間，往我們走來。

「喂喂喂……我說莫德雷德老兄啊。」

這個一臉賊笑的男子，用促狹的口吻跟莫德雷德說話。

是個滿臉鬍渣的中年男性。以冒險者來說或許有點削瘦？

我就說還是有白痴吧——本來以為是這樣，但看來是我弄錯了。

「你上哪找來這麼個功夫了得的女孩啊？簡直好像是人家把你帶來似的。」

「是勒羅伊啊。沒什麼，只是湊巧護衛同一艘船罷了。她說她是第一次來到這座城鎮，所以我為她帶路。」

「是喔。我叫勒羅伊，是在這附近活動的冒險者。」

「這傢伙是D級，但記憶力很好。有他跟著就不需要地圖，所以我在這附近幹活時常常找他幫忙。」

既然是莫德雷德會僱用的幫手，與輕浮的外在相反，一定是個可以信賴的冒險者吧。

「嗯。我是C級冒險者芙蘭。」

「這個年紀就C級嗎！本來就看出妳有本事，沒想到這麼厲害。」

聽到芙蘭的自我介紹，勒羅伊驚訝地睜大眼睛。然而，莫德雷德卻苦笑起來。幾天前他才說過芙蘭是謊報階級，聽見勒羅伊真的相信芙蘭的實力落在C級，莫德雷德用同情的眼光看著他。

「勸妳還是別用這套自我介紹了吧？」

「為什麼？我沒有說謊。」

「好吧，是沒有……但至少報上黑雷姬這個名號怎麼樣？」

莫德雷德一稱呼芙蘭為黑雷姬的瞬間，勒羅伊整個人幾乎往後仰倒，發出驚叫。

「什麼？這個小妹妹就是傳聞中的黑雷姬？」

「對，就是她。」

「那不就比我這種小角色強很多嗎！聽到她說C級，還以為就比我強一點而已……」

看來黑雷姬的傳聞，已經由商人在格雷西爾輾轉傳開了。

我也能理解莫德雷德的意思。像現在勒羅伊就立刻聽出了芙蘭的真實身分。確實只要報上黑雷姬這個名號，就能立刻讓對方知道芙蘭是高手，也能避免被其他人看輕。

可是，這樣自報名號卻暗藏著極大風險。什麼風險？萬一對方沒聽過這個名號呢？那樣芙蘭就會被當成給自己取綽號、自己在叫的傢伙！我被人當成白痴沒關係，但絕不能忍受芙蘭被人譏笑。

因此，我想短期間內還是會自稱為C級冒險者。

只是在這個公會裡，「黑雷姬」這個綽號似乎相當有用。

「真的假的啊！」

「她就是那位黑雷姬？」

「黑雷姬蒞臨了？在哪？」

「什麼——！」

「喂，沒騙我吧！」

黑雷姬的名聲似乎已經傳遍冒險者之間，酒館裡的冒險者們開始七嘴八舌。其中甚至有人站起來盯著芙蘭瞧，或是不怕莫德雷德施加的壓力湊近過來。

我覺得在巴博拉都沒這麼大的反應耶。仔細一瞧，他們九成以上都是獸人冒險者，對黑雷姬感興趣的程度似乎高過我的想像。

畢竟本來聽說黑貓族是無法進化的最弱種族，現在卻有人成功進化。而且還戰勝了獸人國無人不知的英雄——A級冒險者古德韃魯法。

「那個少女，真的打贏了古德韃魯法大人嗎？」

「聽說是這樣。而且，消息可是來自王宮商人的口中喔。不可能是假話。」

「那一定是古德韃魯法大人故意把勝利讓給她吧？」

「噢，也有可能喔。是給她表現的機會吧。」

「不不，我們說的可是古德韃魯法大人耶？」

「就是說啊。他怎麼可能故意輸給那麼一個小孩，損害自己的名聲？」

「不是這個意思，我是說那位大人不可能在戰鬥中放水吧。」

「說得沒錯。如果是模擬戰也就算了，那可是認真較勁的大賽耶？」

我聽了一下冒險者的悄悄話，發現似乎有不少人認為是古德韃魯法放水，將勝利拱手讓人。不過沒實際看到可能難以置信，這怪不了他們。

芙蘭在辦理委託完成的手續時，同樣有冒險者絡繹不絕地出現，站得遠遠地觀察芙蘭又離去。

「真的進化了耶？」

「是啊，真的。」

「是怎麼辦到的？」

「對了，商人好像有說過打倒邪人什麼的？那時以為不可信，只是聽聽而已沒當真……」

其實我們已經卸除了進化隱蔽。

因為我們打算從這個地點，開始宣傳黑貓族能夠進化的事實。

聽起來獸人國的貴族或是商人，已經漸漸從獸王口中得知了進化的條件。只要讓大家親眼看見芙蘭得到進化，這項事實一定會傳播得更快。

我們收下報酬離開公會時，已經有數十道視線追著芙蘭跑。

『總之先找旅店吧。還得打聽怎麼前往王都才行。』

（嗯。）

好了，那就來看看在這個國家會有什麼樣的邂逅吧？

如果可以，但願芙蘭遇見的都是美好的人事物——

後記

「哎喲～這位太太，妳聽說了嗎？」
「哎呀，妳指什麼？」
「聽說這次啊，又得寫三頁的後記了！」
「什麼？這是真的嗎？」
「千真萬確。作者收到I責編寄來的電子郵件，上面清楚寫著要三頁！」
「真不敢相信！」
「但這是事實呀。」
「可是，在上一集的後記，作者明明說他不擅長寫後記所以要調整頁數減少篇幅……他自己這樣講過不是嗎！」
「結果啊，這次好像又沒調整好！」
「哎呀！這作者也太不中用了！」
「就是說呀！好討厭喔～」
「真的～」
「——啊！這、這是……！」

「太、太太，妳怎麼了？」
「這個作者，打算用這個短劇騙行數！」
「哎喲！所以他是在利用我們！怎麼會這麼狡猾！」
「既不中用又奸詐！真是爛透了！」
「就是呀就是呀！爛透了！」
「說著說著，又浪費了這麼多行數——！」
「夠了！不准再利用我們浪費行數！」
「禽獸！這個作者真是個禽獸！」
「不要啊——！求求你，放過我們吧——！」

不是，沒有啦。

我只不過是做了些修正之類的，不知不覺間竟然就變得需要寫一堆後記，才會搞成這樣……

事情就是這樣，棚架ユウ又再次調整頁數失敗，苦於生不出後記。

噢，順便講一下，太太Ａ、Ｂ與正篇毫無關係。

我也沒打算讓她們在正篇登場。

應該吧。

這次又是以海洋為舞台，因此與網路版有所出入的原創要素較多。而且還有新角色登場。作者是絞盡腦汁才生出這次的稿子來，希望大家喜歡。

話又說回來，竟然已經第七集了耶～
最近我重新體會到，系列能夠延續到現在，都是因為有許多人的支持。
在此容我按照慣例致上謝詞。
責任編輯I氏，這次一直拖到截稿時間快到了才勉強趕上，真的很抱歉。但您還是對我不離不棄，我最喜歡I氏了。
感謝るろお老師為本書繪製精美插畫，老師太神了。
也感謝丸山老師為本書創作卷末漫畫，實在是棒透了。
還有作者這麼沒用，還願意支持作者的親朋好友們。沒有你們就沒有我。
最後感謝本書出版相關的所有人士，以及為我加油打氣的各位讀者。
真的很謝謝大家。

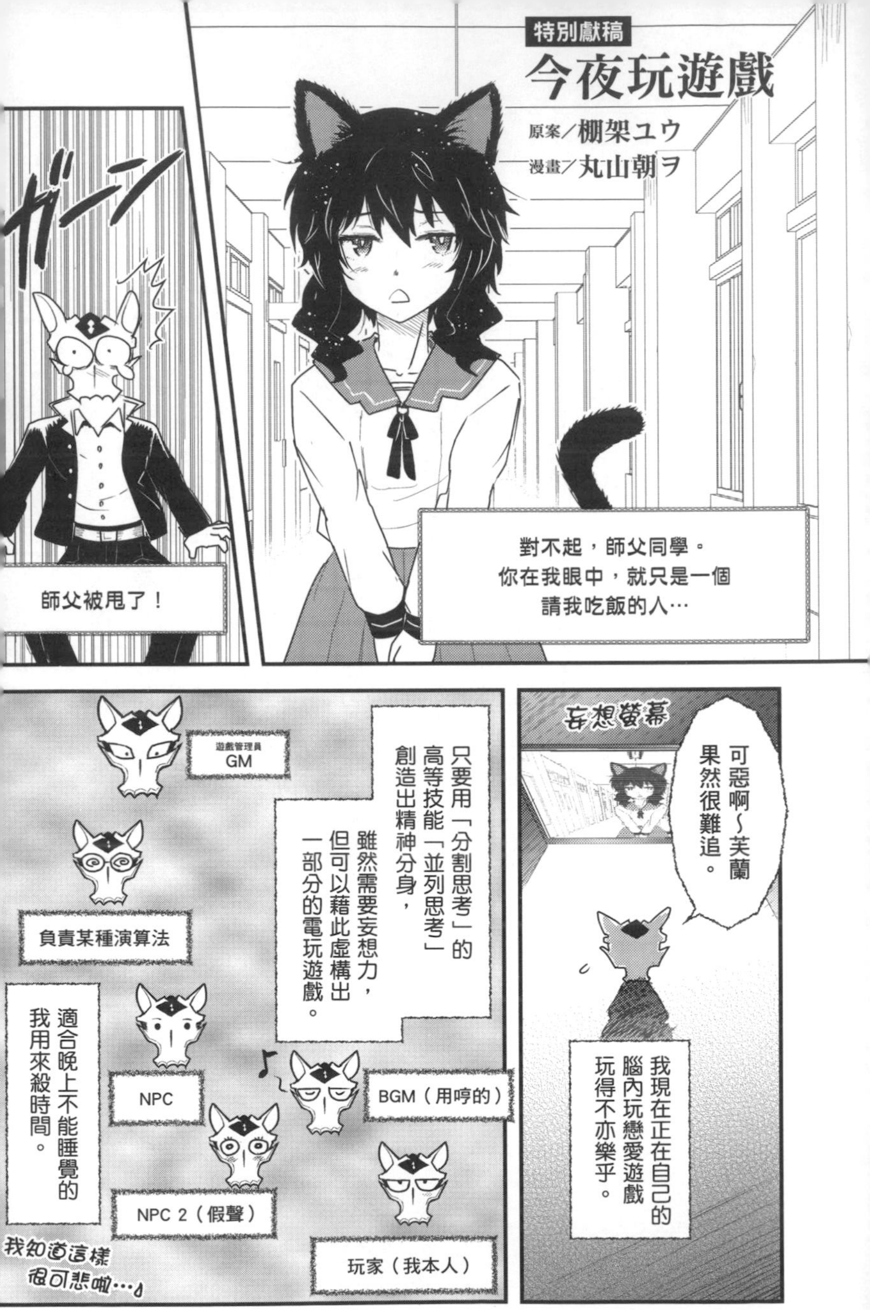
特別獻稿
今夜玩遊戲
原案／棚架ユウ
漫畫／丸山朝ヲ
對不起，師父同學。你在我眼中，就只是一個請我吃飯的人…
ガーン
師父被甩了！
妄想螢幕
可惡啊～芙蘭果然很難追。
我現在正在自己的腦內玩戀愛遊戲玩得不亦樂乎。
只要用「分割思考」的高等技能「並列思考」創造出精神分身，
雖然需要妄想力，但可以藉此虛構出一部分的電玩遊戲。
遊戲管理員
GM
負責某種演算法
BGM（用哼的）
NPC
NPC 2（假聲）
玩家（我本人）
適合晚上不能睡覺的我用來殺時間。
我知道這樣很可悲啦…♪

END

連續技知識蓮到心酸…

公主騎士的小白臉 1~2 待續

Kadokawa Fantastic Novels

作者：白金透　插畫：マシマサキ

描述一名「小白臉」與其飼主的生存之道，
充滿震撼力的黑暗系異世界故事第二集！

挑戰迷宮的進度停滯，身體症狀也沒好轉，艾爾玟因而感到焦慮。太陽神教暗中拓展勢力，馬修的煩惱沒完沒了。就在這時，近衛騎士文森特在調查妹妹離奇死亡的真相。馬修被當成嫌犯帶走，被迫離開感到不安的艾爾玟身邊……

各 **NT$260~280/HK$87~93**

奇招百出的維多利亞 1~2 待續

Kadokawa Fantastic Novels

作者：守雨　插畫：藤実なんな

前頂尖諜報員組織幸福家庭的五年後
破解小說密碼的她展開尋寶大冒險！

維多利亞曾是頂尖諜報員，在她收留了小女孩諾娜並找回真正的人生後，五年過去了。結束濬國的研究工作後，維多利亞一家返回艾許伯里王國。某一天她發現一本冒險小說《失落的王冠》的珍本，並以天賦輕鬆解開小說中隱藏的神祕密碼……

各 NT$240~260/HK$80~87

哥布林千金與轉生貴族的幸福之路

為了未婚妻竭盡所能運用前世知識 1 待續

Kadokawa Fantastic Novels

作者：新天新地　插畫：とき間

商業才能、魔道具、前世知識……
為了未婚妻，我要面不改色大開外掛！

下級貴族吉諾偷偷活用前世知識，將商會經營得有聲有色。他的夢想是找個晚年能互相扶持的伴侶，但前世的他根本不受歡迎，因此不擅長和女性相處，阻礙重重。這時他得到一個相親機會，對方是因為容貌特殊，人稱「哥布林」的千金小姐……！

NT$260/HK$87

國家圖書館出版品預行編目資料

轉生就是劍 / 棚架ユウ作 ; 可倫譯. -- 初版. -- 臺北市 : 臺灣角川股份有限公司, 2023.12-

冊 ; 公分. -- (Kadokawa fantastic novels)

譯自 : 転生したら剣でした

ISBN 978-626-378-278-5(第7冊 : 平裝)

861.57 112017347

Kadokawa
Fantastic
Novels

轉生就是劍 7

（原著名：転生したら剣でした 7）

2023年12月21日　初版第1刷發行

作　者：棚架ユウ
插　畫：るろお
譯　者：可倫

發行人：岩崎剛人
總編輯：蔡佩芬
副總編輯：朱哲成
美術設計：莊捷寧
印　務：李明修（主任）、張加恩（主任）、張凱棋

發行所：台灣角川股份有限公司
地　址：104台北市中山區松江路223號3樓
電　話：（02）2515-3000
傳　真：（02）2515-0033
網　址：www.kadokawa.com.tw
劃撥帳戶：台灣角川股份有限公司
劃撥帳號：19487412
法律顧問：有澤法律事務所
製　版：巨茂科技印刷有限公司
ISBN：978-626-378-278-5